# マリアの決断

マーゴ・マグワイア 作

すなみ 翔 訳

ハーレクイン・ヒストリカル・スペシャル

東京・ロンドン・トロント・パリ・ニューヨーク・アムステルダム
ハンブルク・ストックホルム・ミラノ・シドニー・マドリッド・ワルシャワ
ブダペスト・リオデジャネイロ・ルクセンブルク・フリブール・ムンバイ

*HIS LADY FAIR*

*by Margo Maguire*



*Published by Harlequin Japan, a Division of K.K. HarperCollins Japan, 2024*

**マーゴ・マグワイア**

どこへ行くにも本が手元にないと落ち着かないというほどの読書家。お気に入りはスタインベックやディケンズだが、もちろんロマンス小説も欠かせない。ヨーロッパ旅行で多くの史跡を見て回ったことがきっかけで作家を目指した。歴史の学位を取るために大学に戻り、小説よりも奇なる史実がたくさんあることを知ってますます執筆熱が高まった。看護師として、またボランティア・ワーカーとして精力的に活動してきたが、現在は小説を書く仕事に没頭できて幸せだと語る。

## 主要登場人物

マリア……………………私生児。通称リア。
サラ………………………マリアの母親。故人。
ティルダ…………………マリアの乳母。故人。
オリヴィア・モーレイ……マリアの伯母。
セシリア・モーレイ………マリアのいとこ。オリヴィアの娘。
ニコラス・ホーケン………カーカム侯爵。
ヘンリック・トーニイ……ニコラスの秘書。
ガイルス卿………………ニコラスの部下。
ロフトン卿………………ニコラスの友人。
シェフィールド子爵………ニコラスの友人。
ベクスヒル伯爵…………ロンドンのならず者。
ベドフォード公爵………フランス総督。
スターリン公爵…………ベドフォード公爵の親友。枢密院の一員。
アリシア・プレストン……スターリン公爵のいとこ。

# 1

一四二九年、早春
アルダートン城

リアはこっそりと貯蔵室に入り、新しい服の前の皺《しわ》を伸ばした。いとこセシリア・モーレイのお下がりの服だ。若く、洗練された、いとこセシリア。彼女が着ていたころは、この青絹もつやつやと輝いていたのだろうが、今はすっかり色あせている。それでも、着古し、よれよれになったこれまでの服と比べたら、たとえお下がりとはいえ立派なものだ。

肌に触れる豪華な絹の滑らかな感触に、リアは一瞬大きく息を吸い込んだ。縁取りの毛皮はセシリアの手によってはがされていたが、いっこうに気にならなかった。どちらにしろ、リアには必要のないものだ。宝石をちりばめた襟も外されていたが、これまた、リアがこなさなくてはならない重労働を思えば、都合がいいとさえ言えた。どうせこの服も、あっというまにぼろぼろになってしまうのだ。

それにリアには、彼女の大切な宝石があった。美しい細工がほどこされた高価な金のロケットで、中には母親の金髪が収められている。秘密の隠し金具を押すと、ぱっと開く仕掛けになっていた。リアはその宝物を、肌身離さず持ち歩いている。服の裏側に縫いつけたポケットにしまい、用心深く、誰の目にも触れないようにしてあった。こうしておけば、取り上げられる心配もない。

リアは、毛皮や襟を外す前の青絹のドレスに身を包んだ自分を思い描いて、くるりと回転した。ずっしりとした宝石の重さが伝わってくるようだ。背が高く、ほっそりしたセシリアに周囲の人々が浴びせるうらやましそうな視線が、リアにも浴びせられる。

愚かな夢だというのは、百も承知だった。しかし、どれほど愚かであれ、そんな夢でも見なければ、このアルダートン城での生活には耐えられない。しいたげられ、こきつかわれ、苦しい生活を強いられているのだ。しかもそれが、年々ひどくなってきている。

伯母のオリヴィアは、なんとしてもリアを家族だとは認めようとしなかった。モーレイ家としては、最低限の食事と、寝る場所と、今のようにときおりお下がりの服を与える。ただし、それらはすべて労働で償ってもらう。それがオリヴィアの考えだった。レディ・サラ・モーレイの私生児には、それがふさわしいと。

「リア！」

料理人の厳しい声がしばしの夢を破った。リアは、あわてて薄いウールのショールを首に巻いて――寒さをしのぐというより、襟の奇妙な開きを隠すためだったが――貯蔵室から飛び出してキッチンに向かった。

「いったい、どこに行っていたんだね」仏頂面の料理人が怒鳴った。

「その――」

「さっさと、大鍋《なべ》を火から下ろしておくれ」料理人は機嫌が悪かった。「下ろしたら、よくかきまわすんだよ」

リアは煤《すす》で真っ黒になった大鍋を大炉の自在鉤《かぎ》から下ろし、キッチンの真ん中に据えられた頑丈な木のテーブルまで運んだ。

「ほら、ほら、せっかくのシチューがこぼれてるじゃないか。このでくのぼうの、役立たずが！」料理人が甲高い叫び声をあげ、いきなりリアの側頭部をこづいた。おかげでリアは、すんでのところで重いシチュー鍋を持ったまま転びそうになった。「さあ、こぼしたシチューを拭《ふ》いて!」

「だから、前にも言ったでしょ。鍋をふたつにすれば、こんなことにはならないって」リアの口答えにふたたび拳固《げんこ》が飛んだ。

料理人を怒らせるのがどんなにまずいことかはわかっていた。しかし、いわれのない非難を黙って受けるのも、リアの性格からいって難しかった。それでも、腫《は》れた頭の横をさすりながら、雑巾《ぞうきん》を取り上げ、汚れた場所を拭きはじめた。

「そこが終わったら、このお盆をレディ・オリヴィアの私室に運んでおくれ」料理人は言った。「お客様がお見えになってるんだ。一滴たりともこぼしたら承知しないよ」

大きな木製の盆の上には、エールのほか、いろいろな軽い食べ物がのっていた。リアは疲れきっていた。しかし、それがなんだというのだ。彼女にできるのは、言いつけられたとおり盆を伯母の私室に運び、次の命令を待つことだけだ。いつもそうしてきたし、これからもずっとそうしていくだろう。

分厚い壁、小さめの窓、周囲を取り囲むタペストリー、そして燃え盛る大きな暖炉。オリヴィア・モーレイは、その暖かくて居心地のよい私室で、ロンドンから来た客人に温かいワインを注《つ》いでいた。客は高等法院の判事で、オリヴィアは緊張してはいたが、それを表に出すほど愚かではなかった。

オリヴィアは、ジェロルド・モーレイの未亡人だったが、その容色はいまだに衰えず、艶《つや》やかな茶色い髪にも白髪一本なかった。もっとも、たとえあったとしても、目立つ前に用心深く引き抜いているのだろう。瞳も髪と同じくやわらかい茶色だったが、やわらかさはあくまで外見で、その鋭い視線と観察眼は何ひとつとして見逃さない。

「いいえ、判事」オリヴィアは言った。「子どもなんていませんでしたよ。それにたとえいたとしても、その娘がロックベリーを継承するなんてばかげていますよ。ありえないことです」オリヴィアは落ち着きを装い、あくまでおだやかな口調でローランド卿《きょう》に話しかけた。ローランド卿は、彼女がもてなした客の中でももっとも高位な人物だった。そして、オリヴィアのしらっとした顔つきから、彼女が嘘《うそ》をついていることを見抜ける人はいないだろう。

「そうは言っても、所領は限嗣《げんし》相続になっていますから、指定された人物にゆずり渡される――」

「限嗣相続であろうとなかろうと、そんなことはどうでもいいことです」オリヴィアは高飛車に言った。「それに、サラ・モーレイの遺書を書いた人物が誰かということも」

「モーレイではなく、サラ・バートンです」

オリヴィアは関係ないとでも言いたげに、肩をすくめた。「とにかく夫の所領を、あばずれ女の子どもの手に渡すなんて、絶対に認められません」

「しかし、ロックベリーは一度としてご主人の所領だったことはありま――」

「いいえ、主人のでした！」オリヴィアは怒りに駆られて立ち上がると、両手をぎゅっと握りしめて暖炉の前を行ったり来たりしはじめた。彼女がこんなに取り乱すのは珍しいことで、自分でも、なんとか気持ちを抑えようとした。「これほどばかげた遺産継承の話は、聞いたことがありません。だいたい、非嫡出子が所領を継承できること自体、おかしいのです。愚かしいとしか言えませんわ。まったく、冗談じゃありませんよ！　サラのもっとも近い親族として、わたしの夫は――」

「レディ・オリヴィア、これだけは申し上げておきます」ローランド卿はあくまで冷静だった。「スタッフォードシャーにある領地は、ヘンリー四世から正式に、レディ・サラに与えられたものです。その点は間違いありません。法律的にも彼女のものであり……したがって、彼女が指名した者に相続されます。それから非嫡出子であることに関してですが——」

「ばかばかしい！」オリヴィアはがんとしてゆずらなかった。「遺書なんて無視すればいいのですよ。いくら国王だって、主人の妹の奔放な生き方に報賞を与えるつもりはなかったはずですよ」

「あなたが今、口にしておられるのは、スターリンド公爵の亡くなられた夫人のことなのですよ」ローランド卿は歯ぎしりをした。「そして公爵夫人には、夫人が選ばれた人間にロックベリーを遺《のこ》す権利があります。ヘンリー国王があなたの義理の妹さんにロックベリーを与えたことは、正式な書類として残っています。ご家族から排斥されながらも、国王への忠誠を貫き通した公爵夫人の恩賞です。そして、レディ・サラの遺言と宣誓書には、所領は娘に与えるとあります……娘の名はマリア・エリザベス」

「その娘は死んだと聞いていますけど」オリヴィアがむっとして答えた。

「しかし、噂《うわさ》によれば——」

「噂なんて、みんな根も葉もないものですよ。間違いありませんわ」

「だとすれば、ロックベリーは国に返却されることになります」ローランド卿はそう言って、火のそばのゆったりした長椅子から立ち上がった。

「そんなはずはありません！」オリヴィアは興奮して、金色のベルトをきつく握りしめた。「ロックベリーは、息子の領地の一部になるべきものです！息子が継ぐのが当然です！」

「いいえ」ローランド卿は静かに言った。「国王は返却を求めるはずです」

オリヴィアはすっかり動揺して、扉を叩《たた》く音も耳に入らなかった。ローランド卿が代わりに、入るようにと命じた。

若い召使いが盆を持って入ってきた。美しい娘だった。亜麻色の豊かな髪が、後ろでまとめたシニョンに収まりきらず、外にあふれ出ている。視線はじっと下に向けられたままだった。

ローランド卿は、娘の繊細で上品な顔立ちと、クリームのようなすべすべした肌に目を見張った。ちょっと見ただけでは、どこかの貴族の娘と言ってもおかしくはなかった。しかし、娘の手は荒れ、赤く腫れ上がっていて、態度もまぎれもなく召使いのそれだった。

ローランド卿は、暖炉の前に憮然《ぶぜん》と立ち尽くしている、もうひとりの着飾った女性に視線を戻した。オリヴィアは怒りを押し殺した顔つきをしていた。「わたしとしては、今日の午後にもマリア・エリザベスを捜し出す使命を果たし、日が暮れる前にはチェスターに着きたいと願っていたのですが」ローランド卿は、オリヴィアの不機嫌さをやんわりとかわした。

オリヴィアは悔しそうに唇を噛《か》みしめていたが、やがて答えた。「それは残念でしたわ。でも、さっきも申し上げたとおり、子どもは――」夫人はふとそばの娘に気づき、厳しい口調で命じた。「何をしているの！　さっさと出ていきなさい！」

召使いはさっと身を翻すといそいで部屋を出て、静かに扉を閉めた。きっと、ただの素朴な田舎娘だったのだろう、とローランド卿は思った。

「チェスターでのお約束に遅れさせるわけには……」

オリヴィアは言いかけて、ふと考え直したようだった。判事を引きとめることができれば、ロックベリーが息子ジェフリーのものだと説得できるかもしれない。そうすれば、ロンドンの審議会もロックベリーを息子に与えるはずだ。

「お願いです」オリヴィアはあでやかに腕を広げ、リアが運んできた盆を指し示した。「旅を続けられる前に、ぜひゆっくりとこれらを召し上がっていってくださいな。チェスターまではゆうに二時間はかかりますが、お天気もよろしいことですし、食事をなされば元気も出るというものですわ」

　リアは震えながら扉の外に立っていた。初めから聞いていたわけではないし、聞き違いということもある。もしかしたら、すべて誤解だったということも。だからこそ、部屋にいたときは何も言わなかったのだ。それに、客に話しかけたりすれば、あとでレディ・オリヴィアにこっぴどく叩かれる。ましてや、すべて勘違いとなればなおさらだ。

　しかし、もしリアが耳にしたことが間違っていなくて、彼女には母親の遺産があるとすれば、きっとあとで呼ばれて詳しい説明があるに違いない。一時間後、あるいは二時間後？　いくらかかってもいい。なぜなら、リアの人生が今、根底から覆されようとしているのだから。

　ああ、なんという変化だろう！　これからは、誰にも気兼ねせずに生きていける。わたしの家を持つことができる。

　盆を置いて身軽になると、リアは舞い上がるような気持ちで階段を下り、キッチンへ戻った。待っていたのは、抱えきれないほど大きな籠《かご》にいっぱいの洗濯物だった。

　しかしリアはにっこりと微笑《ほほえ》んで、いそいそと外の洗濯場へと向かった。

# 2

カーカム侯爵ことニコラス・ホーケンは石塀の上に小さな石を並べると、鞭《むち》を取り上げ、二十歩ほど離れた場所に立った。

それから鋭い革の鞭で塀の上の石をひとつ、ひとつ、目にも留まらぬ速さで叩《たた》き落としていった。一度として、鞭が狙《ねら》った石の隣の石に触れることはなかった。

こうした技に満足し、楽しんだこともあったが、今のニコラスにはそれもただの時間つぶしにすぎなくなっていた。

ニコラスはいらついていた。連れの者たちに合わせてこの調子でのんびりと旅を続ければ、カーカムに着くのは二日後になる。それも、連れたちがここタスクの〈エール亭〉に泊まらなければの話だ。〈エール亭〉で働く女たちはみんなかなりの美人で、サービスも酒を注《つ》ぐだけにはとどまらない。

ニコラスもそのサービスを受けることを望まないでもなかったが、それは夜になってからのことだ。それまでは鞭の練習でもして、この気分の重さや憂鬱《ゆううつ》さを振り払うしかない。なぜなら今日は、兄のエドモンドがフランスでの壮絶な戦いで命を落としてから十二回目の命日にあたるからだ。

エドモンドとニコラス兄弟は、フランス征服の夢をかけ、ヘンリー国王の指揮のもとで力を合わせ、誇りと喜びを胸に戦った。兄弟は、その恐れを知らない勇気で名を上げ、ホーケン家に歴史に残る栄誉をもたらそうと、心に決めていた。

ニコラスはふたたび塀の上に石を並べると、イタリアの貴族から伝授された技で、正確に石を落としていった。

二十歳の誕生日を前にして、兄エドモンドがその若い命を散らしたのは、すべてニコラスのせいだった。ニコラスがフランス戦線に参加しようと説き伏せたりしなければ、今ごろエドモンドはカーカム侯爵としてのんびり領地を治めていたことだろう。美しい娘、レディ・パルトンを娶《めと》って。

しかし、レディ・パルトンは兄の死を悼むあまり早死にしてしまい、不本意ながらもニコラスが侯爵の地位を継ぐことになった。

ニコラスは勢いよく振り返り、手首を器用に返して、近くの木の幹に力いっぱい鞭を巻きつけた。いつか、この押しつぶされそうな罪の意識が消えるときが来るのだろうか?

そんなときが来るとはとうてい信じられなかった。罪の意識のない生活そのものが、想像もできない。

「おおい、そこにいたのか!」

ニコラスが振り返ると、ふたりの連れが狭い草地を越えて近づいてくるのが見えた。ニコラスは顔をしかめたが、ふたりは気にかける様子もなく、楽しそうに笑っていた。

「ロフトンに言われて捜しに来たんだ、カーカム」ひとりが言った。

「きみのために陽気なのをつかまえてあると伝えろと」

「陽気な、なんだ?」

「陽気な金髪に決まってるだろ!」友人がぴしゃりとニコラスの背中を叩いた。「きみは金髪が好みだからな!」

金髪だろうと、禿《はげ》であろうと、今のニコラスにはどうでもよかった。いやな思い出をしばし忘れさせてくれさえすればそれでいい。彼は片眉を上げて、あえて悪党のような笑みをもらしてから、宿に向かって歩き出した。

忘れること、それだけがニコラスの望みだった。

　リアは不思議でならなかった。今ごろになって、いったい誰がサラ・モーレイ、いやサラ・バートンの娘を捜しているのだろう。二十二年前に生まれたときから、リアのことを気にかけてくれた人などひとりもいなかった。それなのに、今になっていったいわたしに何を求めているのかしら。

　リアが、自分をサラの娘だと意識したことはめったになかった。それをいえば、オリヴィアの姪《めい》だとも思っていなかった。リアはどこの誰でもなく、今までずっとそうして暮らしてきた。少なくとも乳母のティルダが母親の死後、リアをこのアルダートン城に連れてきてからはずっとそうだった。

　最初に彼女を愛情込めてリアと呼んだのはティルダだった。しかしティルダが死んでからは、誰もそんなふうな呼び方はしなかった。リアというのは名前でさえなくなって、何かが必要なときの怒鳴り声にすぎなくなった。

　嬉《うれ》しいことに、今それが変わろうとしている。リアはもう、アルダートンの名もない娘ではない。彼女はマリア・エリザベス・バートン。法的にも、名のある人物のれっきとした娘なのだ。

　もし彼女が法律で認められた嫡出子なら、どこかに正式な父親がいるということだ。そう気づいて、リアは思わず歩みを止めた。オリヴィアを訪ねてきた客は、リアの母親のサラ・バートンをスターリン公爵夫人と呼んでいた。だとすれば、リアの父親は公爵――スターリン公爵ということになる。

　リアはたらいの中で汚れた敷布やテーブルクロスをごしごし洗い、中庭いっぱいに張り巡らされたロープに一枚一枚干しながら、顔をしかめた。いったいこれはどういうことだろう。もちろん、聞き違いということもある。スターリン公爵の名前など、これまで一度として耳にしたことがなかった。なぜ伯父や伯母は、母がこの公爵と結婚したことを知らなかったのだろう。

それとも、知っていて黙っていたのだろうか。リアが遺産を継ぐのを妨げるために――そして、父親から引き離しておくために。

リアは空になった洗濯籠《かご》を取り上げると、キッチンに戻って、片隅に片づけた。それから暖炉のわきに積んだ薪《まき》が少なくなっていることに気づき、薪を運ぶための重い帆布を持ってふたたび表に出た。また料理人に殴られるのはいやだった。

あと少し……。リアは思った。きっとすぐにも、わたしが公爵の娘だったということが知れ渡るだろう。リアが首を振ると、それでなくても飛び出ていた髪がいっそう乱れた。ああ、まさかこんなことになるなんて、夢にも思わなかった。

リアは薪をキッチンの裏口に積み上げた。午後もまだ早かったが、少し不安になってきた。なぜこんなに時間がかかっているのだろう。とっくに呼ばれてもいいはずなのに、オリヴィアの客からはなんの音沙汰《さた》もない。すべてわたしの空耳だったなんてことがあるだろうか。

いや、そんなはずはない。リアは自分で自分に言い聞かせた。リアはサラの娘だ。それについては誰もが認めている。しかしモーレイ家は、母がヘンリー国王についていったことで、サラをひどく憎んでいた。代々リチャード王を支援してきたモーレイ家にとって、サラの行動は大変な裏切りであり、そのため一家に大騒動がもたらされたからだ。

しかし今、リアは母親が公爵と結婚したことを知った。母親は自分の領地を持った公爵夫人だった。領地の名はロックベリー。その名に間違いはない。この耳でしっかり聞いたのだから。

そう思うと少し気が楽になった。リアは裏階段の下の狭い自分の部屋に戻って荷造りをすることにした。荷物などほとんどなかったが、だからこそどれもこれも大切に思われた。しかし、何よりも大事なのはロケットで、いつだって肌身離さず持ち歩いている。

モーレイを離れると思っただけで体が震えたが、その興奮を抑えてこの先の旅のことを考えた。ロックベリーまでどのくらいかかるのだろう。オリヴィアの客はスタッフォードシャーにあると言っていたが、スタッフォードシャーがどこかもわからない。旅は何日くらいかかるのだろう。それとも一時間かそこらで着くのだろうか。リアの到着を、地元の人はどんなふうに受けとるだろう。

父親はそこにいるのかしら、それとも母のように、とっくに亡くなっているのかしら。

父親の存在そのものが、リアをわくわくさせた。心配してくれる人がいるということがどういうことか、想像もできなかった。リアが困ったとき、リアを思いやり、守ってくれる人がいるということがどういうことなのか、彼女にはよくわからなかった。

リアは自分の着ている服を見やった。ロックベリーの地にお目見えするのなら、襟がくれて裾《すそ》も長いこのセシリアのお下がりよりは、いつも着ているごわごわで地味なスカートのほうがいいだろう。

猫の額ほどの自分の部屋に入ると、獣脂の蝋燭《ろうそく》をともした。窓がないので、昼でも日が差し込まない。暗くて狭い部屋には、幅の狭い寝床と、原っぱで拾ってきた石を積んで作った小さな台があった。くたびれた粗い地の服とみすぼらしい下着が、きちんとたたまれて寝台の足元に置かれていた。

リアは首元を覆っていたショールを取り、服を脱ぐと、ひび割れた水盤の水を体にかけながら、午前中の労働でこびりついた汚れを洗い流した。水浴びが終わるか終わらないかのうちに、外がいやに騒がしくなった。

いつもなら自分に直接関係ないことは無視するのだが、そのときだけは別だった。突然、オリヴィアの客人が帰るのではばたばたしているのだと気づいたからだ。

わたしを残して！

リアはあわてて服を着込み、ショールを巻くと、部屋を飛び出して、屋敷のわきの入り口へ通じる薄暗い廊下を一目散に駆けた。客人が厩《うまや》に着く前につかまえなくては……。

重い扉を力いっぱい押し開けて外に飛び出したが、勢いあまって鶏の入った籠につまずいて転んでしまった。てのひらや膝をすりむいてひどく痛んだが、そんなことを気にかけているゆとりはなかった。いそいで起き上がり、ふたたび駆け出し、なんとか客の出立を阻止しようとした。

「リア！」

頭上から女の声が聞こえた。一瞬立ち止まると、オリヴィアが私室の窓から身を乗り出して叫んでいた。

「止まりなさい、なんて愚かなことを！」

しかしリアはオリヴィアの声には耳を貸さず、屋敷をぐるりと回って厩を目指した。厩の入り口には、いとこのジェフリーと、近隣に住む彼の遊び仲間のトーマス・ニュートンがいた。ふたりともリアよりは二、三歳年下だが、体も力も格段にまさっていた。ふたりの若者が退屈そうに彼女を眺めまわした。

「あの方はどこ？」リアはいらいらしたように叫んだ。なぜ、わたしを残してこんなに早く出立してしまったのかしら。

「誰？」ジェフリーがばかにしたようにきいた。

「わかっているでしょ。あなたのお母様に会いに来た紳士よ！」リアは切羽つまって答えた。「もう帰られたの？」

「なんでそんなことが気になるんだ?」トーマスが言った。ふたりはリアを取り囲むようにして、少しずつ厩のほうに追いつめていった。リアはいそいであたりを見まわしたが、近くに人影はなく、助けてくれそうな人もいなかった。もっとも、たとえいたとしても、助けてはくれないだろう。

「あなたには、関係ないでしょ、トーマス・ニュートン」

リアは気力を奮いおこして、トーマスの胸に指を突き立てた。リアはトーマスが大嫌いだった。彼は昔から、彼女をつけまわしては底意地の悪いいたずらをして喜んでいた。おかげでリアは、彼がそばにいるときは、極力注意して自分を守らなくてはならなかった。

リアは体が震えるのをこらえた。「お客様はどこ?」リアは勇気を出してもう一度きいた。「知っているはずよ!」相手が残酷で凶暴なのはよくわかっていたが、尻込みはしたくなかった。相手は力ばかり強くて、愚かな若者なのだ。

「なるほど、じゃあ、捜してみよう……」トーマスがリアの腕をつかんで、厩の奥に引き入れた。「ここにいるんじゃないかな?」

ふたりは最初の囲いにリアを押し込んだが、そこにはモーレイ家の老いた馬がいた。二番目の囲いの柵《さく》はあいていて、中は空だった。

「ジェフ、乗り心地のいい馬がいたってのはここだろ、そうだよな?」トーマスがにやにやしながらきいた。

リアはトーマスの腕を振り払って逃げたが、ジェフリーに行く手をふさがれた。トーマスがショールをつかんで引き戻し、ジェフリーが彼女を押し倒した。

「離してよ!」リアは、のしかかってくるふたりの足をやみくもに蹴飛《けと》ばしながら叫んだ。押し倒されたはずみに肘を強く打って、鋭い痛みが走った。

「しっかり、押さえてろよ！」トーマスが怒鳴った。

気の遠くなるような恐怖に襲われて体の力が抜けそうだったが、リアはなんとか気力を保った。ここであきらめたら、結果はあまりに悲惨だ。片方の手が動かなかったにもかかわらず、なんとか地面を転がって彼らをかわそうとしたが、大の男ふたりにがっちり押さえ込まれては、それもできなかった。

トーマスがリアの両脚を押さえつけるあいだ、ジェフリーが肩を押さえて頭を強く押したので、リアは地面に頭をぶつけて一瞬ぼうっとなった。それでも、すぐに意識を取り戻し、以前にもまして激しく抵抗した。

何かが強く引っ張られて、裂ける音がした。リアの喉元に苦いものが込み上げてきたが、それでもあきらめようとはしなかった。片足をばたばたさせながら、どうしたらこの危機を抜け出せるかと考えた。何かできることはないのか。

片方の手が抜け、リアはすかさずジェフリーの髪をつかんで、思いきり引っ張った。髪が根元から抜け、ジェフリーが悲鳴をあげてのけぞった。その隙《すき》に、バランスを失ったトーマスを思いきり蹴飛ばし、地面を転がって彼から離れた。リアが立ち上がったとき、混乱したジェフリーは自分の痛みを嘆くのが精いっぱいだった。

だがトーマスは、そう簡単にはいかなかった。彼にはどこかぞっとするような悪意があって、リアだけではなく、使用人たちのすべてが彼のそばには近づかないよう用心していたほどだ。

彼の手から逃れられたとしたら、奇跡とさえ言える。リアは、もう少しでモーレイ家から出られたことや、見知らぬ紳士とこの屋敷を出ていく夢を思って、涙がこぼれそうになった。

しかし、そんなことはしょせん夢のまた夢ということくらい、よくわかっていたのではなかったのか。

トーマスがリアの周りを回りはじめた。「逃げられるものなら逃げてみるんだな、リア」彼がからかった。「これまで散々色目を使ってたくせに。今度は覚悟するんだな」

リアはトーマスの動きに合わせて回り、いっときも彼から目を離さなかった。色目ですって！　トーマスとはいつだってできるだけ離れていた。誰がこんな気味の悪い蛙《かえる》のそばに近づくものですか。

彼がいきなり飛びかかってきて、ショールをつかまえて引き寄せた。しかしそのとき、リアは彼の股間《かん》に思いきり膝蹴りをくらわせた。トーマスは悲鳴をあげ、下半身を押さえて地面をのたうちまわった。

トーマスが起き上がるのは時間の問題だ。リアは痛みをこらえ、最後の力を振り絞って囲いの入り口まで走った。これ以上モーレイ家にとどまれないのはわかっていた。いい機会だ。たとえひとりででも、ここを出よう。

リアはすばやく、しかも勇敢に行動した。馬泥棒は縛り首と決まっていたが、リアがやろうとしていたのはまさにそれだった。うめくトーマスとジェフリーがいる囲いをあとにすると、リアは隣の囲いに飛び込んだ。そしてすばやく乗馬用の踏み台を出し、その上にのぼって年老いた黒馬の裸の背にまたがった。リアはそのまま厩から馬を駆ると、内庭を抜けた。一度として後ろを振り返ることはなかった。南東の方角。リアの頭にはそれしかなかった。

ロックベリーへ。

# 3

カーカム卿《きょう》ニコラスは連れのひとりのくだらない冗談をにんまりとして聞き流した。ニコラスをはじめとする貴族の子弟のならず者一団は、すでにカーカム城のすぐ近くまで来ていた。ロンドンの生活にも飽き飽きしていたので、一カ月ほど田舎で気晴らしができると知って、みんな上機嫌だった。

一行の中でもニコラスは群を抜いていた。

卓越した狩りの腕前を持ち、酒好きで、しかも無類の女好きという彼の評判は、すでに伝説にさえなろうとしている。喧嘩《けんか》をさせれば負けることを知らず、鞭《むち》を使わせれば彼の右に出るものはいない。

「ロフトン、おまえの酒をくれ」ニコラスがけだるそうに言った。「わたしのフラスコはもう空っぽだ」彼は自分の携帯用の錫《すず》製の酒入れをわきの森にぽいと放《ほう》り投げた。

「カーカム城の門まで競走というのはどうだ？」シェフィールド子爵が提案した。「負けたほうが宿賃を払うということで」

ニコラスの体が馬上でゆらりと揺れた。

「それで、本当に大丈夫なのか？」ロフトン卿がたずねた。

「ああ、心配するな。だが勝者の褒美は、城でいちばんの美人だ」ニコラスは黒髪を後ろにたなびかせながら笑った。

「よし、決まりだ！」ロフトンが鬨《とき》の声をあげた。

ニコラスの気がころころ変わることや、底なしともいえる酒の強さのおかげで、友人や取り巻き連中は退屈することがなかった。「行くぞ！」

旗でも振り下ろされたかのように、馬が狭い道を横一列になって飛び出した。ニコラスは馬の背にぴったりと体を押しつけて激しく馬を駆った。競走に参加したのは三人で、残りの仲間は笑いながら見送っていた。彼らのスピードについていけないと知っていたからだ。

しかし、道幅が狭くて三頭が並走するのがやっとだったから、それでよかったのだろう。外側をニコラスが、ロフトンが真ん中を走った。

三頭の馬はあいかわらず鼻を並べて走っていたが、勝負が決まるカーカム城の門まではまだ少しあった。この先のカーブを曲がると、東に向かう分岐点があって――。

いきなり行く手に一頭の馬があらわれた。その馬は、恐ろしい勢いで迫ってくるニコラスたちに驚いて後ろ脚立ちになった。馬の背中から青と金の塊が振り落とされ、走ってくる馬の前に転がり落ちた。

ニコラスは力いっぱい手綱を引いて馬の速度をゆるめた。ほかのふたりもあわてて手綱を引いた。ニコラスは馬が止まるのも待たずに馬から飛び降りると、道の真ん中で気を失っている女性に駆け寄った。

若い娘だった。着ている服からして、どうやら貴族の娘らしい。

かぶり物はなく、金色に輝く髪が地面に広がっていた。まるで、修道院の画僧が刷毛《はけ》で金髪をはいたかのようだった。かつてのニコラスなら、娘を美しいと思っただろう。しかし、世間の裏を見すぎた今となっては、本当に美しいものなどこの世にはめったにないことを知っていた。それでも、彼女の美しさを楽しむことくらいはできた。

高い頰骨に、長く濃いまつげが影を落としていた。まぶたを囲むように、繊細でくっきりした眉がきれいな線を描いている。鼻筋が通っており、唇はふっくらとして、ふるいつきたくなるようだ……。

ニコラスは思わず唇をなめ、娘に声をかけた。

「お嬢さん……」

娘の口からうめき声がもれた。その声を耳にしたとたん、ニコラスはふいに奇妙な幻覚にとらわれた。まるで、時空を超えて別の時間、別の場所に運ばれたかのような。娘の口からもれる歓《よろこ》びのうめき声、ベッドの上に広がるきらびやかで豊かな髪が脳裏をよぎった。

にもかかわらず、道に横たわる娘の姿の何かが、汚れを知らない無邪気さで彼に迫ってきた。この娘が必要としているのは、愛撫《あいぶ》ではなく守られることだ——。

ニコラスは自分の愚かしい妄想に首を振ると、仲間を振り返った。同じように馬から降り、ニコラスと娘を見下ろしている。彼らはにやにや笑いながら、しきりに、カーカムで待っている女たちのことを話していた。ついでにこの美人もいただこうぜ。そんな冗談まで飛ばしていた。

その無神経さが、なぜかニコラスの神経を逆なでした。「先に行っててくれ」彼は吐き捨てるように言った。「このお嬢さんの様子を見てから、すぐに追いかける」

「お嬢さん?」仲間のひとりがつぶやいた。「じゃあ、城にいる女のひとりではないのか?」

「行くんだ」ニコラスは頭ごなしに命じた。しかし、追いついてきたほかの仲間たちに気づいて、すぐに自分を取り戻し、口調をやわらげた。「城には全員の部屋が用意してある。一時間後に開かれる宴《うたげ》の席で会おう。だから、ここはわたしに任せて先に行ってくれ。大丈夫だから」

仲間たちがしぶしぶその場を立ち去ると、娘はふたたびうめき声をあげ、かすかに体を動かした。すらりとした首元が脈打っている。ニコラスはそこに唇を押しあてる自分の姿を想像した。

「お嬢さん」娘の頭の下に手を入れながら、ニコラスはふたたび呼びかけた。

娘がぱっと目を開いた。そしてニコラスに気づくと、いきなり拳《こぶし》を繰り出して彼の顎を思いきり殴った。パンチの強さもそうだが、ニコラスはあまりに意外な反応に仰天して、尻もちをついてしまった。娘は彼が倒れた隙《すき》に、ふらふらと立ち上がった。しかし、逃げようと足を一歩踏み出したとたん、うめき声をあげてまた地面に倒れ込んだ。

ニコラスは仲間たちがその場に居合わせなかったことに感謝した。そうでなければ、娘に殴られてひっくり返るという無様な姿を目撃されるはめになっていたはずだ。しかし、娘は自分の振舞いを恥じている様子はなかった。それどころか、愚かで乱暴な若者たちを産み育てた母親たちに、のろいの言葉さえつぶやいている。

娘は四つん這《ば》いのまま、その場から逃げようとしていた。その姿をじっくりと楽しみながら、ニコラスは笑いをこらえて言った。「きみは、出会った男すべてに一発見舞うことにしているのかい？」彼は皮肉った。「それとも、そんな栄誉を受けたのはわたしだけかな？」

「よほどの大ばか者でもないかぎり、こんな狭い田舎道で競馬遊びなんかしないわ」彼女はつぶやいた。

ニコラスは顔をしかめ、歯ぎしりをした。たしかに彼の評判は決して褒められたものではないが、これまで誰からもそんな言われ方をしたことはない。

「大ばか者……！」

「さっさと行って」彼女はそう言いながら、信じられないほど美しい瞳で彼をにらみつけた。

かつて一度だけ、これに似た目を見たことがある。しかし、どこで見たかはどうしても思い出せなかった。それに、どこであろうと関係なかった。彼女の瞳の言葉にならない美しさと、怒りに燃えた表情がニコラスを強くとらえた。

それまでの憤りが嘘《うそ》のように消えて、代わりにわき上がってきた思いがニコラスの頭をいっぱいにした。この軽蔑《けいべつ》に満ちた瞳が、彼が与える至福の歓びにもだえるとき、どんなふうに変わるのだろう。想像しただけでぞくぞくした。この娘は、喜んで彼を迎え入れる旅籠《はたご》の女たちとは違うようだ。

違うなんてものではない。この金色の美を何に喩《たと》えたらいいのか。若く、繊細で、うぶな生娘に見えるかと思えば、どんな手慣れた高級娼婦《しょうふ》よりも威勢がよく、高慢だ。いったい、どちらが本当の姿なのか。それを発見するのはさぞかし楽しいだろう。

これほどの気晴らしはそうそう見つかるものではない。ニコラスの口元が自然にゆるんで、すんでのところで笑い出しそうになった。

「怪我《けが》はなかったかい？」体を起こし、彼女のそばまで這っていって、ニコラスはたずねた。一応、また殴られないように用心しながらだったが、それも悪くないとも思っていた。

リアは途方にくれたように振り返ると、男を見た。怪我もしていたし、歩けるかどうかもわからなかった。でも、この人を信じていいものだろうか。

男はそのがっしりした体を、高価な服で覆っていた。身のこなしも戦士のように自信にあふれていたが、彼からは酒のにおいがして、表情にもある種冷酷な無関心さが見てとれた。きっと、酒びたりの好色家なのだろう。

リアを見つめる彼の目の色がかすかに深みを増した。酒飲みであろうとなかろうと、この人は股間《こかん》を蹴飛《けと》ばしてやればすむ、粗野な若者とは違う。どことなくけだるい雰囲気を漂わせてはいるが、リアはそんな外見の裏に、別の何かが潜んでいるのを感じた。

髪の色は濃く、ほとんど黒に近かった。かなり長めで、それが彼に優雅な遊び人のような風貌《ふうぼう》を与えていた。怒りに満ちた灰色の瞳を、濃いまつげが縁取っている。鼻は高く、すっと伸びていたが、かすかな窪《くぼ》みがあり、どうやら鼻の骨を折ったことがあるようだった。くっきりとした高い頬骨が顔に厳しい印象を与えているものの、口元にはおだやかさが感じられた。全体的には暗く、不機嫌そうな顔つきで、唇だけが隠しきれない繊細さをあらわにしていた。

リアは困ったように唇をなめ、彼を殴ったことを謝るべきかどうか迷った。だが、そのことには触れないほうが無難なようだ。とにかく一刻も早くこの場を立ち去り、ロックベリーに向かわなくてはならない。幸いなことに、数キロ手前の村で目的地はそう遠くないと教えられた。

「足首をひねったみたい」彼の手が届かない場所まで逃れると、リアは言った。「できたら、馬に乗るのを――」

「どれ、見せてごらん」

「いいえ」

リアは彼に限らず、誰にたいしても隙を見せるつもりはなかった。命がけでアルダートンを逃れてきたのだ。ロックベリーにたどりつくまでは、誰にも邪魔はさせない。それが女々しいジェフリー・モーレイであろうと、悪意の塊のような彼の友達であろうと、この男っぽい貴族であろうと。わたしはこれからロックベリーに行って、自分の誕生の真実を見つけ出すのだ。その結果、たとえ伯母の部屋で小耳にはさんだことがすべて誤解だったとわかったとしても。

彼女はスカートで足を隠すと、その場を離れようとした。しかし、そう行かないうちに、男に膝のあたりをがっちりとつかまれた。

「いったい、何をそんなにいそいでいるんだね?」

男の言葉はやさしかったが、リアはその声に危険を感じとった。彼は位置を変え、リアを仰向けにすると、道路わきの湿った草むらの上に彼女を組み敷いた。

彼から漂ってきたのは、酒のにおいだけではなかった。馬と、革と、そして男のにおいがした。髭《ひげ》の濃い跡が顔半分を覆って、頬に浮かぶ皺《しわ》がぞくっとするほど魅力的だ。彼はリアとは比べ物にならないほど大きく、引きしまっていた。長くしなやかな肉体が、彼女の中にこれまで経験したことのない不思議な反応を引きおこした。

リアが思わず身を震わせ、彼の目の色が漆黒に近くなった。

動きたくても動けなかった。手足を押さえられているのと同様、リアの呼吸もまた、喉で押さえつけられているかのようだった。足から力が抜けていくのがわかった。

ふたりの息がからみ合い、彼の胸が彼女の胸に触れた。リアは体が浮き上がるような気がした。全身が羽根のようになって、胸の先から下半身まで、内側からくすぐられているような気分だった。

彼は片手をリアの腰のあたりに置いて、足を移動させた。リアが体をよじると、彼の口からうめき声がもれた。彼は体を起こし、その力強い腕でリアの肩を抱きかかえるようにして、片足を彼女の足のあいだに入れた。リアの瞳をじっとのぞき込み、彼女の視線を釘《くぎ》づけにしたままで、足を上に移動させてリアの秘密の場所に触れた。圧迫が強くなって、リアの体をとろけるような熱さが駆け抜けた。

その燃えるような感覚に驚いて、リアは力いっぱい彼を押しのけた。リアのそんな動きを、彼があえて許しているのはわかったが、それでもせっかくの機会を逃そうとは思わなかった。

リアはぱっと体を起こし、足を引っ込めた。それでも声を出すまでには多少時間がかかった。「馬に乗りたいの」恥ずかしさを押し殺し、勇気を奮って彼の目を見た。「もし手を貸してもらえれば、旅を続けたいのです……」

ニコラスは身じろぎひとつしなかった。彼はこれまで、女性に無理強いしたことなど一度もなかったが、彼女だけは別だった。娘が彼の愛撫に反応し、感じているのは間違いなかった。彼女はまだ息をはずませ、声もかすれていたが、瞳にはとまどいが色濃く浮かんでいた。

髪に枯れ草がつき、青い絹のドレスのところどころが湿った土のせいで黒ずんでいた。まるで、今しがた愛を受けたばかりのような風情を漂わせているが、実際はその入り口にさえいっていない。

ニコラスは自分の愛撫の腕が落ちたとは思いたくなかった。もう一度必ずこの娘を腕に抱き、歓びを与えてやる。それもできるだけ早く。

娘が気づいて彼を押しのける前に、ニコラスはその女らしくてやわらかい曲線が、しっくりと彼になじむのを知って心を躍らせた。できることなら娘の肩を覆っている汚くて醜いショールを引きはがし、その下にあらわれてくるものを見てみたかった。しかし残念ながら、その時間はなかった。

ニコラスにしては珍しく、娘に興味を抱いた。いったい、この娘はなんだってわたしの土地にやってきたのだ。老いぼれの裸馬に乗って、鞄《かばん》ひとつ持っていない。見たところ持ち物といえば、着ている服と、首から下がっている見事な細工のロケットだけだ。もしかして、貴族の愛人をしていて捨てられたのか。それとも、連れの者とはぐれた世間知らずのお嬢さんか。

ニコラスは内心にんまりした。とにかく、彼女に行くあてがないのははっきりしている。だとすれば、この娘はわたしが世話をする。

「いや」ニコラスはきっぱりと断った。

若い娘は、あっけにとられて目を大きく見開いた。「そんな」彼女はゆっくりと片膝を立てた。「お願いです……」

「きみはわたしと一緒にカーカムに来るんだ」彼は言った。「そうすれば、ひねった足首の手当てもできる」

「でも、わたし――」

「いや、ぜひそうしてくれ」彼はかすかに微笑《ほほえ》みながら言ったが、氷のような目は笑っていなかった。「考えてみれば、きみが馬から放り出されたのもわたしのせいだ。だとすれば、家に連れ帰って手当てをするのはあたりまえだ」

ニコラスは起き上がって、彼女に手を貸して立ち上がらせた。娘は驚いているようだった。ニコラスがカーカムの城主だということには気づいていない。痛めた足を気遣いながら、彼は娘を近くの岩の上に立たせ、馬に乗せた。

「鞍《くら》はないのかい？」自分の灰色の糟毛《かす》の馬にまたがると、ニコラスはきいた。

リアは首を振った。このまま走り去ろうかと考えていた。しかし、ロックベリーへの道がわからない。これまで二日間、走り通しだった。食べ物も、眠る場所もない、長い二日間だった。そのあいだじゅうずっと、いつジェフリーに追いつかれるかと、生きた心地もしなかった。

しかしこの人に、わたしが誰で、どこへ行こうとしているのか、明かしていいものだろうか。

「さあ、行こう」彼の声は温かく、心が動いた。「時間も遅くなってきたし、カーカム城はすぐ近くだ。足の手当てをして、暖かい食事でおなかを満たしてから、旅を続ければいい」

リアは何も言わないにこしたことはないと思い、黙って彼についていった。もとより、カーカム城で食事をとることに異議はない。それに城の使用人から、ロックベリーの場所を詳しくきき出せるかもしれない。

リアは馬上でぴんと背を伸ばし、できるだけ高慢な女に見えるよう努めた。彼に、お世辞や誘惑に弱い、うぶで愚かな娘だと思われたくなかった。洗練された女性のふりをすれば、いくら世間慣れしたこの美しい貴族でも、そうやすやすと手を出してはこないだろう。

ニコラスは馬の前方を見ているふりなどまったくしなかった。馬を並べている娘の美しい姿と、彼女の発する質問に心を奪われて、横ばかり見ていた。娘の話し方は貴族の令嬢にふさわしい上品なものだった。しかし、彼に向ける視線には、貴族の娘にはめったに見られない、大胆でいどむような何かがあった。服は破れ、体にも合っていないが、絹地のすばらしさには目を奪われた。日に焼けた髪は艶《つや》やかで、顔は繊細で魅力に富んでいる。ただ、手だけは赤みをおびて、ひどく荒れていた。

乗馬の腕は一流とまではいかないが、それでも裸馬を乗りこなすだけの技量は持ち合わせていた。問題はその馬だ。なんて哀れな馬だ。しかし、たとえどれほど貧弱であろうと、馬が農民の手に届くものでないのはニコラスにもよくわかっていた。

この娘は、この馬を盗んできたのだろうか？

「わたしはニコラス・ホーケン」彼は言った。「カーカム侯爵です」

若い娘はただじっと前を見ていた。ニコラスはあいかわらず彼女から目を離すことができず、言葉を発する前に彼女の喉元がぴくりと動き、唾《つば》をのむのがわかった。「はじめまして」

ニコラスはにやりとした。どうやら名前を明かすつもりはないらしい。

「ここはわたしの土地で、きみはそこに侵入してきた」

「心からお詫《わ》びを申し上げますわ」彼女は明るく答えた。「他人の土地に侵入するつもりなど、もとよりなかったのです」

「そうでしょうね」ニコラスは、娘が醜いショールをかき合わせるのを興味深く見守っていた。あんな薄汚い布で、あのすべすべした美しい肌を隠すなんて犯罪だ。「まだお名前をうかがっていないが、麗しの人」

娘はあたりの景色に目をやったまま、何も答えなかった。躊躇《ちゅうちょ》しているのはわかったが、なぜ名を明かすのを拒むのだろう。家出でもしてきたのか。それとも、法の執行官に追われているのか。

「わたしの名は……マリアです。スタッフォードシャーのマリア」

「なるほど……」まあ、少しは進展があったようだ。しかしニコラスには、娘が本当の名前を言っているようには思えなかった。「姓は？」

「その……ありません」まるで、良家の若い娘が供も連れず、破れた服を着て、裸馬の背にゆられて寂しい田舎道を行くのがあたりまえのような言い方だった。おまけに名前はスタッフォードシャーのマリアとは。

カーカムに着いたらすぐに、誰かを近隣の地に派遣して調べさせてみよう。

# 4

カーカム卿《きょう》ニコラスが彼女の手の荒れに気づいたことを知って、リアは彼の秘書が礼拝堂近くの贅《ぜい》を尽くした部屋で足首の手当てをしてくれるあいだ、用心深く手を隠していた。そこは気持ちのいい部屋で、縦仕切りの窓からは中庭が見えた。古風で、様様な彫像と新緑にあふれた風情豊かな庭だった。

秘書のヘンリック・トーニイは、淡い色の髪で、肌も青白く、年はリアより少々上くらいにしか見えない若い男性だった。抜けるように白い顔に、焦茶色の目だけが妙に目立って、いつも何かに驚いているかのような印象を与えた。

手は魚の腹のように白く、ねとねとしていて、その手に触れられるたびに寒気が走った。しかし、この人は親切にも怪我《けが》の手当てをしてくれているのだ。そう思って、リアはじっと我慢をした。

「爪先まで腫《は》れていますね」リアの足首に包帯を巻きながら彼は言った。「数日は動かさないことです」

「でも、そんなのは無理ですわ」リアは答えた。窓の外に目をやると、すでに日がかげりはじめていた。一時間もすれば、とっぷりと暮れるだろう。「先をいそがなくてはならないのです。明日にも発《た》たなくては」

トーニイはあるかないかの薄い眉を上げ、肩をすくめた。「決めるのはあなたです、お嬢さん。しかし、カーカム卿は――」

遠くの広間から聞こえてくるニコラスの笑い声に気づいて、トーニイはそれ以上何も言わなかった。ほかの客たちの声も加わり、ふいに音楽が始まった。楽器の演奏に合わせてひとりが歌い出し、やがて大合唱に発展して、最後は下卑た笑い声で終わる。それの繰り返しだった。

リアは唇を噛《か》みしめた。あの大勢の客たちに知られずにここを抜け出すには、どうしたらいいのだろう。右も左もわからないというのに。

しかし今、そんなことを考えても始まらない。とにかく、状況をしっかりと把握して行動するだけだ。もし、このまま貴婦人で通せるものなら――いや、わたしはれっきとしたバートン家の娘だ――それ相応に振舞わなくてはならない。誰に出会おうと、堂堂としていればいいのだ。長年セシリアと暮らし、密《ひそ》かに彼女の真似《まね》をしてきたおかげで、態度といい、言葉遣いといい、どんな貴族の令嬢にも負けない自信はある。それに、ことあるごとに伯母やセシリアの髪を結い上げ、着つけに手を貸してきたので、淑女の身づくろいも知り尽くしている。

貴族の娘になりきることに問題はない。

それならなぜ、ニコラスをだますと思うと体が震えるのだろう。

扉を軽く叩《たた》く音がして、秘書が腰を上げた。入ってきたのは体の大きな騎士で、リアを見て少し照れていた。

「カーカム卿のお言いつけで、ご婦人をお部屋に案内するために来ました」騎士は言った。

「わかりました、ガイルス卿。では、わたしが明かりを持ちましょう」トーニイが答えた。

リアはほっと胸をなで下ろした。明かりがいるというからには、ニコラスの客たちが集っている煌々《こうこう》と照らされた広間は通らないのだろう。ガイルス卿はリアをそっと抱えるようにして部屋を出ると、暗い廊下を進み、螺旋《らせん》状に伸びる狭い石の階段まで来た。ガイルスが先にのぼり、トーニイが続いた。のぼりきると、ふたたび暗い廊下が続いていた。

トーニイが明かりを掲げて前を歩き、重い樫《かし》の扉の前で足を止め、扉を押し開けた。ガイルスがリアを暖炉の前の椅子に座らせ、トーニイがテーブルの上の燭台《しょくだい》に明かりをともした。

この城の主人の部屋はどこなのかしら、とリアは思った。別に彼に会いたいわけではない。あくまで好奇心からだ。

「すぐに食事をお持ちします」ガイルスが出ていくと、秘書が言った。「それから、カーカム卿によれば、この衣装箱の服は好きに使うようにとのことです」洗面台の近くの床にあった二個の大きな衣装箱を指しながら秘書は続けた。「今は誰も使う人がいませんから。カーカム卿はあなたがその何も……いえ、鞄《かばん》を盗まれて……とにかく、ご自由にどうぞ」

男たちが行ってしまうと、リアはそっと床に足をついた。そして痛めたほうの足に少しずつ体重をのせて、なんとか立とうと試みた。とたんに激しい痛みが全身を貫き、頭がくらくらして、吐き気すら覚えた。リアはあわてて椅子に座り込んだ。

これではどうにもならない。しかし、できるだけ早くここを出なくては。きっと、何かいい方法が見つかるはずだ。

リアはそばの椅子の上に片方の足を上げると、椅子を杖《つえ》代わりにして、ふたたび立ち上がった。これでいい。足が治るまで、杖か松葉杖を使って動けばいいのだ。このぶんだと、馬にさえ乗れれば、ロックベリーまで行くことだってできるかもしれない。向こうに着けば、あとは足を引きずっていようがいまいが、すべてが落ち着くところに落ち着くだろう。

椅子につかまり、片足でぴょんぴょん飛び跳ねながら用意されていた水差しのところまで行き、手や顔を洗った。モーレイの家から逃げ出して以来の汚れが気になっていたし、暖かさと、屋根のある部屋が嬉《うれ》しかった。

しかし、ここでもわたしはあくまで客のひとりにすぎない。ロックベリーに行き、母親の遺産を受け継ぐことができれば、わたしにもやっと自分の家ができる——わたしがいるべき本当の場所が。

少なくとも、今のリアはロックベリーが自分の場所であることを願っていた。

リアはわき上がってくる不安を遠くに押しやった。いくらなんでも、伯母オリヴィアの部屋で聞いたことすべてが聞き違いとは思えなかった。リアがマリア・バートンであることは疑いの余地がない。乳母のティルダから、マリアと呼ばれていたかすかな記憶がある。マリアを愛情をこめて、短くリアと呼んだのもその乳母だ。

汚いショールを外し、肩先から重い絹を滑らせながら服を脱いだ。彼女は生まれて初めて、鏡に映った自分の姿を見た。

なんて汚れて、だらしない格好！

よほど念入りに支度をしないと、これでは貴婦人どころではない。

突然、扉の外が騒がしくなって、ふたりの召使いが入ってきた。ひとりは料理や飲み物がのったお盆を掲げ、もうひとりはヘアブラシをはじめ、抱えきれないほどの化粧道具を持っていた。

ふたりは礼儀正しく膝を折ってお辞儀をすると、すぐにそれぞれの仕事に取りかかった。ここの使用人たちは、部屋に入る前に許しを請うことも知らないの。ひとりの時間を邪魔された腹立ち紛れに、リアは思った。しかしその怒りも、召使いたちの従順で気持ちのいい微笑《ほほえ》みにすぐに静まった。見当違いの怒りであることはリア自身がいちばんよく承知していた。

「カーカム卿のお話では、自由に動くことがおできにならないとか」背の低いほうの召使いが言った。「お手伝いをするように言いつかってまいりました」もうひとりがつけ加えた。

ニコラス・ホーケンは密書を手に部屋の中を行ったり来たりしていた。彼が城に戻る数時間前に届いたとかで、今しがたトーニイから手渡されたものだ。密書はある人物を厳しく糾弾していた。

ああ、そのフランス皇太子宛《あて》の手紙とかいうものをなくしさえしなければ、この糾弾の真偽を確かめられるのだが。

何年にもわたって、ニコラスは酔いどれでうすっぺらな遊び人を演じてきた。彼の無鉄砲さと放蕩《ほうとう》ぶりは世に広く知れ渡り、人々はそれをフランスの戦場で兄を失ったせいだと信じていた。

秘書でさえ、それには疑いを持っていなかった。

情報を集めるには理想的な状況だった。ニコラスの集めた情報はフランスに送られ、断続的に続くイングランドとフランスの戦いに一刻も早く終止符を打つために使われる。戦争が早く終結すればするほど、毎年のように戦場で失われる命が少なくてすむのだ。ニコラスがこの仕事を引きうけた動機はまさにそれだった。

兄エドモンドのような犠牲者はもう出したくない。

ニコラスがいまだに兄の死に深い罪悪感を持っているのは事実だったが、放蕩者という評判はこの特命を遂行するために、綿密に計算されて作り上げられたものだった。大酒飲みの愚か者としてあちこちの酒盛りに顔を出し、怪しまれることなく同じような貴族仲間たちから情報を収集して、フランス総督ベドフォード公爵に送る。早い話が、ニコラスは間《かん》諜《ちょう》だった。仕事はかなりの危険を伴うが、ときとしてスリルに満ち、やりがいもあった。

しかしここ数カ月というもの、イングランドの機密情報が数回にわたってシノンのフランス皇太子にもれていることがわかった。しかもその影響はすでにあらわれていて、あちこちの小競り合いでイングランドは苦しい立場に追いやられていた。情報を流しているのが誰であれ、すぐにも阻止しないと、フランスにおけるイングランドの勢力は衰退の憂き目を見ることになる。

ニコラスは手にした密書をながめた。密書が裏切り者として示唆していたのはスターリン公爵、ジョン・バートンだった。オルレアン駐在のイングランド軍の兵の人数を流したのは彼だとあった。しかし、ニコラスにはとても信じられなかった。

そんなことがあり得るだろうか。スターリン公爵の忠誠心は誰もが知るところで、家柄も、ウィリアム一世征服王にまでさかのぼれるほどの旧家だ！ ヘンリー五世からも、彼の父親である伯爵同様、相談役として大きな信頼を得ていた人物だ。それだけではなく、現在は、ヘンリー六世が王位継承可能な年齢に達するまでイングランドを統治している枢密院の重要な一員なのだ。

そのうえスターリン公爵は、ベドフォード公爵の大の親友であり、助言者でもある。この大事なときに、もしスターリン公爵が国を裏切るならば、ベドフォード公爵だけではなく、フランスで戦っている多くの兵士に甚大な被害が及ぶだろう。

ニコラスは密書を火にくべ、両手を後ろ手に組んだ。今回のカーカム帰省に際しても、ロンドンから貴族を何人か同伴してきた。彼らの口から何かきき出せるかもしれないと思ってのことだ。これまでも、上等なワインと遊び女たちが氾濫《はんらん》する宴《うたげ》の席で、多くの大事な情報を手に入れてきた。鴨《かも》にされた貴族たちはまったく疑っていない。

しかし、裏切り者の正体が割れた今となっては、こんな仕事を続ける必要があるだろうか。

いや、ある。この密書の内容が真実に基づいたものかどうか、とことん調べてみなくてはならない。フランス皇太子に届けられるはずだった密書の断片に、スターリン公爵の封印の一部が残っていたというくらいでは、裏切りの証拠としては不十分だ。ジョン・バートンを売国奴という空恐ろしい罪で糾弾するつもりなら、それだけの証拠をきちんとそろえなくてはならない。

宴は予定どおりに進めよう。客たちのほとんどはスターリン公爵の取り巻きと交流があるし、何か知っている者もいるかもしれない。ニコラスはエールを口いっぱいに含んでうがいをすると、近くの水盤に吐き出した。酔っ払いに見せかける必要はあっても、本当に酔ってはしゃれにもならない。

大広間で催されている宴席につらなるつもりで部屋を出て、ふと連れ帰ってきた娘のことを思い出した。どうしているかトーニイをやって報告させようとも思ったが、気を変えて自分で行ってみることにした。あのすばらしい瞳にもう一度お目にかかれるなら、仕事が多少遅れても、それだけの価値はある。

すぐ隣の部屋なのだから、遠回りにもならないし。

リアは流行の形に結い上げられた自分の髪を不思議そうな面持ちで見つめていた。自分の姿をこれほどはっきりと見たことはなかったので、召使いが巧みにピンを使って見事な三つ編みにまとめ上げたときは、鏡からじっとこちらを見返しているのが自分だとはとても信じられなかった。

召使いのひとりに手を借りてセシリアの服を脱ぐあいだに、もうひとりが衣装箱の中から上等なリネンの下着を探し出した。それから二着の豪華なドレスを寝台の上に並べた。

しかしリアは、なぜ自分が着飾らなくてはならないのかわからなかった。ありがたいことに、ニコラスは宴席に加わるようにとは言わなかった。大勢を前に、自分の演技力を試すつもりもない。若い召使いたちが相手ならまだなんとかなるが、ニコラスや大勢の客に囲まれるとなれば話は違う。

「さあ、いかがですか」二着のドレスを指して召使いが言った。「グリーンとオレンジのどちらがよろしいでしょうか。両方とも、髪やお顔の色にとても映えると思いますよ」

リアにとってそれらのドレスは、そんな簡単な言葉で片づけられるような代物ではなかった。グリーンのドレスは艶《つや》やかなベルベットで、暮れかかった森のような深い色合いがなんとも美しかった。襟元と腰にかわいい白の毛皮の縁取りが施されている。鉄錆《てつさび》色に近いオレンジのほうは、襟が四角く大胆にくれて、襟ぐりには金色の小玉が縫いとられ、ベルトもおそろいの金色だった。袖《そで》と裾《すそ》に対照的な黄色の絹が使われている。

「オレンジがいい」低く、よく響く男の声がした。振り向くと、いつのまに入ってきたのか、ニコラスが数歩離れたところに立っていた。リアには足音すら聞こえなかった。もっとも、ドレスに心を奪われていたのも事実だが。「ふたりにしてくれ」彼は召使いたちに命じた。

リアはあわてて抗議しようと口を開いたが、召使いたちはすでに部屋を出ていた。そのあいだも、ニコラスはリアから目を離そうとしなかった。下着姿のまま、リアは自分がまるで裸同然のように感じられた。首も肩もむき出しで、しかも胸の上半分があらわになっている。はしたないのは言うまでもなく、どうにも居心地が悪かった。ましてや、この……見知らぬ人の前では。

彼が近づいてくるのを知って、リアは本能的に手で胸元を隠した。後ろに下がりたかったが、不自由な足で、それはできなかった。

「服を露でぬらし、髪を大きく広げて地面に横たわっている姿も美しいが」彼は言った。「しかし、麗しの人、今のきみにわたしは息もつけないほどだ」

# 5

娘の変化にそれほど驚くべきでないのはわかっていた。今、目の前にいるのは間違いなく道に倒れていたあの娘だ。しかし、髪を整え、肌をむき出しにした彼女の顔だちや首筋の美しさ、そしてクリームのように滑らかな肌には、思わず目を奪われずにはいられなかった。

レディ・マリアはなんとも美しい娘だった。

「カーカム卿《きょう》」彼女は言った。顎をつんと上げ、いどむように見据えてはいるが、声がかすかに震えていた。ニコラスがそこにいることで神経質になっているのだ。

彼女が必死に裸の首や肩を隠そうとするのを、ニコラスは首をかしげ、にやにやしながらながめていた。

「わたしは……グリーンの服のほうが好みなのですが」彼女はニコラスの目を見て言った。「でも、あなたがオレンジがいいと言われるのなら」彼女はドレスを取り上げて肌を隠した。

ニコラスはすぐには答えなかった。レディ・マリアには、少女と大人の女が奇妙に混じり合っている。彼をからかい、媚《こ》びるような態度を見せるくせに、それがどこかぎこちなく、幼さを感じさせた。ニコラスにしては珍しく、次にどう出るべきかわからず、誘惑の前奏曲であるキスもせずにただ、鉄錆《てつさび》色のドレスで優雅に肌を隠す娘を見つめていた。光と影に彩られた彼女の美しい肌に、ニコラスの体は硬くなり、息が荒くなった。女性を誘惑することにかけては彼の右に出る者はいないはずなのに、なんだか彼のほうが誘惑されているような気がする。

そしてそれは、決して不愉快な気分ではなかった。

リアはどうしていいかわからなかった。

むさぼるように彼女を見つめているにもかかわらず、侯爵は決してそれ以上の行動に出ようとはしなかった。きっとこれでいいのだ。もし機先を制することができれば、状況は彼女の都合のいいほうに動くのかもしれない。

リアは舌で唇を湿らせると、それ以上肌を見せないように彼から少し距離を取った。下着のままの姿を彼の目にさらしているのが耐えられなくなって、とっさの機転で服をつかみ、あからさまな視線を避けたのだ。

でも、次は？　まさかこの城の主《あるじ》である侯爵に、部屋を出ていくようにとは言えない。それとも、言えるのだろうか。

「カーカム卿」彼女は優雅に首を傾けて言った。

「ご親切にもあなたは、わたしが服を着るのを手伝うようにと召使いをよこしてくれました。よかったら、あの娘《こ》たちを呼び戻していただけるかしら……？」

ニコラスは肩をすくめた。「いや、その必要はない」

リアは息をのむのをなんとかこらえた。まさか、彼が自分で服を着せるつもりではないはずだが。

「いいえ」リアは顎をきっと上げ、見下すような態度で言った。その大胆さには自分でも驚いていた。「わたしには召使いが必要です」

彼はにやりとした。

「お帰りのついでに、あの娘たちを呼んでください」リアはそう言うと、片手を彼の肩に置いて回れ右をさせ、軽く扉のほうに押しやった。

部屋を出たところで侯爵が振り返った。顔つきが暗く、厳しかった。わたしはとんでもない過ちを犯したのではないかしら。リアは冷や汗がにじんでくるのを感じた。

しかし彼は唇をゆがめて笑っただけで、黙って行ってしまった。

リアはすぐに扉を閉め、ふっと大きく息を吐き出した。気がつかずに、息をつめていたらしい。

彼がいつ戻ってくるかわからない。リアは大急ぎでドレスを身につけた。しかし、襟と袖《そで》が引っかかってもう少しでせっかくの髪を台無しにするところを、飛び込んできた召使いに救われた。

「まあ、大変」召使いは言った。「さあ、わたくしにお任せください！」

リアは召使いが服を頭からかぶせて、ボタンを留め、紐《ひも》を結ぶまでじりじりして待っていた。一刻も早く服を着てしまいたかった。あの暗い顔をした侯爵が戻ってくる前に。

ニコラスのことが皆目わからなかった。不機嫌にいらついているかと思えば、ふいに親しげに誘惑する。貴族の女たちは、誰もがこのような態度に我慢しているのかしら。リアにはわからなかった。これまで貴族の男性とじかに接する機会もなく、アルダートンの訪問客を観察して得た知識だけなのだから。

ただ、ひとつだけたしかなことがあった。ニコラスがもたらしたものはあまりに強烈で、これまでリアが経験したことのないものだということだ。

あの人は危険だ。直感がそう告げていた。しかも、それは、ジェフリーやトーマスに感じたのとはまったく異質のものだった。そう、ニコラスに感じたのはもっと複雑で、しかもリアにとって計り知れないほどの危機をもたらすものだった。

今夜のニコラスはとてもゲームをする気分ではなく、大広間の真ん中に据えられた長テーブルに着いて、黙って友人たちの悪ふざけをながめていた。

ニコラスは自分が主である大広間を見渡した。わたしの王国。いったいなんという王国だ！　カーカム。この領地や爵位が自分のものになるなどとは思ってもみなかった。その皮肉な成り行きを、彼は決して忘れなかった。兄のエドモンドが死に、彼が侯爵になったのは、すべてニコラス自身の愚かな行為のせいなのだ。

ニコラスはまたもや、若さがもたらした無謀さと、己の自信過剰をのろわずにはいられなかった。彼は兄も自分も不死身だと信じていた。ヘンリー国王の率いる軍に加わってフランスに遠征したのはひとえに、彼の冒険心と栄誉を求める野心のせいだった。そして、ともに名を馳《は》せようとエドモンドを誘ったのだ。まさかその兄を、墓標ひとつないフランスの地に葬ることになるとは夢にも思わずに。

軍を離れても、すぐには祖国に戻る気にはなれなかった。イングランドには、エドモンドの死を知って打ちのめされた父や、兄の婚約者だった近隣の伯爵の娘がいる。ニコラスは自分を罰するかのように欧州を放浪し、それ以上もう耐えられないというときまで祖国の地を踏もうとはしなかった。

そしてイングランドに戻ったとき、父親が亡くなり、彼の罪悪感に拍車をかけた。

カーカム城は子どものころと何ひとつ変わっていなかった。大広間も昔のままだが、ただ招待客の質が違っていた。

酒がふんだんに振舞われ、男たちはさいころ遊びやカードにふけっている。ときどき、いかがわしい歌や、よいどれのだみ声が響く。遊び女たちも大勢やってきて、城の物陰や暗い場所に客たちを誘い込む。しかし、住居として使われている南塔の女客に興味を抱く者はいなかった。

マリア。スタッフォードシャーのマリア。

美しく、神秘的な瞳を持った女性。

瞳だけではない。さきほどの光景が目に浮かんで、あのまま部屋に置いてきたことが悔やまれた。鉄錆色のドレスで必死に隠していたものの、ニコラスは彼女の悩ましい曲線から、目をそらすことができなかった。

隠された部分がいっそうの欲望をかき立てた。

ニコラスは香辛料の入った甘い酒をぐいとあおった。今さらなんだというのだ。あのとき決めたではないか。決めたからには守る。今夜、レディ・マリアをどうこうするつもりはない。ひと晩ゆっくりとやすませ、足首が治るのを待つ、と。彼女には自分からその気になってもらいたいし、それには痛みがなくなってからのほうがいい。

ロフトン卿が横にやってきて、テーブルの上の酒瓶に手を伸ばし、なみなみと自分の杯に注《つ》いだ。

「さいころはやらないのか、カーカム？」目にずるそうな笑みが浮かんでいた。

「さいころより、今は吟遊詩人の歌のほうがいい」

ニコラスは面倒くさそうに答えると、椅子に寄りかかり、長い脚をテーブルの上にのせて組んだ。

「上にいる謎《なぞ》の女性の部屋を訪ねるつもりじゃないだろうな？」

ニコラスは眉を上げ、肩をすくめた。たしかにそれは何度も考えたが、そのたびに自分を抑えたのだ。鉄錆色の服に身を包んだ彼女を見てみたかった。その服を脱ぐ彼女も。

「最近、キャリントン卿はどうしている？」ニコラスは巧みに話題をそらした。キャリントン卿はスターリン公爵の近しい友人だから、そのあたりから何か聞き出せるかもしれない。

「大陸に行った」ロフトンが答えた。「ベクスヒルによれば、奥方と娘たちを連れて一、二カ月イタリアに行くと言っていたそうだ」

できるものなら、ロンドンの横柄ならず者、ベクスヒル伯爵の話など信じたくはなかった。だが、キャリントン伯爵は奥方とはあまりうまくいっておらず、夫がロンドンにいるあいだ夫人は、いつも地元に残っている。なのに、一家でイタリアに行ったというのが本当なら、調べてみる必要がありそうだ。

「なぜ、イタリアなんかに？」ニコラスはふたたび酒をすすりながらきいた。一見、がぶ飲みしているかのように見えたはずだ。

「気候さ」ロフトンが答えた。「なんでも奥方が……おい、話をそらすなよ」ロフトンはにやりとした。「きみが塔に隠した女のことだが」

「彼女は関係ないだろ」

「それなんだが、カーカム、もし、きみに興味がないようなら、わたしが――」

ニコラスはいきなり、テーブルから足を下ろした。

「彼女はわたしの庇護《ひご》下にある」注意深く言葉を選んだ。「だから――」

「きみのものだと言いたいのか？」ロフトンはかなり酔っていた。

「ほかに好みの女はいないのか？」ニコラスはかろうじて自分を抑えた。ロフトンはニコラスの取り巻きの中でももっとも手に負えないばか者だが、ときとして思いがけない情報を持っている。「今夜は、カーカムでもよりすぐりの女たちが来ているんだぞ」

「だが、あの謎の女はいない――」

「謎の女？」ニコラスは鼻で笑った。

「だって、わたしたちには会わせようとしないじゃないか、そうだろ？」

「あたりまえだ」ニコラスは怒ったように言った。「無垢《むく》な娘を狼《おおかみ》の群れに追いやれというのか？　だめだね」

ロフトンが笑った。「まさか、突然良心が芽生えたなんて言うんじゃないだろうな？　いい女なのに」

「だとしたら、おまえは何もわかっていない大ばか者だよ、ロフトン」

ロフトンは大声で笑い出すと、いかにも疑わしそうな目でニコラスを見た。「ああ、そのとおり。わたしはまさに大ばか者だ」

## *6*

リアは寒さで目を覚ました。

寝台の上に起き上がったが、一瞬自分がどこにいるのかわからなかった。

夜着は薄く、寒さが身にしみた。もう少し厚手のものを探すべきだった。襟元にかわいい刺繍《ししゅう》のある、小さな袖《そで》がついた白絹の夜着では薄すぎたのだ。襟が大きく開いているので、すぐに肩からずれ落ちて寒くてたまらない。片方のずれをなおすと、もう片方が滑り落ちる。

眠りにつくとき聞こえていた騒々しい声ももう聞こえず、城はしんと静まりかえっていた。広間から聞こえてくるあの蛮声と音楽と笑いの中で、よく眠れたものだ。

きっと召使いがくれた薬草入りの飲み物のせいだわ。リアはそう思いながら、寝台に腰かけた。それから痛い足に体重をかけないように気をつけて立ち上がると、片足で跳ねるようにして暖炉に近づいた。

しかし、部屋が暗くて、途中に低い椅子があることに気づかなかった。リアはその椅子につまずいて、悲鳴とともに床に倒れ込んでしまった。

怪我《けが》をしたわけではなかったが、体を起こすときにはうめき声がもれた。椅子がすさまじい音をたてて転がった。きっと城じゅうの人間が目を覚ましたことだろう。自分の愚かさを恥じながら立ち上がろうとしたとき、ふいに扉が開いた。

「みんな、部屋に戻るんだ」驚いて駆けつけてきた人々に向かって、ニコラスが言った。彼はこちらに背を向けていたが、リアは恥ずかしさに、顔を合わせる勇気すらなかった。しかし彼はすぐに明かりを手に、部屋に入ってきた。

彼は下着姿のままだった。

彼が後ろ手で扉を閉めるのを見ながら、リアはふらふらと立ち上がった。人騒がせな失策を謝罪する言葉が口先まで出かかって、ふと自分が貴婦人を演じていることを思い出した。本当の貴婦人なら、必要とあれば城じゅうの人間を叩《たた》きおこすことくらいなんでもないだろう。

そして、服もろくに着ていない男性が彼女を助けようと部屋に入ってきても、眉一本動かさないはずだ。わたしは公爵の娘なのだ。日に焼けたニコラスの胸から密生した胸毛が飛び出していようと、彼が下穿《したば》きと薄いタイツのあられもない姿であろうと、動じたりはしないはずだ。

そう、そんなことで驚いたりはしない。

リアは汗ばむてのひらを夜着でぬぐい、貴婦人としての態度を崩すまいと心に決めた。

「気をつけなくてはだめだ、レディ・マリア」ニコラスが近づきながら言った。「そうでないと、また転んでしまう。怪我は？」

「いいえ」リアは明るく答えた。「傷ついたのはプライドだけですわ」

「なるほど」寝台のそばのテーブルに角灯を置きながらニコラスは言った。「きっとそのプライドは、明日になると腫《は》れているかもしれないな」

彼のふざけたような口調に、リアはむっとした。この人はわたしをからかっている。彼にからかわれるのはたまらなくいやだった。

「さあ、わたしの手につかまって起きるんだ」

リアの返事も待たず、ニコラスはリアをそのたくましい腕に抱えて、暖炉のそばから動かした。

ニコラスのにおいがリアを包み込んだ。強い酒のにおいはなく、温かくて、男らしくて、なぜか心引かれた。リアの胸がときめいた。ほんの少し触れられただけなのに、経験したことのない、何か憧《あこが》れのようなものを感じる。しかし、リアは思い出した。そうだ、この人は危険だったのだ。

これが、まさにそれだ。

蝋燭《ろうそく》の炎が揺れ、ニコラスの顔に落ちた影がゆらめいた。目の表情は読めなかったが、リアを寝台に運ぶ顔は暗く、こわばっていた。

彼はリアを直接マットレスの上にはのせず、まず床に下ろした。それから彼女の体を死体のようにゆっくりと横たえた。薄絹の夜着を通して彼の胸の熱さが伝わってくる。彼もまたそれを感じたのか、視線を落としている。

リアが彼の視線を追うと、そこには肌と肌をぴったりと合わせたふたりの姿があった。支えられながらゆっくりと下にずり落ちたため、夜着の大きな襟がゆがんでいた。しかしリアはあえてつんと顔を上げた。愚かな小娘には見られたくなかった。

ニコラスは爆発寸前だった。この娘は自分が何をしたかよくわかっているはずだ。彼の下半身の変化に気づくだけでいいのだから。

彼女の胸先が彼の胸をなで、ニコラスの肌を燃え上がらせた。彼女もまた息をのみ、かすかに震えながらその欲望を伝えていた。ニコラスが彼女を望むのと同じように、彼女もまた彼を望んでいる。

耐えきれなくなって、彼が脈打つリアの首筋に唇を押しあてると、彼女もまた頭を大きくそらした。彼女の肌はかすかな花の香りがした。やわらかく、まさに女性そのものだった。ニコラスは片手をリアの背にあてて抱え込み、もう一方の手で繊細な喉元の骨に触れた。それからその手を静かに、誘いかけるように下ろし、豊かな胸を愛撫《あいぶ》した。リアの口からかすかなうめき声がもれた。

ニコラスが唇で彼女の唇を覆うと、小さな抵抗の声がもれ、彼の欲望をかき立てた。唇で彼女の震えをなだめながら、両手を彼女の腰の下まで伸ばし、ぐっと引き寄せた。彼の腰の動きが彼の意思をはっきりと示していた。

キスはますます濃厚になって、ニコラスは頭がくらくらしてきた。

リアの反応はどこか恥ずかしそうで純粋だったが、ニコラスは彼女の瞳に浮かんだ欲望を忘れなかった。そして、計算し尽くされたように肩をすくめたことも、薄く、肉体が透けて見える夜着も。

レディ・マリアほど誘惑の術《すべ》を知っている女性が処女のはずがない。

くるぶしが治ったら、すぐにも……。

なんてことだ。いったいわたしはどうしてしまったのだ。わたしの不注意から怪我を負った女性を、その怪我も治らないうちに誘惑しようとしている。それにさっき転んだとき、あざのひとつもできたはずなのに。

「マリア……」ニコラスは唇を離した。

彼女は例の見事な琥珀《こはく》色の目を燃え上がらせて、彼を見上げていた。今なら、間違いなくこの娘をわたしのものにすることができる。しかしニコラスが求めているのは、完全な状態で互いが求め合うような結びつきだ。だとしたら、彼女の傷が癒《い》え、あざも消えるときまで待つべきなのだ。

いつか、ふたりが一緒になれる夜が来る。ひと晩じゅう、ともにいられるときが。痛みや、痛み止めの薬草の助けを借りることもなく、すっかり元気になった彼女とともに過ごせる夜が。

ニコラスは、彼女が心身ともに健全なとき、彼女を自分のものにしたかった。

夜が明け、太陽が明るく輝き始めた。

リアは寝台に横になったまま、窓の外から聞こえる鳥たちのさえずりに耳をすませた。カーカム城はまだ静まりかえっていた。

しかし、リアの胸の内だけは違っていた。ゆうべ起きたことが自分でもよくわからなかった。もう少しでニコラスに身をゆだねそうになるなんて。そして、彼がなぜそうしなかったかもわからなかった。

それについては、ありがたいと思っていた。寝る前に煎《せん》じて飲んだ薬草のせいで朦朧《もうろう》としていたのだろうから、その機会を利用することくらい彼には簡単だったはずだ。しかし彼が部屋を出ていったとたん、なぜか寂しくなって、それが夢にまで影響を及ぼし、今朝目が覚めたときもいつもとは違っていた。

リアはそれまで、昨晩のようなことは一度として経験したことがなかった。男性にちょっと触れられたくらいであんな気持ちになるなんて、想像もできなかった。

でも、男性なら誰でもというわけではないだろう。ニコラス・ホーケンの手と唇だけが、彼女を興奮させる力を持っているようだ。

朝の冷気に震えながら、リアは部屋の中を見まわした。ロックベリーの寝室で目を覚ますのもこんな感じだろうか。ニコラスを頭から締め出すために、リアは想像した。

窓から差し込む日差しに、やわらかい寝台や寝具、床に置かれた藺草《いぐさ》の敷物、そしてカーテンまでもが温かさをかもし出していて、リアにはそれだけでも十分すぎるような気がした。平和、やすらぎ、満たされた思い。自分の家という感覚。

リアは膝を抱え、上掛けで体をすっぽりくるんで、ここを出ていくことについて考えた。一刻も早く出てロックベリーに着きたいという思いと、もうしばらくとどまって、ニコラスのことを知りたいという思いがせめぎ合っていた。

いったいニコラスは、わたしをどうするつもりなのだろう。もちろん丁重に扱うのはわかっている。なぜなら彼は、リアを貴族の娘と信じているのだから。ニコラス・ホーケンのような地位にいる紳士が、良家の娘をそう簡単に誘惑するはずがない。そして彼は、リアをレディ・マリアだと信じている。

そう、わたしはレディ・マリアよ。リアは自分に言い聞かせた。しかし、自分がマリアあるいはレディ・マリアと呼ばれることに、違和感を感じないだけの自信はなかった。

ニコラスに、わたしが何を探しているか話してみようかしら。ふとそう思ったが考え直した。彼女の継承権については、何ひとつはっきりしていない。もし、間違いだったらとんでもない恥をかくことになる。すべてが確認されてからでなくては、自分が公爵の娘で、ロックベリーを継ぐ者だとは話せない。とにかく話すのはすべてがはっきりしてからだ。

リアはセシリアのことを思い出していた。彼女に結婚を申し込もうと大勢の若い貴族たちがアルダートンを訪ねてきたとき、その求婚者たちをセシリアがどんなふうにあしらっていたかを。セシリアはロンドンの社交シーズンにも何度も顔を出していて、若い貴族たちのあしらいが実に巧みだった。

わたしもセシリアのように、いかにも気を引くようにあでやかに振舞い、それでいて上品さと威厳を失わずにいられるだろうか。ゆうべのことも、セシリアならどうあしらえばいいかよくわかっていただろう。

「まあ！」静かだが、元気な声が聞こえた。「こんなに早く……お目覚めとは思ってもみませんでしたわ！」

昨日、服を着るのを手伝ってくれた召使いのひとりだった。彼女は廊下の外に置いた熱いお湯の入った水盤を中に入れ、扉を閉めた。

熱いお湯が嬉《うれ》しくて、リアは上掛けから足を出して寝台に腰かけた。今日一日の行動についてはまだ何も決めていないが、すべては足首しだいだ。もし旅ができるようならここを出よう。

それが無理なら、あと二、三日カーカムにいるのも悪くはない。

カーカム城の厩《うまや》はひっそりとしていた。馬番たちの姿もなく、ニコラスは朝の静けさをひとり満喫していた。すぐにも客たちが目を覚まし、宴《うたげ》の酒の飲みすぎでずきずきする頭を抱えながら、また気晴らしを求めて動き出すことだろう。

ニコラスはゆっくりと厩の中を進み、レディ・マリアの馬がいる最後の囲いに近づいた。囲いのかんぬきを外し、中に入って馬を眺めたが、頭の中には別の思いがあった。

ゆうべ、マリアの部屋から戻ってから、彼は寝台に横たわり何時間も悶々《もんもん》として過ごした。彼女の部屋に戻りたいという思いを抑えるのは大変だった。

女性のことでこれほど頭を悩ませたのは……久しぶりだ。いや、初めてと言ってもいいだろう。なぜかは自分でもわからなかった。

特別どこがどうというわけでもないのに、娘はかつてないほどニコラスの心を騒がせた。美しいのはたしかだが、なぜそれほどまでに彼を惹《ひ》きつけるのかはどうしてもわからなかった。

きっと、怪我をさせたので守らなくてはという思いがあるからだろう。この情けない馬から彼女が落ちたのは、すべて彼の無謀さのせいなのだ。

ニコラスは馬をなで、その歯を調べた。いったいこんな老いぼれ馬でどこへ行こうとしていたのだろう。

だいたい、スターリン公爵とその祖国への裏切りが事実かどうか調べるのに全力を注がなくてはならないときに、なんだってこんなことで時間を無駄にしているのか。

ニコラスはスターリン公爵、ジョン・バートンのことをほとんど知らなかった。父の世代の人だし、友人たちもみな年老いた貴族たちばかりだ。知っているのは、スターリン公爵が典型的な育ちのいい貴族の子息で、若いときから礼儀正しくおだやかな性格だということだけだ。ランカスター家のヘンリーがリチャード王から王位を奪ったときにヘンリーを援護し、それ以来、公爵のランカスター家への忠誠は変わっていない。

ニコラスの知る限り、公爵は家族もなく、一心にイングランドのために尽くしている。

そんな人物が国を裏切るなんてことがあるだろうか。

もしあるのなら、それを証明するのがニコラスの仕事だ。真実なら、彼が処刑台にのぼるところをしっかりとこの目で見てやる。

# 7

その日の狩りの手配は、ヘンリック・トーニイの手によってとどこおりなく準備されていた。いかにもトーニイらしい機転のきかせようだ。おかげでニコラスがするべきことは何もなく、例の密書のことだけを考えることができた。

スターリン公爵が国を裏切っているという情報の真偽を確認するにはどうしたらいいのか。ニコラスはあれこれ策を練りながら、ゆっくりと城の縁を回って裏庭に向かった。子どものころ、兄のエドモンドとよく遊んだ場所だ。

庭はどこもかしこも、庭師の手によってよく手入れされていた。花壇にはすでに鍬《くわ》が入り、冬の寒さで荒れた地面からはもう新芽が顔をのぞかせていた。今年の冬はことのほか寒さが厳しかった。ニコラスは、植物がどうやってそんな厳しさを乗り越え、芽を出すことができるのだろうと不思議に思った。たぶん人生もまた、同じなのかもしれない。自らの力で自然に回復していくのだ。

木々がつぼみをつけた枝を捻《ね》じ曲げるようにして四方に伸ばしている果樹園の小道を過ぎ、秘密の庭へと歩を進めた。エドモンドとふたり、家庭教師の目を盗んでは隠れた場所だ。迷路とまでは言えないが、小道はくねくねと曲がって、奥に行けば行くほど、現実の世界から遠ざかれるような気がしたものだった。

蔦《つた》が生い茂る低い壁の近くまで来たとき、ささやくような女性の声が聞こえてきた。

「さあ、下りていらっしゃい。なんて無鉄砲なおばかさんなの！」

ニコラスは何年か前、誰かから同じような言葉をかけられたことがあるような気がした。

彼はにやりとして、常緑樹の大木の林の裾《すそ》を回って声のするほうに近づくと、そこで足を止めた。レディ・マリアが爪先立ちになって、枝の先まで行ったのはいいが下りられなくなってしまった子猫に、なだめるような声をかけていた。

残念ながら、今朝のマリアはきちんと服を着ている。長くゆったりした袖《そで》の、青いベルベットの裾の長いドレスで、襟は尼僧が喜びそうなほど高くつまっていた。頭にもかぶり物をかぶっていたが、それでも隙間《すきま》から金色の髪がはみ出ていた。

供も連れず、いったいどうやってこんな庭の奥までやってこられたのか。ニコラスは首をかしげた。

足首はすっかりよくなったのだろうか……。

「さあ、いらっしゃい、子猫ちゃん」ニコラスが後ろにいることにも気づかず、彼女が言った。彼女が誘うように枝に手を伸ばすのを見て、ニコラスは引っかかれなければいいがと案じた。「おまえが落ちるのを見たくないの。ママはどこなの？」

子猫はやっと言うことを聞いて、ゆっくりと動き出し、マリアのほうに近寄った。彼女はもっとそばに来るよう言いながら手を伸ばし、猫が近づくと、そっと枝から下ろして胸に抱いた。

ニコラスは薄茶色の子猫をなでるマリアの小さな手の動きをじっと見つめていた。そのとたん、これまで経験したことのない、強烈な欲望がわき上がってくるのを感じた。

それでもなんとか気を取り直し、彼女を驚かせないように用心しながら、近づいていった。

「その手でわたしに同じことをしてくれたら、ありがたいのだが」彼は言った。そして、マリアが顔を赤くして思わず子猫を放すのを見て嬉《うれ》しくなった。猫はあっというまに姿を消し、彼女は木に立てかけてあった松葉杖《づえ》を手に取った。

「カーカム卿《きょう》」彼女は言った。「そのようなことをおっしゃってはいけません」

「そうかな?」ニコラスはそう言いながら、彼女に近づき、指で彼女の顎を上げて瞳をのぞき込んだ。「きみの小さな友達の毛があちこちについているよ」彼女から視線を離そうともせず、ニコラスはベルベットの胴着についた猫の毛を払った。

わたしはどうかしている、こんなふうに彼女に触れるなんて。しかし、彼の手が触れたとたん小さく震えるマリアを見て、どうにも自分を抑えられず、抑えたいとも思わなかった。

今度もまた、ニコラスには彼女がどう反応するかわからなかった。ただ、ゆうべ彼の腕の中で彼女がどのように変わったかを思い出していた。やわらかく、うっとりとして、気をそそるような顔つき……。ニコラスのてのひらが、彼女の服を剥《は》ぎとってしまいたい、彼の愛撫《あいぶ》に胸の先を硬くする彼女をもう一度味わってみたいという思いでひりひりした。

体じゅうが、彼女に触れたいとわめいていた。かつてこれほどまでに誰かを望んだことがあったろうか。

マリアはふいに松葉杖を使って彼から離れると、背を向けて、壁と自分のあいだに横たわる庭に目をやった。

「庭の中でもここはちょっと変わっていますね」声が出るようになるのを待って、マリアは言った。まさかニコラスが、こんなところまで来るとは思ってもいなかった。大勢の客人のもてなしで忙しいはずなのに。そして彼はふたたびその目で、その手のわずかな動きで彼女を動揺させた。「こんなに密生した羊歯《しだ》は初めて見たわ……」

ニコラスは咳払《せきばら》いをした。「兄とわたしは昔よくここに隠れたものでね」また彼女に近づきながら、彼は言った。顔つきが暗く、まるで怒っているかのようで、今までになく危険に見えた。マリアの脳裏に、筋肉の発達した彼の広い胸と、黒い胸毛、そして茶色の平たい胸の先が浮かんできた。マリアは動揺したが、それを彼に気づかれたくはなかった。

「わたしたちの家庭教師というのが、意地の悪いやつでね」低く、親しげな声で彼は続けた。「授業を抜け出すたびに、わたしたちを鞭《むち》で打っては楽しんでいたよ」

「ご両親はそれを許していたの？」

ニコラスは肩をすくめた。「きっと、きみのご両親はきみを大事に育てたんだろうね」

マリアが顔をそむけ、ニコラスにはその表情を読むことができなかった。「ええ、もちろんですわ」

ニコラスがふいにマリアの胸のロケットに触れ、彼女は飛び上がった。

「なかなか面白いものだ」彼女の目をじっと見つめて彼が言った。手の甲を彼女の胸につけたままなので、きっと激しい胸の鼓動が伝わったことだろう。

「中にはどんな秘密が隠されているのかな？」

「あなたが興味を持つようなことは何も」彼の手からロケットを取り返し、彼から離れながらマリアは答えた。「母が持っていたものです」これ以上、彼とふたりきりでここにいるのは危険だ。彼は隙あらば誘ってくるし、だいいちマリア自身、自分を信じることができなくなっていた。

「その松葉杖はどうしたんだい？」彼女のあとを追いながら、彼がたずねた。

「アギー……あなたの召使いがくれたのです」マリアは答えた。「足の悪い弟さんがいて、小さすぎて使えなくなったとか」

「なんだか歩きづらそうだね」ニコラスが言った。

「わたしの腕につかまるといい」

「いいえ、大丈夫です」彼に触れることも、触れられることも、どうにかして避けたかった。マリアが経験したものは、彼女の理解を超えていた。

今は、足首が治りしだいすぐにもここを出て、ロックベリーに向かいたかった。自分が本当にマリア・バートンかどうか確かめるのは、一刻も早いほうがいい。

「朝食はすませたかい？」ニコラスは有無を言わせず彼女から松葉杖を取り上げると、彼女の腕を抱え込んだ。

彼の親しさを遠ざけながら、なお貴婦人の威厳を保つにはどうしたらいいのか、マリアにはわからなかった。仕方なく、足を引きずって彼の傍らを歩いた。「いいえ、まだです」

「だったら、一緒に食べよう」

「でも――」

「この時間ではまだみんな眠っている」彼は言った。「お互いを知り合ういい機会だと思うが」

「でも、すでにゆうべ、わたしたちはお互い必要以上に知り合いました」そう言ったとたん、マリアは後悔した。いったい、わたしはなぜこんなことを言ったのだろう。

「いや、あのくらいではとても知り合ったとは言えないよ」マリアのとまどいを楽しむかのように、ニコラスが言った。

彼の言葉にマリアの足がもつれ、どう答えたらいいのかもわからず、ただ黙って歩きつづけた。分厚いベルベットの生地を通して、胸に彼の腕の温かさが伝わってくる。

マリアがわずかに体を離すのを知って、ニコラスの口元にぞくっとするような笑みが浮かんだ。

ふたりは庭に面した木の扉を通って城に入り、ヘンリック・トーニイが昨晩彼女の足首の手当てをしてくれた豪華な部屋に入った。そこではすでに、ガイルスが待ちうけていた。大きな体を鎖帷子《かたびら》で包み、傍らに剣を携えている。

「おはようございます」彼はニコラスに挨拶《あいさつ》をすると、マリアにも軽く会釈をした。「マイ・レディ」

その呼びかけに、リア——いや、わたしはマリアだ——は、永遠になじめないような気がした。

ニコラスが、大きな樫《かし》の机のわきにあった椅子にマリアを導いた。暖炉では赤々と火が燃え、部屋は暖かく、居心地がよかった。「広間より、ここのほうがゆっくりできる」彼は言った。「人がいない広間は暗くて寒いからね」

「ありがとうございます」マリアはとまどいながらも礼を言った。彼の突き刺すような視線で、服の下まで見透かされるようだった。ガイルスが同席してくれたのがありがたかったが、その騎士の目に、かすかな非難がよぎるのに気づかずにはいられなかった。この人はわたしが気にいらないのだろうか。それとも彼のわたしへの態度が？

ふたりの男に囲まれ、マリアは不安な思いで椅子に腰かけ、無意識に、長い鎖で首から下がるロケットに手をやった。

「ガイルス」ニコラスが大きな机の前に座るなり言った。彼はマリアの見ている前で、まっさらな羊皮紙を取り出し、羽根ペンをインクにひたすと、一気に羊皮紙一面に何かを書きつけた。「部下を何人か連れて、この書面をロンドンに届けてくれ」それだけ言うと、また手紙を書きつづけ、最後に砂をまぶして書面のインクを吸わせた。それから羊皮紙を丁寧に折りたたみ、封蝋《ふうろう》の上に印を押してガイルスに手渡した。

マリアは男らしくがっしりとした、まばらな毛が生えた彼の手を見つめていた。ゆうべ、彼女をやさしく愛撫した手だ。

「返事をいただいてきますか？」ガイルスがたずねた。

「いや、その必要はない」ニコラスが言った。それから部屋を出ようとするガイルスに声をかけた。「カーカムにいそいで戻ってくる必要はない。好きなときに帰ってこい」

「かしこまりました」

「ところで、ガイルス。このご婦人は朝食がまだなんだ。わたしもだが」ニコラスがマリアを見つめる目には緊張があった。「従僕に言って、朝食を……ここに運ばせてくれ」

「わかりました」ガイルスはまたマリアにお辞儀をして、部屋を出ていった。

ニコラスは立ち上がって机の前にやってくると、机に背中をもたせかけ、足首を交差させた。「ところで、きみが目指している地はどこかな、麗しの人?」

一瞬躊躇《ちゅうちょ》したが、マリアは答えた。「わたしの……家です」次に、その家はどこにあるのかときかれるのはわかっていた。彼女はニコラスの視線を避けて、じっと暖炉の火を見つめていた。

ニコラスがふいに大声をあげて笑い出した。マリアがちらりと視線を上げると、彼の目には愉快そうな表情があった。彼がどこか皮肉っぽく〝麗しの人〟と呼ぶよりは、多少はましだ。

「こんな楽しい女性に会ったのは久しぶりだ」彼は顔をしかめ、かすかに首を傾けてきいた。「もしわたしが、ではその故郷はどこかとたずねたら、きみは正直に答えるのかな?」

「正直に?」マリアは傲慢《ごうまん》にも言い放った。「いいえ」

ニコラスの笑いがますます大きくなり、マリアはあっけにとられて唇を噛《か》んだ。アルダートンでの、セシリアと紳士たちとの会話は、こんな感じではなかった。あの恐れを知らないセシリアなら、すっくと立ち上がって、〝あなたには関係ありませんわ〟

と豪語するのだろう。それから美しい目をぱちぱちさせ、怒ったふりをして、疑うことを知らない哀れな求婚者たちを煙《けむ》に巻くのだ。

しかし問題は、ニコラスはあわれでもなければ、疑うことを知らない愚か者でもないということだ。それにマリアには、セシリアに生来備わっている色気もない。セシリアは背も高く、柳のようにほっそりとして、輝く黒髪と美しい茶色の目をしている。

「だったら、あえてきくまい」ニコラスはそれだけ言うと、低い丸椅子をマリアの傍らに引き寄せた。

「とにかく、きみの気がすむまでここにいればいい」

マリアはニコラスの言い回しがなんとなく引っかかったが、深くは考えないことにした。にもかかわらず、彼女が足首が治ったあとも必要以上に長くカーカムにとどまるなんてなぜ思ったのだろうと、いぶからずにはいられなかった。

ニコラスはふいにかがみ込んで、彼女の痛めたほうの足をつかみ、そっと丸椅子の上に上げさせた。マリアは驚いたが、なんとか自分を抑えることができた。彼はそのまま足から手を離さず、薄いウールのストッキングの上から彼女の足をさすった。

彼のいたわり……大胆な行為……。マリアは落ち着かなくなった。

ストッキングの上から触れられたくらいで、彼のぬくもりを意識してはいけないのはわかっていたし、ましてや、昨夜彼の体がもたらした不思議な感覚を思い出すべきでないのはわかっていた。

「カーカム卿……」マリアはあえぐように言った。

「もう、腫《は》れは引いたようだが」ニコラスは彼女の困惑など一向に気にしていなかった。「ただ、ひどいあざが残っているね？」

マリアはこくりとうなずいた。

彼は片手を伸ばしてふくらはぎをさすると、じっと彼女の顔を見た。足にちらりと触れただけだが、誘惑しているのは間違いない！「ほかに怪我《けが》しているところは？」

「どこもありません」

マリアが足を引っ込める前に、彼が手を離して立ち上がった。「どうやら従僕が食事を運んできたようだ」

マリアはつめていた息を大きく吐き出した。ニコラスが、彼女が気づくずっと前に、誰かが近づいてくるのを察したのが驚きだった。

だがきっと、ニコラスの行動に気を取られていて気づかなかっただけだろう。

従僕は盆にパンと果物と、温かいりんご酒の入ったカップをのせて部屋に入ってくると、その盆をマリアのそばの低いテーブルの上に置いた。

ニコラスが椅子を引いてきて、彼女の横に座った。

「きっと、おなかがすいているはずだ」従僕が部屋を出るなり彼が言った。

「はい」マリアは答えた。「飢えていると言ってもいいほどです」

その言葉を聞いたときの彼の顔を見て、マリアは自分が何かとんでもない言葉を口にしたような気がした。

その日の狩りは大成功に終わったが、ニコラスの耳にはスターリン公爵についての新しい情報はいっさい入ってこなかった。噂《うわさ》では公爵の跡継ぎがどこかにいるということだが、ニコラスは公爵の私生活には興味がなかった。あるのは、イングランドの運命に関することだけだ。

もしスターリン公爵が卑怯《ひきよう》にもフランスと内通しているのなら、よほど巧妙な手を使っているに違いない。客たちから聞かされることといったら、何年ものあいだ行方不明になっている跡継ぎを必死で捜しているという面白くもない話だけだった。

客たちは口々に、スターリン公爵のあの財産と地位を考えれば、遅かれ早かれ偽の跡継ぎがあらわれて、その権利を主張するに違いないと話していた。

狩りを終えた一行はさまざまな噂話に花を咲かせながら城に戻ると、まずは喉を潤し、夜の宴《うたげ》の席までひと休みするためにそれぞれの部屋に引き上げていった。しかしニコラスは、城の中心にある書斎を行ったり来たりしていた。

書斎は彼のお気の入りの場所で、かつて父親が執務室と呼んでいた部屋だった。何十年も前、祖父が集めた本を陳列したのもこの部屋だった。父とニコラスが、長い年月を費やしてその蔵書の数を増やしてきた。またこの部屋には、ホーケン家に代々受け継がれてきた宝物が、しっかりと鍵《かぎ》がついた入れ物の中に収められている。執事と領地経営について話し合うのもここなら、村の人々が持ち込んでくる裁判の判決を考えるのもここだった。

マリアへの激しい欲望に歯止めをかけられるとしたら、ここしかない。

ニコラスはしばらくのあいだ、スターリン公爵のことは忘れたかった。飲んだくれの貴族を演じて情報を手に入れるのはもううんざりだった。

彼の心を占めていたのはマリアだけだった。

ニコラスはふと、自由に使うようにと彼女に与えた服のことを考えた。もしエドモンドが結婚していたら、その妻アリスが着ることになっていた服だ。

レディ・アリスはかわいい娘で、近隣の伯爵の娘だった。だがはたしてアリスがあの深いブルーのベルベットの服を着たとき、マリアほどに似合っただろうか。マリアほど優雅な色気を放つことができただろうか。彼にとってアリスはいつまでたっても幼なじみの少女にしか思えなかった。そして兄は大きくなったその少女を愛した。

ニコラスには、アリスが肩から滑り落ちる薄い夜着を着ているところなど想像できなかった。

マリアを寝台まで運んだことを思い出して、ニコラスの体が震えた。

それから、どうしたらマリアから思いを引き離しておけるだろうかと、あれこれ考えを巡らした。

# 8

召使いのアギーは、マリアの髪にヘアピンをさし終えてできばえを確かめると、うっとりとして言った。「カーカム卿《きょう》は、あなたほど美しいレディにお会いになったことはないと思いますよ。間違いありません。夕食をご一緒にとおっしゃるのも無理はありませんわ」

マリアは頬を染めながらも、ふと肩を落とした。「いいえ、アギー。わたしは、カーカム卿の私室で食事をするつもりはないの」ここにいるあいだは、できるだけ彼と離れていたほうがいい。彼の近くにいると、なぜか心が乱れる。どちらにしろ、あと一日でここを発《た》つことができるようになるはずだ。

「でも、マリア様」アギーが異議を唱えた。「カーカム卿がぜひにと――」

「カーカム卿には大事なお客様がいらっしゃるのよ」マリアは召使いの言葉をさえぎった。「わたしのことにまで気を遣われる必要はないわ……」

アギーが黙り込み、マリアはほっとした。今は、ロックベリーのことだけを考えていたかった。ニコラス・ホーケンのことではなく。

ニコラスは機転をきかせて、マリアを彼の所領管理人のロジャー卿とその妻テッサ・マロイのもとを訪ねさせた。きっと、ほかの客たちと顔を合わせなくてすむようにという計らいだろう。テッサ・マロイは気のおけない陽気な女性で、マリアがなぜこの城にいるのかなどとはきかなかった。マリアは人のいい老夫婦と気持ちのよい午後を過ごし、ニコラスのことや地元の村々の様子など、多くのことを聞き出せた。

それに、ロックベリーがどこにあるかもわかった。母親の領地の話がたまたま話題にのぼったときに、マリアは会話の流れにそって上手に質問をして、必要としていた情報を手にいれた。ロックベリーはカーカムから一日ほどの距離にあるという。厩《うまや》まではなんとか歩いていけるだろうから、馬に乗ってしまえばたいした遠さではない。

問題は馬の乗り降りだ。明日の朝までに足首が治っているといいのだが。

「では料理人に言って、食事をここに運ばせましょう」アギーがあきらめたように言った。「もし、そのほうがよろしければ」

「ありがとう」マリアは答えた。「そうしてちょうだい」

マリアは立ち上がると、松葉杖《づえ》をついて窓際に行き、今朝ニコラスと一緒に歩いた庭をながめた。彼は朝食がすむとすぐにどこかへ出かけていってしまい、マリアはほっと胸をなで下ろした。ニコラスの誘惑は、終わるところを知らないようだった。マリア自身、あやうくその誘惑に屈するところだった。

「アギー、スタッフォードシャーをどう思う？」マリアは何気なくたずねた。ロックベリーには、カーカムから東へ向かえばいいのはわかっている。しかし情報は多ければ多いほどいいから、ロックベリーの名は出さず、いかにも自分の領地に興味があるふりをしてきいてみた。自分の立場がはっきりするまでは、できるだけ何も話したくなかった。これからの計画も……希望も。

しばらくしてアギーが出ていくと、マリアは部屋にひとり取り残された。

夕闇《ゆうやみ》が濃くなって部屋を満たし、マリアは明かりをつけてその暗さを追い払った。何もしないでいることに慣れていないので、じっとしているのが苦痛だった。しかし、足首が痛むあいだは、囚人も同じだ。たとえ松葉杖の助けを借りたとしても、そう遠くまでは行けないのだから。

広間から音楽が聞こえてきた。ニコラスは今夜も客をもてなし、酒宴を開いているのだろう。客たちが今日の午後をどう過ごしたのかは知らないが、マリアが管理人夫婦を訪ねているあいだ、客たちはそろって外に出ていた。

窓の下から声が聞こえ、マリアが外をのぞくと、庭に繰り出した数人の男女の姿が目に入った。女の甲高い笑い声が響き、男たちは低い、聞きとれない声で何か話していた。男のひとりが笑い声をあげ、やがて一行はマリアの視界から消えていった。

松葉杖をつきながら、彼女は暖炉のそばに戻って椅子に腰かけた。退屈な長い夜が待っていた。

宴《うたげ》はまさにたけなわだった。酔った勢いで、ロフトン卿とシェフィールド子爵が大広間の一段高くなったところで剣を交えはじめた。音楽隊が演奏する音楽が流れ、数人の男が、客の相手をするために雇われた女たちと踊っていた。さいころ遊びが行われている次の間からは、下卑た笑いが響いてくる。

ニコラスは壁の窪《くぼ》みのひとつに座っていた。彼の膝にのった女が意味ありげに腰を動かしながら、色っぽい目で彼を見上げていた。女はわざと胸を押しつけ、ニコラスの横の卓からマグカップを取り上げると、エールを一気に喉に流し込んだ。お望みなら、どんなみだらなことでもするわよと言いたげに、しきりに舌で唇をなめまわしている。無論、金を払ってくれるならだが。

しかし、ニコラスはまったくその気になれず、そんな自分に気づいて、あきれかえってもいた。遊び女にこれほど熱く誘われながら、その機会を利用しないなんてどうかしている。

きっと、スターリン公爵に関して何もわからなかったことが原因なのだ。彼はここカーカムで可能なことはすべて試みた。招待したすべての客にそれとなく、スターリン公爵のことや、イングランドがもっとも気持ちのいい季節を迎えるこの時季に家族でイタリアに出かけたという、スターリン公爵の友人キャリントン卿のこともたずねてみた。それに、フランスのオルレアン家を応援する王党派と、金銭をはじめなんらかのつながりを持っている貴族たちについてもきいてみた。

だが、何ひとつとして出てこなかった。代わりにきまって聞かされるのが、スターリン公爵の行方不明の跡継ぎの話だ。

ひょっとして、そのあたりに手がかりがあるのかもしれない。ニコラスはその跡継ぎの母親が誰か、調べてみようと思った。もしかしたらフランス人かもしれない。スターリン公爵はベドフォード公爵とともに長いことフランスで過ごしたから、フランス人の愛人とのあいだに子どもをもうけたとしてもおかしくはない。噂《うわさ》では、フランスの皇太子も愛人の子どもだということだし……。

スターリン公爵には跡継ぎがいないので、きっとその子には強い愛着を持っているのだろう。

もしこの仮説がまったくの的外れだとしても、調べるだけの価値はある。調べた結果、関係なかったとわかっても、いぜんとして、フランス皇太子への手紙にスターリン公爵の封印が押してあったという事実が残る。

すべてが五里霧中だが、はっきりしていることがひとつだけあった。やるべきことはすべてやり、今夜はもう、何もすることがないということだ。イングランドのことも、祖国のために戦っている兵士たちのことも忘れて、好きなことをすればいい。

ニコラスはあらためて、膝の上の女に目をやった。女はその茶色い瞳を欲望にうるませ、ねだるように彼を見上げていた。大きくくれた襟元から、豊かな胸が飛び出しそうだった。彼がうなずきさえすれば、彼女は喜びいさんで彼の寝室のある南塔までついてくるだろう。

レディ・マリアの寝室の隣の部屋へ。

ニコラスは女をなだめるようにして立ち上がった。

「ニコラス様?」女がめんくらったようにたずねた。

自分でもどうしてかわからず、言い訳の言葉も見つけれらなくて、ニコラスは顔をしかめた。

狩りから戻ったとき、召使いを通して伝言があり、マリアはすでにやすんだので、彼には会えないと言ってきた。そして、彼の私室での夕食の誘いも断ってきた。彼を避けているのはあきらかだ。

だとすれば、なぜ彼女のことなど気にするのだろう。いいかげんに、彼女のことを考えるのはやめるべきだ。

ニコラスは目の前の女に意味ありげな視線を向けて笑いかけた。野性みのある美しい女で、彼の好みにぴったりだった。この女とひと晩過ごせば、政治のことも忘れるだろう。それにマリアへの異常なまでの関心も薄れるかもしれない。彼は女の肩をつかんで荒々しく引き寄せると、その唇を激しく奪った。

女は舌を強引に彼の唇に差し入れ、彼のお尻をぎゅっとつかんで自分の骨盤に強く押しつけると、体を回転させて、ニコラスをふたたびそれまで座っていた椅子に座らせた。それから彼の膝の上にのって、今度は両足を大きく開いて彼の腰にからみつけた。

「ニコラス様……」女は甘えた声を出し、腰を揺すって彼の下半身に自分を押しつけた。それから彼の手を取って自分の胸を触らせた。そうされて初めて、ニコラスは自分からは触れようともしなかったことに気づいて驚いた。

すっかりその気になっている女に、今さら愛撫《あいぶ》もなかったが、それでも彼はなんとか自分の気を奮い立たせようと努めた。自分にも女にも、理由もなく腹を立てていた。親指と人差し指で女の胸の先をつまみ、美しい肌をもっとよく見ようと、乱暴に服を引き下ろした。

しかし悲しいかな、女がどれほどあられもない格好で誘惑しても、今の彼にはなんの効果もなかった。

女から立ちのぼってくるにおいに息がつまりそうだった。玉葱《たまねぎ》と、ほかにも何かはわからないが、とにかくたまらなくいやなにおいだった。

うめき声とともに女はやっと唇を離し、ふたりだけになれるところに行こうとささやいた。そこなら舌でとてもいいことをしてあげると。

そんな誘いにも、ニコラスはまったく心引かれなかった。それどころかもう一度女が唇を触れたり、腰を動かしたりしたら、膝から放《ほう》り投げるかもしれないとさえ思った。

いきなり大きな音が聞こえた。ニコラスはぱっと立ち上がると、乱暴に女を押しのけて音のほうに向かった。

酔った勢いでロフトンと剣を交えていたシェフィールドが、一段高くなったところから足を踏み外して、床に大の字になって伸びていた。うめき声をもらしているので、少なくとも死んではいないようだ。

ニコラスは酔ったやじうまを押しのけると、シェフィールドのかたわらにかがみ込んだ。彼がぜんぜん酔っていないことを見破られるのはまずかったが、かといって怪我人《けがにん》をそのままにしておくわけにもいかなかった。

幸い、ヘンリック・トーニイが駆けつけて、その場を取り仕切ってくれた。すぐに従僕たちが呼ばれ、シェフィールドを彼の寝室に運んだ。ヘンリックがすばやく体じゅうを調べて、骨折していないか、内出血していないかを確かめた。その結果、肋骨《ろっこつ》にひびが入り、大きなこぶやあざはできているが、ほかはたいしたことはないということだった。トーニイは怪我人に睡眠薬をのませ、従僕のひとりに、ひと晩じゅうシェフィールド卿のそばを離れないようにと命じた。

ニコラスもまた睡眠が必要だと感じた。客たちを避けて奥の階段を使い、南塔へと続く薄暗い廊下を進んだ。きっと眠りたいというより、逃げ出したかったのかもしれない。寝室に向かいながら、ニコラスはそう思った。

毎晩のように繰り広げられる愚かなばか騒ぎに、ニコラスは疲れきっていた。もし、フランスでの戦争がこのまま終わらなかったら、死ぬまでこのような生活を強いられるのか。こんなふうに思ったのは初めてだった。

トーニイがそばにいてくれることを神に感謝した。よくできた男で、気がきくし、行動も早く、おまけにとても器用だ。若いにもかかわらず、ここ数カ月で欠かせない人間になっている。

寝室の近くの回廊に足を踏み入れて、はっと足を止めた。少し先を、ふらふらと大階段のほうへ向かう人影があった。たっぷりした白い夜着を身にまとい、松葉杖にすがって歩いていた。

ニコラスは興味を引かれて、そっとあとをつけた。回廊にはかすかな彼女の残り香が漂っていた。

彼女は塔の角を曲がり、大階段にたどり着くと、闇《やみ》に身を隠すようにして下をのぞいていた。

目の前の優雅な姿を、ニコラスは心ゆくまで楽しんだ。彼女はこの前よりずっと地味な夜着を着ていたが、それでもその下の見事な体の線を隠しきることはできなかった。たっぷりとした袖《そで》は手首まであり、丈も床につくほど長かったが、動くたびにちらりとのぞく足首が、たまらなくニコラスの心をそそった。襟は高く、まるで処女のように肌を隠している。

だが夜着の生地は薄く、階段の上のシャンデリアの光が、下に隠された豊かな曲線をくっきりと浮かび上がらせていた。

その姿がニコラスに、嬉《うれ》しくなるほどの興奮をもたらした。広間でまったく反応しなかった自分が気にかかっていただけに、思わず胸をなで下ろした。

「レディ・マリア」彼はそっと呼びかけた。

驚かさないように細心の注意を払ったつもりだった。しかし、マリアは突然声をかけられてぎょっとしたのだろう。ぱっと振り向いたはずみにバランスを失った。ニコラスがあわてて支えた。

「カーカム卿!」

彼は返事の代わりに、彼女の金色に輝く髪と、疑わしそうな瞳をほれぼれと見つめた。視線は彼女の肩、首筋、そして豊かな胸へと移り、夜着が胸の先端から下へ向かって流れる様子に、震えが走った。

彼女に触れたくて、指の先が熱くうずく。

「大きな音がして……」

「そのとおり」ニコラスはかろうじて声を出した。「客のひとりが倒れて」

彼女もまた、話す前に自分を落ち着けているようだった。またもや経験豊富な女性から世間知らずの乙女へと変身している。ニコラスはふたつのうちどちらが彼をより引きつけているのか、よくわからなかった。

「まあ、お気の毒に。怪我がひどくないといいのですが」

「いや」ニコラスは彼女から松葉杖を取り上げると、そばの壁に立てかけた。「心配はいらない。少なくとも秘書の見立てによれば」

「お願いです」マリアは言った。「もう、松葉杖のことで争いたくありませんから」

「だったら、この前勝ったのがどっちか覚えているだろう?」

「もちろんです。でも、そんなことをしては……」

「いや」彼はそう言って、マリアを抱き上げた。それから壁の松葉杖を取り上げ、ゆうゆうと彼女の寝室まで運んだ。

昨日の晩の二の舞はだめ。マリアは自分に言い聞かせた。そうなりたくないからこそ、彼をずっと避けてきたのだ。彼が誘惑してくるのがよくわかっていたから。絶対にだめ。

こんなときセシリアだったら、どういう態度をとるのかしら。

彼女ならきっと、それはあとのお楽しみとばかり、大いに気をもたせて、ニコラスを退けるに違いない。

マリアは勇気を出して、口元にあでやかな笑みを浮かべながら指をニコラスの顎にあて、その手を返して手の甲を胸まで走らせた。彼の目をじっとのぞき込むと、ニコラスの体に震えが走るのがわかった。

一瞬マリアの笑みがゆがみ、間違った対応をしてしまったという恐怖が襲った。しかし、すばやく彼の腕から逃れると、やさしく彼を扉のほうへ押しやった。「明日をお楽しみに、カーカム卿」低く、ぞくっとするような声だった。

そして、静かに扉を閉めた。

## 9

翌朝ニコラスは、まだ首をかしげていた。いったいどうしてあれほど体よく部屋を追い出されてしまったのだろう。二度とその手にはのらないぞ。

客たちはみな狩りに出かけた。もちろんシェフィールド卿《きょう》は別だ。しかし、こぶやあざをのぞけばたいしたことはないとのことで、使用人たちに任せておいても心配はいらないだろう。

マリアとのことを考え、ニコラスは従僕と召使いを狩猟小屋にやった。狩猟小屋は、屋敷から遠く離れた森の奥にあるひなびた小屋で、過去にも大勢の女性をそこに連れていって、思いを遂げた場所だ。

召使いたちは小屋の空気を入れ替え、いろいろな準備を整えて城に戻ってくるが、そのあいだに、城の敷地を案内してあげようと、マリアを誘うつもりだった。そしてあちこち散策して、森の奥の小屋に偶然たどりつくという寸法だ。

ニコラスは内心にやりとほくそえんだ。あの小屋に連れていきさえすれば、成功間違いなしだ。

彼は二頭の馬に鞍《くら》を置くよう馬番に命じてから、いさんで南塔に向かった。

部屋の中を行ったり来たりしながら、マリアは足首の様子を確かめていた。まだ痛みは残っているが、松葉杖《づえ》なしでも歩けそうだ。

ここを出なくては。それも一刻も早く。

ニコラス・ホーケンは、マリアが手に入れたいと切望しているものさえあやうくしかねない。彼とたわむれていて出発が遅れれば、継承そのものさえあやうくなる。どれほど後ろ髪を引かれようと、いそいでここを出なくては。

ニコラスは不思議な人だ。無責任で手のつけられないならず者で、どうしようもない女たらしに見えるかと思えば、まったく別の面も持ち合わせている。親切で、おだやかで、他人の弱さを包み込む心の広さもある。彼が城の使用人に――過ちを犯した者にさえ――厳しくあたるのを見たことがない。管理人の年老いた妻テッサにも、何かと細かい気配りを見せる。

いったい、ニコラスはどういう人なのだろう。マリアにはさっぱりわからなかった。

だが、そんなことはどうでもいいし、また気にかける必要もないはずだ。わたしはすぐにもここを出ていくのだから。

ロックベリーのことは、テッサからもアギーからも情報を得たし、従僕たちからもいろいろと教えてもらった。おかげで、ロックベリーがどこにあるかがだいたいわかり、カーカムからどのくらいかかるか、どの道を行けばいいかもわかった。あとは、この足首が長旅に耐えられるようになりさえすればいいだけだ。

ロックベリーに着いて、マリアが本当に跡継ぎとわかれば、すべては収まるべきところに収まるだろう。どうか、ロックベリーがわたしのものだという話が真実でありますように。

もしそうなら、やがて結婚をして子どももできるだろう。これ以上、何を望むことがあるかしら。二十二歳という年齢は結婚適齢期は過ぎてはいるが、かなえられない夢ではない。

とどのつまり、貴族の女に求められるのは、結婚して世継ぎをもうけることなのだ。事実、テッサ・マロイも言っていたではないか。カーカムの人々は、ニコラスが花嫁を連れてくるのを心待ちにしていると。

奇妙な考えがマリアの脳裏をよぎった。もしかしてニコラスは、わたしを花嫁候補のひとりとして考えているのではないだろうか。もし結婚を申し込まれたら、なんと答えよう。

マリアは自分をあざ笑うかのように唇をゆがめ、頭を振ると、その愚かな思いを心から締め出した。ニコラスの目的は最初からはっきりしている。彼もまた、いとこジェフリーのあのぞっとする友達と少しも変わるところはない。数日前、アルダートンを出てきたのも、その男の手から逃れようとしてのことだった。

もう一度足首の具合を確かめながら部屋の中を歩き出したとき、扉を叩《たた》く音がした。「どうぞ」彼女は答えた。

ニコラスだった。「もう松葉杖はいらなくなったんだね?」扉を開けるなり、彼は言った。マリアの目には、ニコラスは申し分ない放蕩《ほうとう》者に見えた。ぶしつけに彼女の体をながめまわし、わけもなくにやにやしている。気まぐれな髪がひと房額にかかっているのを見て、マリアの指がその髪をかけ上げたくて激しくうずいた。

マリアはうなずいた。「ええ、だいぶよくなりました」一瞬彼の顔に嬉《うれ》しそうな表情が浮かぶのを、彼女は見逃さなかった。

「今日の午後、領地を見て回るつもりなんだ。きみも一緒に来てくれると嬉しいのだが」

思ってもいなかった招きに驚いて、マリアは考える時間を稼ぐために、窓際に近寄った。誘いを受けて困るようなことはなさそうだった。たしかに意外な申し出ではあるが、特に問題はないだろう。これまでニコラス・ホーケンの頭には口説くことしかないと思っていたが、テッサ・マロイが言っていたことも考慮に入れたほうがいいのかもしれない。

わたしはいろいろなことに無知だが、だからといってそれを彼に気づかせるつもりはない。テッサと交わした会話を思えば、これはただニコラスのやさしさから出たものだと思ってもいいのではないだろうか。

ということは、彼はマリアにたいして、寝室に誘うこと以外にも興味を持っているということになる。

上流社会の貴公子とともに出かけるのだと思うと、マリアの夢は広がった。いつかはわたしもきっと、顔見知りで尊敬できる貴族の妻になるのだろうが、その相手がこのニコラスなのか。

「いつ出かけましょうか？」マリアはきいた。

カーカムの領地は豊かだった。男たちはみな畑に出ていた。鋤《すき》入れを終えたうねに種を撒《ま》くためだ。村には女たちだけが残って、家の中でのさまざまな仕事に精を出していた。

マリアが周囲を見まわすと、あちこちの小屋の外では鶏が餌《えさ》をついばみ、豚が鼻で盛んに地面を掘りおこしていた。子どもたちは自由奔放に走りまわり、マリアの知らない遊びをして楽しんでいた。

ふたりが村に入ると、子どもたちが歓声をあげて駆け寄ってきた。酒場の横で馬を止めたあと、マリアは予想外の光景に目を丸くした。ニコラスが馬から降りて、子どもたちの頭をなでたのだ。それだけではない、いちばん小さい子を腕に抱き上げさえした。それから鞍に手を伸ばして鞍袋から蜂蜜《はちみつ》入りのビスケットを取り出すと、子どもたちにわけ与えた。子どもたちには大変なごちそうだろう。

ニコラスの笑みに、マリアの胸が高鳴った。けちな男性とは絶対に結婚したくないと思っていたが、どうやらその心配はなさそうだ。ニコラスは心から嬉しそうな顔をしている。

彼が子どもを下に下ろすと、子どもたちは集まってきたときと同じように、またあっというまに散っていった。ニコラスは馬に近づいて、マリアが馬から降りるのを手伝った。

彼に支えられながら、マリアはこわごわと馬を降りた。しかしマリアの足が地面についても、ニコラスは彼女を放そうとしなかった。腰に手を置いたまま、指で胸の下の微妙な場所をなでている。彼が顔を下げ、もう少しで彼女の唇に触れそうになったとき、遠くから声が聞こえた。

「カーカム卿！」酒場から出てきた男が近づいてきた。「よくおいでになりました。どうぞ、喉を潤していってください」

「ルーカム」マリアとの距離を少しあけながら、ニコラスが答えた。片手でマリアを支え、もう一方の手で頭をかいている。「それは嬉しいね」彼はマリアを酒場の入り口まで連れていき、店の中に入った。

店は暗く、目が慣れるのにちょっと時間がかかった。ニコラスの手はまだ腰に回されていたが、マリアは先に立って奥へ進むと、酒場の主人にすすめられたテーブルに座った。「ダルシー！　マグス！」男が大声で叫んだ。「カーカム卿と連れのご婦人に飲み物を！」

体格のいい娘がふたり、いそいで奥の部屋から出てきた。主人の命を受けて、ひとりは飲み物をマリアたちの前に置き、もうひとりはパンやチーズを切り分けて皿の上にのせていた。そうしているあいだも、ふたりの娘はなんとかニコラスの視線をとらえようとやっきだった。しかし、ニコラスはそっぽを向いてわざと視線をそらしていた。

今がこのゲームの大事な勝負どきだ。酒場の女たちと意味ありげな視線を交わしていては、マリアを落とすことなどできない。そう、どんなことがあっても、マリアをこの腕に抱いてみせる。

マリアは酒場の主人と話し込んでいた。礼儀正しい、あかぬけた態度で、あっというまに主人を虜《とりこ》にしたようだ。かぶり物からはみ出した金色の髪が、薄暗い店の高窓を通して差し込んでくる光にきらきらと反射して、ニコラスはその髪に触れるのを我慢するだけで精いっぱいだった。おまけに、いかにもわたしの恋人だと言わんばかりに、彼の腕に腕をからめるマリアの目が、宝石のような光を放っていた。彼女もわたしを望んでいる――わたしに負けないくらい。

ふたりはエールを飲みながら、パンとチーズをつまんだ。その合間にニコラスは、ルーカムが造った酒を何樽《たる》か城に届けてくれるよう話していた。話が終わり、ニコラスが立ち上がってマリアに腕を差し出したとき、店の主人がきいた。「マティ・テーラーが病気なのをご存じですか、カーカム卿？」

「いや」ニコラスの顔が曇った。マティは、ニコラスの母親が彼を産んで亡くなってからずっと、彼を世話してきた乳母だ。母親を失った子どもを母親に代わって愛し、いつくしみ、世話をしてきたのだ。

「なんの病気だね？」

「水腫《すいしゅ》です。息が切れるようです」ルーカムが答えた。「アンナが看病をしてはいますが」

ニコラスはうなずいた。乳母への見舞いを明日まで延ばすかどうか迷ったが、やはり行ってみることにした。このゲームを少しぐらい先に延ばしても、どうということはないだろう。「レディ・マリア、少し歩くけど、足首のほうは大丈夫かな？」

「ええ」彼女は答えた。「心配ありませんわ」

マリアに手を貸すと、ニコラスは村の小道を通って一軒の家まで彼女を案内した。若い娘が玄関まで出てきて、家の中に招き入れた。

「ニッキー？」暗い部屋の奥から声がきこえた。

「ああ、わたしだよ、マティ」ニコラスはそう答えながら、部屋の隅の寝台に近づいていった。マリアは彼が寝台に腰かけ、苦しそうな病人の手を取るのを見て、自分もまた近づいた。

「ああ、あなたに会えて嬉しいですよ」老女は言った。「これからずっとカーカムにとどまるために戻ってきたのかしら？」

「それはどうかな、マティ」ニコラスは言った。「わたしにはロンドンでの生活があるのは知っているだろう……そう簡単には切り上げられないんだ」

「悪い子ね、本当に」老女は手を上げて、いとおしそうにニコラスの顔を包み込んだ。「でも、ご立派ですよ。それで、どなたをお連れになったのかしら？」乳母は目を細くしてマリアのほうを見た。

「そうだった」ニコラスが立ち上がった。まるでマリアの存在など忘れていたかのようだった。「こちらは、レディ・マリア。マリア、これはマティ・テーラー。わたしを産みこそしなかったが、母親に代わってずっとわたしを育ててくれた乳母だ」

「お会いできて光栄ですわ」マティが言った。「寝たままで失礼します。ここのところ、体の調子がかんばしくありませんで……」

「とんでもない」マリアは寝台に近づいて、老女の手を取った。「ゆっくりお休みになっていてください。お会いできて嬉しいですわ」

「あなたとニッキーは――」

「何か足りないものはないかな？」ニコラスが乳母の言葉をさえぎった。「燃料のピートは足りているか？　足りないようなら……」

「いいえ、カーカム卿」付き添いの若い娘が答えた。「おかげさまで、いつもながら何もかも十分に足りています。心から感謝しておりますわ」

部屋が暗くてはっきりとは見えなかったが、マリアにはニコラスが顔を赤くしたように思え、好ましく思った。ニコラスはこの老女を深く愛し、彼女が必要なものをすべて与えている。ニコラスと乳母は昔からの友人のようにおしゃべりをし、マリアにたいして失礼にならない程度に、彼女をその中に引き入れてくれた。

「何かあったら……すぐに知らせるんだ、いいね？」訪問を終えて戸口に出たとき、ニコラスが娘に言った。

「はい、カーカム卿」彼女は答えた。「もちろんです」

ニコラスは短い別れの挨拶《あいさつ》をすると、マリアとともに外へ出た。

「ちょっと馬を走らせるっていうのはどうだね？」マティの家を出ると、ニコラスは立ちどまり、深々と新鮮な空気を吸い込みながら言った。それまでの心配そうな表情が消えて、例のにやりとした笑いが戻っていた。マリアは躊躇《ちゅうちょ》したものの、馬に乗って領地を駆け巡るだけなら、別に問題はないだろうと判断した。

ふたりは踏みならされた小道を走り、低い生け垣に囲まれた豊かな草原を駆け抜けた。空はどこまでも澄みきって、あまり乗馬に慣れていないマリアも心が晴れ晴れするのを感じた。高い馬の背はあたりを見まわすにも、ついさっき彼女が見聞きしたことを考えるにも格好の場所だった。

外見はいかにも放蕩者のようだが、ニコラス・ホークンは決して悪い人ではない。行き交う村人たちは誰もが尊敬と愛情を込めて挨拶をしてくるし、彼もまた村人たちの名前を実によく知っていた。子どもたちからも、とても慕われている。

マリアは彼について、鬱蒼《うっそう》とした森の中へ馬を進めた。ニコラスが離れないようにと声をかけ、彼の後ろにぴたりとついていくと、やがて流れの速い小川の向こうに一軒の小屋が見えてきた。

静かでおだやかな小屋のたたずまいに、まるでお伽噺《とぎばなし》の世界にでも迷い込んだかのような錯覚に陥った。

「この小屋はなんのためにあるの？」彼に助け降ろされながら、マリアはきいた。

小屋は村人たちが住んでいる家とはまったく違っていた。たしかに屋根は茅葺《かやぶ》きだが、窓にはカーカム卿の城の執務室にあるのと同じ縦格子がはまっていた。手入れの行き届いた茂みが小屋になんとも言えない雰囲気を与え、青と灰色の小石道が、きれいな曲線を描く玄関扉までずっと続いていた。

「わたしの狩猟小屋だよ」ニコラスは答えた。「さあ、中に入って食事をして……少し休もう」

「あそこで食事ができるの？」

「ああ……ときとしてね」ニコラスはそう言ってマリアの手を取り、腕をからませた。

遠出をして、こんな美しい自然に囲まれて時を過ごすことなどこれまでにはなかった。しかし、それを悟られたくなかったので、マリアは案内されるまま小屋に入った。アルダートンにいたころ、二度ほど、客の一行を連れて近くの湖まで遠足をしたことがある。しかし、召使いたちにとってそのような行事は、悪夢以外のなにものでもなかった。客たちを満足させるために、どれだけの準備が必要とされたことか。

だがたしかに、マリアが見たところ、客たちは間違いなく楽しんではいたようだったが。

狩猟小屋の壁のひとつには、巨大な石造りの暖炉が据えつけられていた。そばには、クッションを入れた布張りで木製の背の高い長椅子と、低いテーブルが置かれていた。暖炉には薪《まき》が用意され、ニコラスがかがみ込んで火をつけた。ほかにも座り心地のよさそうな椅子や、鍵《かぎ》のかかった飾り戸棚が置かれていて、棚には書籍がびっしりと並べられていた。片隅のテーブルには、真っ白なテーブルクロスがかけられ、上にはふたり分の皿とともにナイフやフォークも並べられていた。テーブルの真ん中に籠《かご》があって、中には食べ物が入っているらしかった。マリアは両手をしっかりと握りしめて、ニコラスにはおかしな意図などないのだとしきりに自分に言い聞かせた。わざわざ村まで案内してくれ、彼と特別の関係があるマティ・テーラーにまで会わせてくれた。誰にでもできることではない。

「この狩猟小屋は昔、祖父が建てたものでね」暖炉にかがみ込みながら、ニコラスが照れたような笑みを浮かべた。「祖母から逃げ出したくて」

マリアは反対側の隅に立って、かすかに笑みを返していた。わたしからできるだけ離れていたいんだな、とニコラスは思った。マリアはいつもと同じように美しかった。喉元も手首もしっかりと隠れる、尼僧が着るような青いベルベットの服に身を包んでいたが、それでもその美しさに変わりはなかった。肌はどこもかしこもすべて隠されていた。

だが、それも今のうちだけだ。

暖炉に火がつくと、ニコラスはテーブルの上の籠の中をのぞき込んで、ひとつひとつ丁寧にくるまれた食べ物を取り出した。

ちらりとマリアに目をやると、彼女はあいかわらずとまどったような表情を浮かべていた。瞳が暖炉の炎に映えてきらきらと輝いている。彼女は下唇をぐっと噛《か》みしめていた。ニコラスの体に緊張が走った。

わたしがあの下唇をそっと噛んでやれたら。

「さあ、始めようか。なかなかの食事が楽しめそうだよ、麗しの人」ワインのボトルを開けながらニコラスは言った。ボトルを開けると、二個のゴブレットに赤いワインを注《つ》ぎ、そのうちのひとつをマリアに手渡す。そして、じっと彼女の目を見つめながら自分のワインに口をつけた。

ふたりのあいだに熱い緊張が生まれた。ニコラスはすぐにも彼女をかついで寝室に行きたかった。しかしきっと、マリアはそんな野蛮な行為は期待していないだろう。長時間、馬で森を駆け抜けたせいか、マリアはどこかそわそわしていた。あるいは、この小屋があまりに人里離れた寂しい場所にあるせいなのか。そう、ここはまさに深い森の中の一軒家だ。

まあ、落ち着きなどどうでもいいことだ。ニコラスがやさしく慰めて愛撫《あいぶ》をすれば、ふたりを引きつける磁石のような何かに降参して、彼女のほうから、主寝室の大きくて気持ちのよい寝台に身を投げるだろう。そうなれば、彼女を失望させないだけの自信はある。

「ほら、これが冷製の肉で、これが鳥肉だ」やがてニコラスが口を開いた。「それにチーズ、香辛料のきいたパン、干し果物……」

ニコラスは籠の中の料理を二枚の皿に取り分け、暖炉のそばの低いテーブルに運び、長椅子に腰を下ろしてマリアを振り返った。

「さあ、ここに座って」彼は言った。

マリアがワインの入ったゴブレットを手に椅子に腰かけると、ニコラスがいかにも自信に満ちた笑みを浮かべた。彼女が、彼から離れた隅に座ろうとして、思い直したかのように真ん中あたりまで移動したからだ。

マリアにも間違いなくその気はある。

ニコラスは彼女のすぐそばまで移動して、ミートパイをふたつに割った。そしてこのゲームに勝つことだけを念頭に置いて、片方をマリアの口の前に差し出した。彼女は一瞬とまどったが、それでも口を開けてパイを受けとると、目を閉じてパイの味を噛みしめるようにして食べた。

ニコラスの口からうめき声がもれそうになった。

まだだ、もう少し待つのだ。

彼女は目を開け、今度は自分の皿から食べ物を取り上げて、ニコラスの口の中に入れた。

彼は食べ物と一緒に、マリアのほっそりとした指を口にくわえた。

彼女はあえて指を引っ込めようとはしなかった。琥珀《こはく》色の目が異常に大きくなって、真ん中の瞳孔《どうこう》の色はほとんど黒に近かった。その場の緊張を感じとってか、胸を大きく上下させている。喉元の脈が速まり、彼女はうつむいた。

ニコラスはマリアの手を自分の手で包み込んで、てのひらに唇を押しあてた。

胸の鼓動を抑えるかのように、マリアは片手で胸を押さえた。その動作がなんともかわいらしくて、ニコラスの心に温かいものが込み上げてきた。抵抗されなかったことに気をよくして、彼はなおも続けた。

今度のキスは手首の裏側だった。舌も使った。

「カーカム卿……」

「ニコラスだ」マリアを引き寄せて、彼は言った。

彼女の手をつかんだまま前にかがみ込むと、繊細な耳の下に唇を押しあてた。髪を覆っていたヴェールを取り、それが下に落ちるに任せた。それから少しずつ唇を上に持っていきながら、髪にささっていたピンをことごとく外す。金色の髪が、マリアの肩先で豪華に波打った。

「なんて……きれいなんだ」ニコラスは深く息を吸い込んで、彼女のまぶたにキスをした。そしてため息をもらしながら、唇に移動した。

ふたりの唇がぴったりと重なったとき、ニコラスは火花が散るほど強い衝撃を受けた。まるで椅子の上から暖炉の中に放《ほう》り込まれたかのようだった。この世界に、マリアとたったふたりきりな気がした。花と香辛料の香りが微妙に入り混じった、うっとりするようなにおいが彼を包み込んだ。唇はやわらかく、しっとりして、かすかなうめき声がもっともっとささやいていた。

ニコラスは絹のように滑らかな彼女の髪をまさぐりながら、ますますキスを深めていった。マリアの唇がかすかに開いた。彼は舌の先で彼女を味わいつつ、その甘い反応に我を忘れた。

マリアが彼を引き寄せた。

ニコラスが彼女を椅子に横たわらせるあいだも、マリアは指で彼の髪をまさぐっていた。彼女の体が、ニコラスの体にぴったりと収まった。彼は片手で胴着の紐《ひも》をほどくと、慣れた手つきで目の前にあらわれたものを愛撫した。

服が滑り落ち、マリアの肌に直接触れることができたとき、ニコラスは彼女の唇の上でうめき声をもらした。

マリアは、熱く、喜びにあふれた霞《かすみ》の中を漂っているような気がしていた。気が遠くなるような感覚だった。胸の先がかっかとして、その熱が下半身の中心へと移っていく。その箇所の存在を初めて意識したのは、以前ニコラスがキスしたときだった。

高まる緊張を解き放ちたくて、マリアはニコラスにしがみついた。彼の力強いふとももが彼女の両脚のあいだに差し入れられた。ほんのわずかな刺激だったにもかかわらず、そのめくるめく歓《よろこ》びに、マリアはくるくると天に向かってのぼっていくような気分を味わった。

体を震わせながら、マリアは彼を求めた。いったい彼が何をしたのかはわからなかったが、それがまだ終わっていないことだけはわかった。ニコラスが教えてくれることすべてを知りたかった。これから先に彼女を待っているものを知りたかった。

ニコラスの舌の動きがより激しさを増していった。マリアは彼の肌をじかに感じたくて、彼がしているように、自分も彼の胸の先を唇でもてあそんでみたいと思った。

「わかっているよ」マリアが彼の服に手をかけると、ニコラスが言った。「そうこなくては」

彼は一瞬体を起こし、一気に服を脱ぎ去ると、彼女を抱き上げるために立ち上がった。そして、隣のほの暗く寒い寝室に彼女を運び込んだ。

寝室には大きな寝台がでんと置かれていた。ニコラスは寝台の横にマリアを立たせ、興奮した口調でその美しさを讃《たた》えた。

それらの言葉のひとつひとつが、自分は本当に美しく、魅力があって、彼にとって大事な女性なのだとマリアに信じさせる力を持っていた。

すでに、ニコラスが親切で心温かく、度量の大きな人だということはわかっていた。そしてマリアは思った。この人にならわたしを捧《ささ》げてもいいわ。この人となら、生涯ともに暮らしてもいい、と。

マリアが無我夢中でニコラスの胸にキスをしていたとき、頭の片隅に何か聞こえたような気がした。

しかし、マリアはただ無心に、彼の胸の先を探しあてて、彼がしてくれたのと同じことをしてあげたいと願っていた。

彼女がぬれた舌の先で転がし、吸いつくたびに、ニコラスの興奮はいやがうえにもたかぶっていった。

ふと両肩に彼の手を感じた。しかし、いったんその手でマリアを強く引き寄せたにもかかわらず、彼はすぐに彼女を押し返した。

「なんてことだ！」

マリアは驚いて顔を上げた。彼のあわてぶりに気づいて、自分が何かとんでもないことをしたのかと思った。そのとき小屋の外で声が聞こえた。誰かがこの小屋にやってこようとしている。

「ここにいて」ニコラスは彼女の唇に焼けるようなキスをした。「見てくるから」

マリアは壁に寄りかかり、深く息を吸った。すぐに小屋の扉が開いて、声がした。男と女の声で、ニコラスとしきりに何か話し込んでいる。

胸の先が彼の愛撫でまだ甘くうずいていた。マリアは胸を両手で覆い、待っているあいだになんとか気分を落ち着かせようとした。

だが、客は帰ろうとはしない。

それどころか、声や足音から、客たちが居間まで入ってきたのがわかった。どうやらここに泊まるつもりらしい。

# 10

ニコラスは自分の運の悪さをのろった。ロジャーと彼の妻は、これ以上ないというタイミングの悪さで小屋にやってきた。彼はあわてて上着を着ると、前の紐《ひも》を結んで、玄関の重い扉を開けた。

「まあ、まさかカーカム卿《きょう》がここにいらっしゃるなんて思ってもおりませんでしたわ」テッサが言った。だが、表に馬が二頭つないであったのだから、ニコラスとマリアがここにいることくらい、とっくに知っていたはずだ。

「いったい、こんなところに何しに来たのかね、テッサ?」ニコラスはできるだけおだやかな口調になるよう努めた。

「わたしたちはいつもここへ来ることにしているのです。城に滞在しているお客様が、その……とても活発に動きまわられるときは」

ニコラスの胸がちくりと痛んだ。城で繰り広げられている客たちの破廉恥さに、夫妻が心おだやかでないのはあたりまえだ。できたらどこかへ逃げ出したいと思っているのもわかっていた。ロジャーは見て見ないふりをしていたが、内心ニコラスの行動に眉をひそめているのは知っていた。そのためニコラスはできるだけ、ロジャーの視線を避けていた。この年老いた管理人は決して彼に厳しい目を向けようとはしなかったが、ニコラスは自分の芝居によって失われるものの大きさを思って、胸がつぶれそうだった。兄のエドモンドともども、子どものころからなじんでいた夫婦だ。その老夫婦をだますのはなんとも心苦しかった。

きっと、わたしに失望していることだろう。

だがいつか、本当のことを話せるときが来る……。

寝室の扉が開いて、マリアが姿をあらわした。服を着て、髪もなんとか元どおりにまとめてあった。薔薇《ばら》色に染まった頬を別にすれば、しっかりして落ち着いて見えた。

「マロイ夫人」マリアは優雅に呼びかけた。彼女がまるで女王のような威厳を備えて居間に入ってくるのを見て、ニコラスは笑いをこらえた。「嬉《うれ》しいですわ。こんなところでお目にかかれるなんて。お食事を一緒にいかが？　まだ、たくさん……」

暖炉のそばに置きっぱなしになっていた皿は無視して、マリアは籠《かご》の中から新しい皿を取り出した。彼女が食べ物を取り分けるのを見て、テッサがあわてて止め、わたしも主人もおふたりの邪魔をするつもりはなかったのですと言った。

「まあ、邪魔だなんてとんでもない」マリアはにっこりと笑った。「ご一緒できて喜んでいますのよ」

彼女の言葉にニコラスは思わずうめいたが、あわてて咳払《せきばら》いでごまかした。テッサがマリアと一緒にテーブルにつき、ロジャーもそれにならった。突然の侵入者にマリアがどうしてこれほど冷静に対処できるのか、ニコラスにはわからなかった。彼のほうは怒りを爆発させないよう苦労しているというのに。

マリアを見ているだけで、ニコラスの欲求不満はつのった。彼女は目をいきいきと輝かせ、首筋と頬をほんのりと薄紅色に染めていた。会話が面白いのか、目をぱちぱちさせていたが、ニコラスにはよくわかった。嬉しいことに、マリアも同じように彼を欲しているのだと。

それに今はもう、彼女の肌を思い描いたり、彼の手の下で震えるむき出しの肉体を想像したりする必要はない。彼女の青白い肌をこの目で見、胸の先の、滑らかで薔薇の花びらのような感触も味わった。ほんのちょっと触れただけでたちまち硬くなり、彼女を自分のものにしたときの激しい反応が、容易に推測できた。

今宵《こよい》こそ。

もう、これ以上は待てない。彼女はわたしが欲しいし、足首もよくなったのだから。

マリアの結い直したばかりの髪からひと筋の髪がこぼれて、耳の下の肌に触れた。ニコラスはまるで自分がそこに触れているような気がして、舌の先に彼女の脈さえ感じられそうだった。彼女はチーズをひと切れ口の中に放《ほう》り込むと、彼の見ている前で口をすぼめ、ゆっくりと噛《か》んでのみ込んだ。

ニコラスの血の気が引いて、それでなくても緊張していた下半身がますます緊張した。あの唇はまさに、男に歓《よろこ》びを与えるために作られている。

もっとも、そのときまでわたしは待てるだろうか。テッサのおしゃべりはいつやむともなく延々と続き、ニコラスはいらいらしていた。テーブルの下でマリアの手が彼の膝に置かれ、体が悲鳴をあげた。野蛮人のように彼女をかつぎ上げ、寝室に運んで、自分の思いを遂げたいとさえ思った。

「今夜はここに泊まるのですか？」マリアがテッサにたずねた。

老女はうなずいた。「今のところ、カーカム卿は夫に用事はありませんし、できたらこの静かな……いえ、もちろんカーカム卿のお許しがあればですが」

マリアの見たところ、ニコラスは必死に言葉を探していたようだが、それでもどうにか答えた。「ああ、かまわないよ、テッサ。ここは好きなときに使ってくれていいんだ」

「時間も遅くなりましたわ」マリアは一刻も早くこの場を立ち去りたかった。なんとか落ち着いて対処できたとはいえ、これ以上ここにいるのは耐えられなかった。それにニコラスはぜんぜん助けにならない。彼の燃えるような目に見つめられるだけで、体がかっと熱くなってくる。彼を静めようとテーブルの下で手を伸ばしたのだが、どうやらそれは誤りのようだった。

静まるどころか、彼の発する熱でこちらまで溶けてしまいそうだ。

「そうだな」ニコラスが答えた。「そろそろ出発しようか」

「カーカム卿」ロジャーが止めた。「それでは、あんまり――」

「いや、いいんだ、ロジャー」マリアの手を取って戸口に向かいながらニコラスは言った。「じゃあ、数日したら、また城で会おう。それまでゆっくりしてくれ」

城へ向かう途中、あまり言葉を交わすこともなかったが、ふたりのあいだにはあいかわらず熱い緊張が漂っていた。午後もかなり遅くなっていた。城に戻るとあたりに人影はなく、マリアは首をかしげた。いったい客たちはみんな、どこに行ってしまったのだろう。ことに婦人たちは。婦人が交じっているのは知っていた。現に昨日の夜、ひとり見かけている。

ニコラスにそのことを尋ねようとしたとき、馬番が駆け寄ってきて、馬の手綱を取り、降りるのに手を貸してくれた。

「カーカム卿……」馬番が言った。「ヘンリック様が首を長くしてお戻りを待っておられました」

「何かあったのか？」ニコラスがきいた。

「シェフィールド卿が……」

「トーニイはどこだ？」

「シェフィールド卿のお部屋かと」

マリアはニコラスの客たちのことはまったく知らなかったが、シェフィールド卿はきっとそのひとりに違いない。

「いったい何があったのだ?」厩《うまや》からの小道を歩きながら、ニコラスが肩越しに馬番にきいた。

「シェフィールド卿の怪我《けが》は、ヘンリック様が思っていたよりお悪いようでして」

「まいったなあ」ニコラスはマリアを城の横の入り口に導きながら言った。口元に一瞬緊張が浮かんだが、すぐにマリアのほうに向き直って、その手を取り口づけした。「今夜、一緒に食事をしよう」

「いいえ」マリアはあとずさりして、うしろの壁に体をつけて言った。今日のことではっきりとわかった。ニコラスと一緒だと、わたしは実にかんたんに自分を失ってしまう。処女を守りたいなら、可能な限り離れていたほうがいい。「わたしたち、できるだけ……」

「いや、きみは考えすぎなんだ」ニコラスはマリアの顔をはさむようにして、壁に両手をついた。

マリアが震えるように息を吸い込んだ。もしそのつもりがあれば、とっさに身を翻すこともできるはずだし、実際そうしなければならないのだ。そして、膝が震え出す前に自分の部屋に逃げ込む。

だが、ニコラスは彼女の唇に軽く触れながら、膝を巧みに曲げて彼女の足のあいだに触れた。そのとたん、あの狩猟小屋の暖炉の前で感じたのと同じ激しい歓びが彼女を貫いた。

唇に彼の息が暖かかった。彼はマリアの唇をもてあそぶように噛んだ。

「お願い……」

「お願い? 何をお願いなんだい?」ニコラスが息を吐き出した。「今、ここでわたしが欲しいのかな?」

「いいえ、ニコラス」マリアの言葉に説得力はなかった。彼の肉体がもたらす感覚に頭がくらくらした。続けてもらいたいという思いと、彼と……そして自分自身を止めなければという思いが交錯していた。

マリアは彼から体をもぎ離すと、腕の下をくぐった。

ニコラスは黙って立ったまま、危険な目でマリアを見つめていた。マリアは一瞬躊躇《ちゅうちょ》したが、すぐに身を翻してその場を逃げ出した。


ニコラスは暗い廊下にたたずんで、荒い呼吸が静まり、脈が収まるのを待った。

まさか、こんな状態でシェフィールドの部屋に行くわけにはいかない。興奮しているのがひと目で知れてしまう。女と見れば追いかけていた時期はとうの昔に卒業したはずなのに。しかしニコラスにとっては、彼がイングランド一の遊び人だという評判もまた、維持する必要がある。結局、トーニイに会えるまでに数分かかった。

いったいマリアの何がこれほどの反応を引き出すのだろう。彼女にことさら特別なところがあるわけでもない。たしかに美しい。しかし、美しいというだけなら、イングランドでもフランスでも、数多くの美人にお目にかかっている。なぜマリアだけが彼をここまで駆り立てるのか。いったいどうやって、まぶたをぱちぱちとさせただけで、彼をたかぶらせることができるのだろう。

ニコラスはふたたび体を震わせ、シェフィールドの部屋に向かった。

「カーカム卿」部屋に入ると、ヘンリック・トーニイがニコラスを迎えた。怪我人は意識こそあれ、苦痛にうめいている。呼吸するたびにとても苦しそうだ。「シェフィールド卿の状態がかんばしくありません」

言われなくても、見ればわかった。シェフィールドの顔は熱のため真っ赤で、びっしょりと汗をかいている。「原因は?」

「怪我がもとで肺から熱が出たようです」トーニイが答えた。「きっと、折れた骨が肺に穴をあけたのでしょう」

「医者を呼ぶんだ」ニコラスは寝台の裾《すそ》を回ってシェフィールドのそばに近づいた。

「すでに呼びました」トーニイが答えた。「しかし、この付近でいちばん腕のいい医者はマルヴァーン城にいます」

「だとすると、ここに着くのに一日近くかかるな」

「ええ」トーニイが言った。「でも呼びにやったのはだいぶ前ですから、明朝には発《た》って、昼には着くでしょう」

「それより早くは無理かな?」

トーニイは首を振った。「難しいでしょうが、ありえないわけではありません。医者が着くまで、村の治療師にたのんであります……」

ニコラスはシェフィールド卿の手を取った。「ウイリアム……わたしの声が聞こえるかい?」

怪我人はうめきながら、なんとか手を上げようとした。

「医者を呼んだからな」ニコラスが告げた。

「息が……苦しい」

ニコラスはトーニイに向き直った。「少し眠らせてやる方法はないのか?」

トーニイがうなずいた。「あります。胸に湿布を貼《は》りましたから、痛みも多少薄れて眠れるようになるでしょう。そろそろ効いてくるころだと思いますが」

シェフィールドが目を閉じた。今の時点では、医者を待つほか、してやれることは何もない。トーニイがしっかり看病してくれるだろうし、村の治療師は信頼が置ける人物だ。治療師は産婆だったが、癒《いや》しの力はなぜか女性のほうが強い。

シェフィールドが若さといつもの無鉄砲さで、この危機を切り抜けてくれるといいのだが。ニコラスは心の中で祈った。

「何かあったら、すぐに知らせてくれ」

「わかりました」トーニイが答えた。「それから……司祭も呼んでおきました」

ニコラスは一瞬息をのんだ。だが、トーニイは自分の仕事を忠実に遂行しただけなのだ。この状態ではいつどうなるかわからないし、シェフィールドとしても告解がしたいだろう。ニコラスは黙ってうなずいて、部屋を出た。

ほかの客たちのもとに行くと、あきれたことにシェフィールドの容態を気にしている者などひとりもいなかった。若いロフトン卿が暖炉の前でそわそわしていたが、それは今夜の余興を待ちきれずにいるだけのことだった。

召使いたちに、客の要求にはなんでも応じるように言いつけ、ニコラスは広間を出た。とても客に付き合う気にはなれなかった。

彼はそそくさと階段を上がり、自分の部屋に戻った。

マリアは心を決めていた。明日ここを発とう、夜が明ける前に。

今日の遠出のおかげで、厩への行き方もわかったし、馬がつながれている正確な場所も突きとめた。東に伸びる道も今ではすっかりなじみになっていて、迷わずその道に出られるはずだ。あとはロックベリーに向かって一目散に走るだけだ。

ここを出なくては。ニコラスのそばにいると、良識などどこかへ吹き飛んでしまう。自分で自分の首を絞めるようなことになる前に、どうしてもこの城を出なくてはならない。

セシリアが男性に見せる態度をまねたつもりだったが、なぜかうまくいかなかった。もっともセシリアは、ニコラスほど長《た》けた相手には出会ったことがないのだろう。ニコラスのような人がいるから、女性に後見人が必要になるのだ。あんなふうに迫られて最後まで自分を守り抜ける女性など、いるはずがない。彼は無視するにはあまりに美しいし、熱のこもった態度でマリアの意志をからめとってしまう。

ここを出るのがいちばんだ。

ロックベリーに着いて立場が確立したら、ニコラスに手紙を書いて居場所を知らせよう。そうすれば、彼女の父親、あるいは後見人を通して結婚を申し込むこともできるはずだ。彼にその気がありさえすれば。

彼とふたりだけで会ったらもう自分を守ることはできないと、マリアは痛感していた。ニコラスが彼女の感覚すべてを圧倒的な力で支配してしまうからだ。熱く甘い言葉が耳元でささやかれたと思うと、次に気づいたときには、一糸まとわぬ姿で彼の前に立っていて、彼の指がもっとも秘めた部分に触れているのだから！　これまでどんなに口説かれても、自分を失ったことなどなかったのに。

あのときマロイ夫人とその夫が小屋にやってきたのは、実に幸運だった。

狩猟小屋でのことを思い出しただけで、体の奥がじんとほてってくる。マリアはつと立ち上がると、窓の掛け金を外して、黄昏《たそがれ》どきの冷たい空気を部屋に呼び込んだ。それから窓から顔を出し、胸いっぱいに新鮮な空気を吸い込んだ。

広間では音楽が始まり、窓の下の中庭から、人の話し声がきれぎれに聞こえてきた。男性の笑い声と、くすくすと笑う女性の声……。

なんだかとても楽しそうだ。あとで客間に顔を出してみようかしら？　ニコラスでも怪しまなかったのだから、みんなの前でもきっと貴婦人で通るだろう。

「マリア様？」扉を軽く叩《たた》く音がした。マリアが答える前に扉はすでに大きく開いて、アギーが食事の盆を掲げて入ってきた。「暖炉のそばに置いておきますから」彼女は言った。

マリアは小屋の暖炉のそばで食べたニコラスとの食事を思い出して、頬を染めた。ぞくぞくして、胸が震えるような出来事だった……ただ指をくわえられただけなのに。とても抵抗できなかった。それどころか、抵抗したくないと思う自分がいることが怖かった。

「ありがとう、アギー」マリアは蚊の鳴くような声で言った。

「どうかなさいましたか？」アギーがたずねた。

「いいえ、なんでもないわ」マリアは答えた。「わざわざ運んでくれてありがとう」そう言ってふと、自分が誇り高い貴婦人のふりをするはずだったことを思い出した。

でも……今さら召使いがどう思おうと気にすることはない。明日にはどうせ、ここを去るのだから。

アギーが部屋を出ていくと、マリアは明かりをつけて腰を下ろした。ニコラスに恋をするのはなんとかんたんなことだろう。一緒に村を訪れたあとではなおさらだ。彼の村人に対する態度は温かく、思いやりがあって、彼が村にさまざまな恩恵を与えているのがよくわかった。村人の名前をひとり残らず知っていて、生まれたばかりの赤ん坊の名でさえ例外ではなかった。村人たちは領主ニコラスにたいして深い尊敬と愛情の念を抱いている。

そうなるまでには、ニコラスもずいぶん努力したはずだ。実際、アルダートンの近隣の人々が伯母やいとこたちに示す態度は大違いだった。アルダートンではみんなどこかよそよそしく、必要以上にモーレイ家の人間に近づこうとする者はひとりとしていなかった。

だが、ニコラスは違う。

ニコラスは今も、怪我をして苦しんでいる客の看病をしている。そう思うと、マリアの胸が熱くなった。ジェフリー・モーレイが客の看病をするなんて想像もできない――。

部屋の扉が開いて、マリアははっと振り向いた。

ニコラスが入ってきて後ろ手に扉を閉め、広い胸の前で腕組みをしてマリアの言葉を待っていた。

しかし、マリアは言葉を失っていた。

彼は信じられないほど魅力的だった。風呂上がりで髪がぬれ、剃《そ》ったばかりの髭《ひげ》跡がぞくっとするほど鮮やかだ。緊張した面持ちでじっと見つめられながら、マリアは悟った。わたしにはもう、彼を拒む力は残っていない。

彼は腕をほどいて、彼女に近づいてきた。

そして言葉もなく両手を取ってマリアを立たせると、ふたりの体がぶつかるほど強く抱き寄せた。

「きみの唇はこのために作られている」彼は大きく息を吸い込むと、マリアにキスをした。激しく、飢えたような口づけだった。舌を彼女の舌にからませ、歯で軽く噛んではじらした。マリアの体がとろけ出した。

ニコラスは彼女の背に手を回し、そのまま腰の下まで下げると、力を込めて引き寄せた。小屋でマリアを襲ったのと同じ、激しい欲求が彼女を包み込んだ。しかも、あのときとは比べ物にならないほどの荒々しさで。彼の下半身の高まりをふともに感じて、マリアは彼の肩に指を食い込ませ、自分でも気づかないうちに喉の奥からうめき声をもらしていた。ニコラスがその声を、深く舌を差し込んでのみ込んだ。

気がつくと、マリアはすでに服を脱がされていた。胴着の紐が昼に続いてふたたび解かれ、袖《そで》が腕から抜かれた。

キスの雨を浴びせながら、ニコラスは自分の服も脱ぎ捨て、マリアの薔薇色の胸の先を口に含み、指で残りの片方をもてあそんだ。マリアは耐えきれなくなって頭をそらし、指を彼の髪に差し入れた。ニコラスが体を震わせるのがわかった。愛撫《あいぶ》だけでなく、ニコラスの彼女を求める激しさがマリアを興奮させた。

彼女の青い服が足元に滑り落ちたが、ふたりともまるで気がつかなかった。ニコラスはマリアを寝室に連れていき、やわらかい寝台の真ん中にそっと彼女を横たえた。彼の目の中に賛嘆の表情を見て、マリアはもはや自分の裸体を恥じらいはしなかった。

彼は胸からおなかに向かって唇を移動させた。

「ニコラス……」

「きみの美しさは想像を超えている……」彼はキスをやめずに、つぶやいた。「きみに出会った瞬間から、このときを心待ちにしていた」

ニコラスの唇がふたたびマリアの唇に戻った。そのときにはすでに、タイツも留め金もすべて投げ捨てられ、マリア同様一糸まとわぬ姿になっていた。

胸毛に覆われた彼の肌がやわ肌に触れ、マリアは身を震わせた。彼の愛撫はやさしく思いやりがあって、マリアの感じる部分をくまなく探し出した。彼女は体の芯《しん》に強い緊張を感じた。「ニコラス……ああ……」

わかっているよ、というように彼は愛撫を深めた。すべての思考が止まり、熱い液体の中に溶け込んでいく。肌も骨も溶け出し、血が煮えたぎって、肉体そのものへの意識さえ失われていた。マリアの心が愛する人に向かって解き放たれた。

「そう、そうだよ、マリア、さあ」

マリアがのぼりつめるのを知って、ニコラスもまた彼自身の解放を望んだ。しかし、できることならふたりの愛の営みを最大限に引きのばしたかった。

すばらしい反応を示すマリアがふたたびのぼりつめるのは間違いなかった。ニコラスは彼女と一緒に頂に達したいと思った。

彼の手の中で彼女の胸がふっくらと丸みを増した。彼女の口は甘いワインの味がして、肌は異国の香辛料の香りがした。豊かな髪が乱れ、金色の瞳が欲望にぬれていた。ニコラスは、ここまで敏感に反応する女性を知らなかった。荒々しいまでに、彼女を自分だけのものにしたいと願った。

このまま朝まで彼女を愛しつづけたい。そうニコラスは思った。

彼は体の位置を下に動かし、おへその周りにそっとキスをした。なんというやわらかさ、完璧《かんぺき》なまでの肌。マリアはニコラスの頭や髪や肩をつかんでは声をあげ、その声が彼をますます刺激した。身を沈めることなく、ニコラスは今まで味わったことのない高みにいざなわれた。

今だ。今こそ、ひとつになるときだ。

ニコラスはマリアに体を重ね、勢いよく身を沈めた。

そのとたん、彼は動けなくなった。

そんなばかな！　頭にかっと血がのぼり、耳の奥で自分の呼吸がおかしな音をたてていた。マリアとの愛の営みは、ニコラスが想像していたものとはまったく違ったものになった。

なんとマリアは、処女だったのだ。

# 11

一時間前のニコラスなら、マリアは絶対に処女ではないと言いきっただろう。気を引くような、じらすような態度は、ハーレムの女も顔負けのものだったのだから。マリアは実に巧みに彼をあしらった。巧みすぎるほどに。

彼女がカーカム城に来てから、ニコラスはずっと彼女への欲望をつのらせていた。そして、今日の狩猟小屋での中途半端さからくる欲求不満が、彼を最後の行動に駆り立てた。シェフィールドの部屋を出ると、できるだけ早く彼女の部屋を訪れたいという思いにせかされ、大いそぎで風呂に入った。ただ髭《ひげ》だけは、いつもより念入りに剃《そ》った。

「ニコラス？」マリアの声は低く、とまどっているかのようだった。

ニコラスは汗で顔を光らせ、必死に自分を抑えた。そのため、体じゅうの筋肉が痛んだ。マリアへの欲望で頭がおかしくなりそうだった。「なぜこうなる前に言わなかった……」

彼女の喉元が動くのがわかったが、言葉は発せられなかった。代わりにマリアはそっとまぶたを閉じ、体をかすかに動かした。ニコラスはその美しい拷問に耐えきれず、ふたたび彼女の中に身を沈めた。

ニコラスの動きが速まり、激しさを増した。マリアも彼とひとつになりたいという純粋な望みと欲望とに駆られて彼をすっぽりと包み込み、その動きでニコラスの体を楽器のように奏でた。彼女が知らずにやっているのはあきらかだった。なぜなら、男女の睦《むつ》み合いについて、マリアはなにひとつ知らないのだから。

爪をニコラスの肩に食い込ませながら、マリアは彼の動きにぴったりと息を合わせた。うめき声をあげ、彼の顎や首筋に歯を立てながら、目からは涙を流していた。ニコラスはマリアの涙に強く心を揺さぶられた。

そしてニコラスは彼女の中で果てた。

その瞬間、彼のこれまでの女性たちや、愛の営みの経験がことごとく忘却の淵《ふち》に沈んでいった。地が激しく揺れ、彼女の横にどさりと体を横たえたとき、ふたりがまだ寝台の上にいるのが不思議なくらいだった。

ニコラスはマリアを引き寄せ、流れる涙をキスで覆った。「泣いているのかい、麗しの人?」彼はやさしくたずねた。「つらい思いをさせたのかな?」

「いいえ、カーカム卿《きょう》……ニコラス」彼女は答えた。「ただ、こんなふうに感じたのは初めてで……その、わたし……」

ニコラスはマリアが今発見したことなど男女のあいだではごく普通だよ、と軽くかわすつもりだった。だが、なぜか嘘《うそ》はつけなかった。彼は身を起こして、さっきよりずっとやさしくマリアを愛撫《あいぶ》した。時間をかけて、気をつけながら触れることで、マリアに歓《よろこ》びを与えた。

何かがマリアの心地よい眠りを妨げた。それは、ニコラスの横にいるという慣れない経験のせいではなく、開いた窓から聞こえてくる音だった。窓の下で人の声がする。それにほかの音も。なんだろう?

暖かく、ほっとするニコラスの腕の中から出たくはなかった。しかし、どうやら窓の外で何か起きているようだ。

マリアはそっと寝台を下りた。体の奥にかすかな痛みを感じたが、気にしないことにして窓に近づくと、下をのぞいた。

窓の下では数人が松明《たいまつ》を持って集まっていた。大きな笑い声と忍び笑いが聞こえ、しいっという酔った声がしたかと思うと、ふたたび高笑いに変わった。いったいニコラスはなぜ、こんなならず者たちと付き合うのだろう。マリアには理解できなかった。

彼らは、マリアの隣の部屋の窓に、しきりに石を投げている。そうか、この人たちはニコラスを呼んでいるのだ。女性の声が聞こえてきた。「下りてきてよ、ニッキー！　あんたの獲物を見せて！」

「おい、ニック！」舌がもつれた男の声が続いた。「塔に隠している小娘のことなんか忘れて、出てこいよ。ここにいる女なら、面倒なこと抜きで好きなことをしてくれるぞ！」

爆笑と忍び笑いがふたたびわきおこった。そしてマリアは、崖《がけ》から突き落とされたような思いを味わっていた。その残酷な言葉に耳をふさぎたかった。

しかし、それらの言葉は容赦なく彼女の頭の中に響き渡った。何度も何度も。わたしはニコラスが塔に隠した小娘にすぎなかったのだ。わたしが恋に落ちているあいだ、彼はほかの女性と関係を持ちながら、わたしを誘惑して貞節を奪うときを待っていた。まるで、酒のおかわりを待っているかのように。

石がふたたび投げられ、窓の下から女性の声が聞こえた。「ねえ、ニッキー！　下りておいでよ！」彼女は言った。「ゆうべはわたしの手の動きを喜んでいたじゃない！」

激しく動揺しながらも、マリアは流れる涙をきっぱりとぬぐった。泣いてどうなるの。傷つけられた、利用されたとわめいても、もう手遅れなのだから。これまでもいろいろ利用されたことはあった。しかしこれほど冷酷に、しかも計算ずくで利用されたことはなかった。ニコラスの動機がもっと高尚なものだと信じるとは、なんて愚かだったのだろう。

ニコラス・ホーケンは間違いなく悪魔だ。

マリアは窓辺を離れ、暖炉の火に照らされた薄暗い部屋を見まわした。涙で視界が曇っても気にしなかった。ここにはわたしのものなど何ひとつない。荷造りの必要さえないのだ。今すぐ出発しよう。そうすれば・ニコラスが彼の手腕ににんまりする顔を見なくてもすむ。

たとえすべてを失っても、まだロックベリーが残っている――せめて、残っていると信じたい。ニコラスはロックベリーとマリアの関係を知らない。ここを出さえすれば、二度と彼の顔を見なくてすむ。

マリアはほのかな明かりをたよりに、床に落ちていた服を着込んだ。そして靴を履き、しっかりと紐《ひも》を結ぶと、部屋をあとにした。

早朝、医者が到着して、ニコラスはシェフィールドの部屋に呼ばれた。マリアの姿は見えなかったが、気にはならなかった。厠《かわや》に行ったたか、どこかで風呂に入っているに違いない。昨夜、幾度となく愛を交わしたとはいっても、明るい日差しの中、彼の前で風呂に入るのはやはりためらわれたのだろう。

だが、それもいずれ変わる。今夜にもきっと。

ニコラスの胸は男としての誇りに満たされていた。かわいいマリアに男と女の歓びを教えるのはわたしだ。

わたしのほかは誰もいない。わたしだけが教えるのだ。

今夜、彼女をふたたび抱いて、性の歓びの深さをもっともっと教えよう。ニコラスはマリアほど敏感な女性に会ったことがなかった。経験もなく、誰にも教えられないのに、彼女は生まれつきの才能を持っている。彼の歓びに、彼女自身の歓びを見出《みいだ》し、愛をもって彼をからかいさえした。

ニコラスにとってそれは新しい経験だったが、同時に彼を不安にもした。

これまでの女性は間違いなく彼に——あるいは彼が与えるものに——惹《ひ》かれてはいたが、マリアとのあいだにはそんな気軽な関係とは違った何かがあった。マリアは彼を心から愛していた。

ニコラスが不安だったのは、まさにそこだった。彼には、マリアが抱いているような感情はないし、それをいうなら生涯抱くことはないだろう。ニコラスは女性が必要とするやさしさを持ち合わせてはいなかった。彼にとって本当に大切なのは仕事で、愛のために仕事を犠牲にするつもりは毛頭なかった。それに、ベドフォード公爵の仕事はきわめて危険で、家族や特別なつながりを持たないからこそできるものだ。それがもしひとりの女性を愛するようなことになれば、弱みが生まれ、敵がそこを突いてくるのは火を見るよりあきらかだ。

そんな危険なことはできない！　今でこそマリアを好ましく思っているが、そのうち必ず飽きるときが来る。そのときはできるだけのことをして、あとは彼女が幸福になるのを祈るだけだ……。

ニコラスはふと顔をしかめた。それにしても、レディ・マリアとはいったい何者なのか？　シェフィールドの部屋にいそぎながら、ニコラスは首をかしげた。以前にも何度か同じ疑問が頭をよぎったが、こうなってみると、真剣に考えざるをえない。マリアが捨てられた貴族の愛人でないのはわかった。だが、ほかの可能性についてはどうだろうか。服も言葉遣いも、貴族の女性であることを示している。だが、上流社会の娘が連れも連れずに旅するなど、とても考えられない。

ニコラスは考え込みながら、手早く服を着込んだ。シェフィールドを見舞ったらすぐに、彼女自身の口から本当のことを聞き出そう。

マリアは自分の目が信じられなかった。

もしこれが本当にロックベリーなら、彼女はまさしく王女だ。

もちろん、まだ本当にここの跡継ぎかどうかはたしかではない。でも今しばらくは、この信じられないような夢を見ていたい。

ロックベリー荘園《しょうえん》の屋敷は三階建ての壮麗なものだった。やぐらや塔がそびえ、砂利敷きの車道が豪華な玄関をぐるりと取り巻いていた。まるで宮殿だわ、とマリアは思った。

でも、わたしが必要としているのは宮殿ではなく、帰るべき家だ。静かに暮らし、最近のさまざまな出来事をじっくりと考えられる場所。ニコラス・ホーケンを忘れ、新しい人生を始められるところだ。

不安に胸を締めつけられながらも、マリアは正面玄関に続く階段を上がった。こんな立派な屋敷がわたしの家であるはずがない。マリアは唇を嚙《か》みしめて、じっと屋敷を見つめた。自分の家というにはあまりに荘厳すぎる。

音もなく扉が開き、小柄な老人が出てきた。マリアはきっと口を閉じ、背筋を伸ばして老人をまっすぐに見つめた。わたしは、跡継ぎとしての自分の権利を主張しに来たのだ。何かをたのみ込むために来たわけではない。

たとえ、即座に追い返されたとしても。

マリアが近づくと、老人の顔色が変わり、屋敷の中に向かって何か叫んだ。老人が何を言ったかはわからなかったが、一歩も進まないうちに、老女が――ふたりは夫婦のようだった――戸口に姿をあらわした。

「ああ、神様！」老女は叫んだ。

「そのとおりだよ、かあさん」老人はマリアから目を離さずに答えた。「レディ・サラがわたしらのもとに戻られた」

マリアは驚きのあまり、息ができなかった。服の紐をきつく締めすぎて、肺に十分な空気が送り込まれないような感じだった。

このふたりはわたしをサラだと思っている。

追い返すつもりはないのだ！

「心配することはありませんよ、お嬢さん」老女が進み出て、マリアの肩をやさしく抱きかかえた。まるで、昔からよく知っているかのような親しげなしぐさだった。

「泣かないでください。よくお帰りになりましたね」

その言葉で初めて、自分が涙を流していたことに気づいた。マリアは手の甲で涙をぬぐい、老女に抱えられながら屋敷の中に入った。

「ああ、お父様がどんなに喜ばれるか、想像もつきません」老女は言った。「何があろうと、決してあきらめようとはなさらなかったのですからね。あの継母《ままはは》が……その……先代の公爵の未亡人が、サラ様がお産で亡くなったとき、赤ん坊はすでに手放したと伝えてからずっと」

「わたしの……父？」声を震わせながら、マリアがたずねた。

「ええ、そうです」老人が言った。「スターリン公爵、ジョン・バートン様です。すぐにも使いをやって、このことをお伝えしましょう」

「では……あなたがたは、わたしがマリア・バートンだということを認めるのですね？」

マリアの自信のなさそうな質問に、老夫婦が笑った。「あなたはお母様と瓜《うり》ふたつです」老女が言った。「それにその、春の野に降り注ぐ太陽を思わせる目。まさしくお父さまゆずりの目です」

「さあ、さあ、かあさん……」

「でも、本当のことですからね、エルハート・トゥイック」妻は答えた。「公爵は今でもとてもすてきな方です。それに、このロケットを見て。あなただって、これがサラ様のものだってことは否定できないでしょ」

「公爵を呼びに、すぐ誰かをロンドンにやります」妻がマリアを家の奥に導いていくあいだ、トゥイックが繰り返した。「ロンドンからここまで一日かかりますが、あなたが戻られたと知れば、公爵は何をおいてもすぐにお戻りになるでしょう」

マリアは立っているのがやっとだった。

わたしに父親がいる！　わたしがここにやってきたことを心から喜んでくれる人が。この瞬間ほど、マリアが父親を必要としたことはなかった。

ロックベリーのすべてが、マリアの想像を超えていた。ここがわたしの家？　このとき初めてマリアは、自分がここの跡継ぎとは心底信じていなかったことに気づいた。

しかし、彼女は本当にスターリン公爵の娘だった。そして公爵は心から喜んで娘を迎えようとしている。

いったい、マリアはどこに行ってしまったのだ？　それ以上に、なぜわたしのもとを去ったのだ？　ふたりが過ごした日々……あのすばらしい夜は……いったい……。

やめるんだ。これではまるで、恋におぼれた若造だ。ふたりが過ごした日々だの、すばらしい夜だのって。

彼女のどこが、ほかの女たち――深い関係になった女たち――と違うというのだ。たしかに、ほかの女たちより熱く燃え、多少興味深いところはあったかもしれない。しかし、それがなんだというのだ。もしマリアが秘密に包まれているのなら、いなくなったことに感謝すべきだ。わたしは自分の秘密を守るだけで精いっぱいで、他人の秘密まで引きうけるゆとりなどない！

ニコラスは広間の暖炉の前を行ったり来たりして

いた。さっきから、何度同じ問いを繰り返しただろう。知りたいことはほかにもあった。ニコラスはマリアがどこの誰かも知らず、どこを捜せばいいのかさえわからないのだ。

だが、きっと捜し出してみせる。

彼がマリアの不在に気づいたのは、彼女がカーカムを去って数時間もたってからのことだった。だとすれば、どの街道を通ったにしろ、かなり遠くまで行っているはずだ。シェフィールドの部屋からようやく解放されると、ニコラスは彼女の馬の足跡をたどろうとしてみた。だが、午後に降った大雨のため、ひづめの跡はことごとく洗い流されていた。

なにがあろうと、きっと捜し出してやる。ここに連れ戻して、考える暇も与えずにまっすぐ寝室に引き戻してみせる。

「シェフィールドの具合はどうだ?」ニコラスが暖炉の前で考え込んでいると、ロフトンがふいに声をかけた。

ニコラスは彼の無頓着《むとんちゃく》さに、開いた口がふさがらなかった。シェフィールドがこんなことになったのも、もとはと言えばロフトンのせいではなかったのか。たとえ嘘でもいいから、もう少し心配している様子を見せられないものか。

「肺に穴があいているんだ」ニコラスは答えた。

「かなり危ないね」

ロフトンは頭を振った。「それは残念」彼は言った。「だが少なくともきみは、ぐっすりと眠れたようだな」

ニコラスは、軽蔑《けいべつ》を込めてちらりと彼を見た。

「どういう意味だ?」

「昨日の夜、トレンドールとわたしで、きみを起こそうとしたんだ。女をひとり連れて、きみの部屋の窓の下から呼んだんだが――」

「なんだって?」ニコラスの声がけわしくなった。

「それは何時ごろだい？」

「さあ……夜が明ける一、二時間前だったかな……あの連中としては猫なで声を出したつもりだろうが、あれじゃあ、死人だって叩《たた》きおこしかねなかったな」ロフトンは笑った。「それでもきみは目が覚めなかった。よほどぐっすり眠っていたようだな」

ニコラスは頭をかきむしるのをかろうじて抑えた。マリアの部屋の窓の下で何が起きたのか、目に見えるようだ。きっと彼女は目を覚まして……。

ニコラスは唐突に立ち上がると、広間をあとにした。ああ、いったい彼女は何を耳にしたのだろう。ひどい言葉を聞いたに違いない。だが、それくらいで逃げ出すなんてことがあるだろうか？

ニコラスは拳骨《げんこつ》で思いきり壁を叩いた。とはいえ、きっとそうだったのだ。


それから二日後の夕方、マリアはロックベリーの庭の奥にある小さな池のほとりに座っていた。あたりは静けさに包まれ、鳥が巣を作り、虫たちが餌《えさ》を探し、小さな生き物が早春の日差しを浴びてたわむれていた。マリアは水に足をつけた。人を怖がらない金色の鯉《こい》たちが集まってきて足をつつく。

ここにいると、ニコラス・ホーケンの顔も、肌に残る彼の唇の感触も忘れられるような気がする。このやすらぎにあふれた庭にいると、彼のことなどもう、どうでもいいと思えてくる。

マリアは水から足を上げ、自分を抱きしめた。今はニコラスのことなど考えるときではない、すぐにも父に会えるのだから――。

「お嬢様？」管理人の妻の声にマリアは我に返った。いそいで腰を上げたが、銀髪の紳士の姿に気づいてはっとした。紳士もまた、マリアを見た瞬間かすかによろめいた。そして、どこか不安そうな、とまどったような歩き方で近づいてきた。

紳士は年を取ってはいるもののかなりの美男子だ。マリアは彼の目をのぞき込んで、そこに彼女自身の目を見た。目の奥がじいんとして、喉がつまり、言葉もなかった。

「マリア……?」彼が手を伸ばして言った。その声は深く、響きがあって、震えているようだった。それに、伸ばした片手も震えている。琥珀《こはく》色の目がきらりと光った。

マリアは唾《つば》をのみ込むと、やっと声を出した。

「お父様?」

彼は無言でマリアの両手を強く握りしめ、それからしっかりと抱きしめた。

「ああ、我が子よ」彼は震える声で言った。「マリア!」

## *12*

ロンドンは珍しいものにあふれかえり、その豪華さはマリアの想像をはるかに超えていた。市場はさまざまな色彩に彩られ、その騒々しさときたら、すさまじいほどだった。煙草《たばこ》や食べ物やごみのにおいがごたまぜになって漂っていた。そしてテムズ川には、ただただ圧倒されるばかりだった。

公爵の屋敷はブライドウエル・レーンにあった。政治の中枢、枢密院の建物があるウエストミンスターの東北に位置して、テムズ川にも近かった。先週は、仕立屋やら靴屋やら家庭教師やらが出たり入ったりして、マリアは目が回るほど忙しかった。新しい服やヴェール、宝石、靴、ブーツなどが次から次へと運び込まれた。厩《うまや》にはマリアが乗るためのおとなしい馬がつながれ、婦人用の凝った美しい鞍《くら》も用意された。

マリアの言葉遣いや立ち居振舞いはほとんど問題なかったが、足りないところを補うために家庭教師が雇われ、馬の乗り方、読み書き、家政などが教えられることになった。

公爵はいずれは娘を結婚させなくてはならないと考えていた。それも、公爵家にふさわしい立派な若者とできるだけ早くと。

マリアはため息をもらした。朝、目を覚まし、昨夜の集まりのことをぼんやりと考えているうちに、早くも召使いたちがやってきて念入りに服を着せる。スターリン公爵は貴族の若者たちを何人か招待して娘を紹介し、そのうちの何人かがマリアとの正式な交際の承諾を得た。

もちろん、それらすべてに感謝すべきなのはわかっていた。感謝だけでなく、この信じられないほどの環境の変化に胸をときめかすべきなのだろう。父はやさしく愛すべき人で、娘を取り戻せたことに有頂天になって、その娘のためならなんでもしようとしていた。彼女をとても大事にしたが、押しつけるようなことはなく、マリアには普通の貴族の娘よりもずっと多くの自由が与えられていた。

昨夜、屋敷を訪れた若者たちはそろいもそろって裕福で感じがよく、振舞いも洗練されていた。枢密院の議員もいたし、フランスにいるベドフォード公爵に仕える騎士たちもいた。

だが、ニコラス・ホーケンに似た者はひとりとしていなかった。

マリアは彼を記憶から消し去ることを望んでいたが、すぐにそれがそう容易ではないことを思い知らされた。若者が笑いかけてくるたびに、ニコラスのからかうような笑みと、彼女をうっとりさせたキスを思い出し、触れようとする者がいれば、ニコラスとのなつかしい思いに胸が締めつけられた。

しかし、こんな思いはすべてばかげている。ニコラスがどんな人か、よくわかっているはずなのに。ニコラスは彼女が心を捧《ささ》げ、尽くすにはふさわしくない人だ。手のつけられないならず者で、次から次に女性をたぶらかしていくだけの人だ。

マリアの耳にはあの夜、窓の下でニコラスを呼んでいた女性の声がいまだに聞こえるようだった。

マリアが部屋を出て、屋敷の中心部に向かうと、父の家の家政を取り仕切っているレディ・アリシアが大きなドライフラワーの束をふたつも抱えて玄関から入ってきた。

アリシアは公爵のいとこで、かつて父親の意思にそむいて富裕でもない商人と結婚した。だが、若くしてその夫に先立たれ、ひとり息子を抱えて途方にくれていた。それを知ったスターリン公爵が息子ともども屋敷に引きとり、家を取り仕切る仕事を与えたのだ。今は息子も大きくなって、サリーの所領を引き継ぐまでになった。

アリシアはふいに出現したマリアをひと目見るなり好きになって、すぐさま、まるで妹のように庇護《ひご》した。マリアにとってこの新しい親戚《しんせき》と友情は、本当にありがたかった。

「ああ、レディ・マリア……」アリシアは顔を見ると言った。「また花束が届いたわよ」

「また……？」マリアはあたりを見まわして、あちこちのテーブルの上に花が生けられた花瓶が置かれていることに気づいた。「いったいぜんたい、どうしたっていうの？」

アリシアが笑いながら明るい声で言った。「あなたへの贈り物よ。あなたに憧《あこが》れる若者たちの気持ちなのよ」

「若者たち？」

「ゆうべ、いらした方々よ」アリシアは答えた。「おととい来られた方々からも。贈り物はこれだけではないわ」アリシアは続けた。「お菓子に服地……上等の毛糸。それに子羊の肉まで」

「子羊の肉……?」マリアには、わけがわからなかった。「どうしてかしら?」

「お父様はあなたにふさわしいお婿さんを探しているわ」アリシアは言った。「そして、選ぶのはあなた自身だと明言しているものね。ここ数日、若い紳士方が押しかけてきたのはそのためよ。みなさん、なんとかしてあなたの心を射止めたいと願っているのよ」マリアの驚きを尻目に、アリシアは階段のそばのテーブルにあった花束を取り上げた。

玄関の扉を叩《たた》く音がして、アリシアが振り向いたが、彼女の両手は花束でふさがっていた。

「わたしが出るわ」マリアが言った。

アリシアの言葉の意味を考えながら玄関の掛け金を外し、扉を開けた。そして、息をのんだ。たとえ誰かからいきなり頬を叩かれたとしても、これほどまでには驚かなかっただろう。

玄関にはニコラスが立っていた!

ニコラスには、マリアに最後に会ってから気が遠くなるほどの時間がたったように思えた。そしてマリアは以前にもまして美しくなっていた。

彼女を見た瞬間、自分を置き去りにした彼女の首を絞めてやりたいという思いと、気を失うまでキスをしてやりたいという思いがせめぎ合った。

最後に、男の本能が勝ちを収めた。

マリアがまだ驚いている隙《すき》に、ニコラスは彼女をさっと引き寄せ、その唇に自分の唇を重ねた。香辛料の味のするマリアの唇をむさぼり、髪を指でまさぐると、豊かな肉体を力いっぱい抱きしめた。

ニコラスにはそれ以外のことは頭になかった。

できるものならその場でマリアを自分のものにしたいとさえ思った。しかし、近くの女性がすさまじい悲鳴をあげ、はっと我に返った。気がつくと、マリアが必死に彼を押し返している。

「なんて、失礼な！」女性が叫んだ。「すぐにその手を離しなさい！」

ニコラスはじっとマリアを見つめた。しかし彼女の目には、うっとりとした表情も、興奮の輝きもなく、琥珀《こはく》色の目には驚きだけが浮かんでいた。

彼のキスでふくれた唇を震わせ、マリアはあとずさりした。

そして、彼女の手が彼の頬を打った。

ニコラスは頬を手で押さえ、黙ってうなずいた。たぶんマリアの目にあったのは、驚きではなく、怒りだったのだ。

「人を呼びましょうか……マリア？」

ニコラスは頬をさすりながら、なんとかその場をつくろった。「てっきりわたしに会えて喜んでくれると思ったもので」彼は言った。

マリアは猟師に狙《ねら》われた鹿《しか》のように、今にも逃げ出しそうだった。ニコラスは手を伸ばして彼女の手を取った。彼女は目をらんらんと燃え上がらせ、下唇を震わせていた

「わたしは商売女ではないの、ニコラス！　もしそのつもりで来たのなら――」

あまりに大胆な言葉に、そばの女性は息をのみ、ニコラスは顔をしかめた。彼はマリアをそんなふうに扱った覚えはまったくなかった。たしかに彼女を誘惑し、処女を奪いはしたが、そのことについては彼なりに心を痛めていた。ニコラスはマリアを誤解していたし、彼女の身分にも気がつかなかった。

彼は今、マリアを寝室に誘う気はなかった。ましてやここは、彼女の父親の家だ。しかし、彼女との交際を求める男のひとりに加わるつもりは十分にあ

った。スターリン公爵が祖国を裏切っているかどうか確かめる絶好の機会だ。

「とんでもない、麗しの人」彼はマリアの手を取ってキスをすると、無邪気に笑った。「ここに来たのはご挨拶《あいさつ》のためと……よかったらあとで、あなたとお父上にお会いしたいと思ったからです」

マリアは気が遠くなりそうだった。

ありがたいことに、ニコラスが去ったあと、アリシアが支えてくれ、居間の椅子まで連れていってくれた。

「わたしが口出しすることではないでしょうが」アリシアがたまりかねて言った。「あなたはよほどあの人に傷つけられたのではないの？」

「いいえ」マリアは震えながら答えた。「ただめんくらっただけ。ニコラス・ホーケンにわたしを傷つける力はないわ」

アリシアがかすかに眉をひそめたことに、マリアは気づかなかった。「よかったらお父様に言って……」

マリアは首を振った。「お願い、このことはお父様の耳には入れないで」マリアはアリシアの手を取ってたのみ込んだ。「心配させたくないの」マリアはカーカム城でのことが父親に知れることで、せっかくの父の信頼を失いたくなかった。父親から見れば、マリアは悪いことなど何ひとつできない娘で、マリアもまた父にそう思われていたかった。

「とにかく、あの若者があなたに近づくことは二度とないと思うわ。あなたからあれだけの……返礼を受けたんですものね」アリシアはそう言ったが、どこか歯切れが悪かった。

マリアは膝にのせた手をぎゅっと握りしめた。カーカムでニコラスと別れてから二週間たつ。なのに、彼がマリアの肉体を支配し、心まで奪い去ったのがつい昨日のような気がした。彼は鋼のような目に賛嘆の表情を浮かべて、わたしを見つめていた。あの記憶から解き放たれるときは、永久に来ないのだろうか。そして、わたしの肉体と魂に魔法をかけた巧みな手の動きの記憶から。

「そうね」マリアはうなずいた。「もう、戻ってはこないでしょうね」

マリアがカーカム城でしきりにロックベリーのことを聞きまわっていたことがわかるまで、一週間かかった。彼女はロックベリーに行ったに違いない。ニコラスはそう当たりをつけた。しかし、マリアがスターリン公爵の娘だと知ったときの驚きは尋常ではなかった。

ニコラスはやっと、あの琥珀色の瞳をどこで見たか思い出した。見事な銀髪をうねらせたスターリン公爵の目がまさにそれだった。

そして、スターリン公爵は裏切り者だ。

ニコラスはここ数日、スターリン公爵と、長いこと行方の知れなかった娘との再会に関する噂《うわさ》を集めていた。マリアがアルダートンでつらい生活を強いられていたという噂が真実だったこともわかった。ニコラス自身、マリアにそれを思わせるような兆候をいくつか見ていたが、そこまでは考えつかなかった。

ロンドンに着くやいなや、ニコラスは彼女が毎朝、馬番を供に連れて馬で散歩することを知った。今日こそ彼女をつかまえよう。あの朝の反応からして、マリアが彼のキスや抱擁を嫌悪していないのはたしかだ。

しかしそれをいうなら、ニコラスのほうもまた、決して冷静とは言えなかった。彼女の一挙手一投足が思い出されて、四六時中頭を離れなかった。カーカムの近くの街道で初めて会ったときから最後の夜の出来事まで、何もかも鮮明に覚えていた。彼女の父親の家を訪ねたときも、まさか自分があんな行為に出るとは思ってもいなかった。

だが悔しいことに、マリアを見たとたん、抱きしめ、キスをせずにはいられなかったのだ。

ニコラスは苦笑いをした。マリアを見つけるためにどれほど苦労したかわからないが、それだけのことはあった。ただ、彼女の反応は察知すべきだった。彼女はニコラスが知っているどんな女性よりも情熱家だ。ニコラスには、次に彼女を抱くときが待ちきれなかった。

何があっても、もう一度彼女を抱く。それもできるだけ早く。だが、今のところは我慢しなくてはならないだろう。

マリア・バートンはニコラスに、父親の公爵に近づく願ってもない口実を与えてくれた。おかげでスターリン公爵に近づくことができ、その結果、彼がフランスのアランソン公爵に情報を流している証拠がつかめるかもしれないのだ。もっともマリアがそばにいると、欲望を抑えるのに苦労するが、そのくらいは我慢できるだろう。多少努力は要するができないことはない。

いや、そうしなければならないし、やってみせる。

ニコラスは目の前の課題に気持ちを集中させた。マリアは毎朝、馬でウエストミンスターにやってくる。ウエストミンスターに沿った小道を馬番をお供にやってきて、途中で父親と合流し、冷たい飲み物や軽い食事をとるのが日課になっている。

ニコラスは、彼女が父親と落ち合う前に待ち伏せするつもりだった。この前の非礼を詫《わ》びて、何がなんでも求婚者のひとりとして認めてもらわなくてはならない。

彼はウエストミンスターの野原の端で、マリアが来るのを待った。

　もし情報が正確で、彼女が散歩道を変更しないかぎり、そろそろやってくるころだ。

　ニコラスは馬に乗ったまま、馬道からは見えない場所を選んで彼女を待ちうけた。先日の朝のように、不意打ちをくらわせたかった。とっさに見せる反応こそ、真意を伝えるものだ。

　マリアが彼を無視できないのはわかっていた。彼女に叩かれて、いまだにひりひりしている頬が、そのいいあかしだ。

　ニコラスはにやりとした。彼女をふたたび抱くことを想像しただけで体が硬くなる。彼女との一夜は言葉にならないほどすばらしいものだった。マリアは経験がないにもかかわらず、その反応には驚くべきものがあって、彼女との愛の営みは彼がそれまで味わったことのないものだった。豊かな髪を広げて一糸まとわぬ姿で横たわり、じっと彼を見つめていた彼女を思うと、次の密会が切ないほどに待たれて落ち着かなくなる。

　馬に乗った人影が見え、ニコラスは現実に引き戻された。馬のひづめの音から、ゆっくりと近づいてくるのがわかった。すぐにもマリアの姿があらわれるはずだ。

　マリアの姿を目にして、ニコラスはじっとりとしたてのひらをズボンでぬぐい、大きく息を吸い込んだ。マリアは優雅そのものだった。豪華な絹のベルベットの服を着て、おそろいの帽子をかぶり、ヴェールで髪を覆っていた。乗馬姿も、一緒にカーカムの村に出かけたときより、ずっと洗練されたものになっていた。

　ニコラスは馬を蹴《け》って、彼女に近づいた。

「まあ！」マリアが叫んで片手を胸にあてた。

「麗しの人」彼はいたずらっぽく呼びかけ、手を伸ばして彼女の手綱をつかんだ。「これはこれは、なんという偶然」

「お嬢様？」馬番があわてて近づいてきた。

マリアはしばらく何も言わず、どうしようかと迷っているようだった。「心配はいらないわ、コール」やがて彼女は振り返って若者に言った。「こちらはカーカム卿、その……わたしたち、知り合いなの」

「でも、お嬢様……だんな様からは――」

「いいから先に行って、茂みのところで待つんだ、コール」ニコラスが命じた。「レディを長く引きとめるつもりはないよ」

マリアは彼が馬番に勝手に命令したことに気を悪くしているようだった。しかし、馬番にそばにいるよう命じることもできたはずなのに、そうはしなかった。きっと、ニコラスの出現にあわてているのを知られたくないのだろう。不安なとき、その状況にあえて立ち向かうのがマリアのやり方だ。

彼女は顎をきっと上げて、そのまま馬を進めた。

「マリア……」

「話すことはありません、カーカム卿」

「ニコラス」彼はそう訂正して、彼女の視線をとらえようと努めた。

マリアはそっぽを向いたまま、肩をすくめた。

「わたしに腹を立てているんだね」

マリアはあいかわらず道の先に目をやっていた。

「だけど、愚かな道化師たちが窓の下でくだらないことをがなったくらいで、わたしを置いて消えてしまうなんて信じられないよ」

彼女は鋭い視線をちらりと彼に向けると、まるでウエストミンスターの散歩道がロンドン一美しい景色でもあるように、じっと前を見つめた。

どうやら作戦を変える必要がありそうだ。

ニコラスは手綱を握るマリアの横顔をじっと見つめた。揺らめくヴェールの下から金色の髪がのぞき、流行の襟元が繊細なうなじに触れて、手綱を握る手袋をした指は実にしなやかだった。

彼はくだらない感傷を振り払うように首を振ると、頭を冷やそうとした。こんなことで、どう使命を果たそうというのだ。ここ数カ月、誰かが間違いなくフランスに情報を流している。その裏切り者を捜し出すために、藁《わら》にもすがる思いで手がかりを求めてきたのではなかったか。

どんなに美しい容貌《ようぼう》も、肉体も、その目的の達成を妨げることはできないはずだ。

ニコラスはふたたび彼女の手綱を押さえて、マリアの馬の歩みを止めると、横に並んだ。「マリア」彼はやさしく言った。「お願いだ、そんなふうにわたしを無視しないでくれ。カーカムでのわたしの……恥ずべき振舞いを……許してもらえないだろうか。知らなかったんだ……まさか、きみが……」

「ニコラス、わたしにかまわないで」ようやくマリアが口を開いた。声にかすかな震えが聞きとれた。

「わたしはもう、身寄りも財産もない孤児ではないわ。お父様はわたしが幸せに結婚することを望んでいるの。カーカムでのことについて、父は何も知らないし……」彼女は自分を恥じるようにうつむいた。「これからも言うつもりはないわ」

ニコラスは、マリアが手綱を引いて馬の向きを変えるの見つめていた。さよならも言わず去っていくマリアの後ろ姿を見送りながら、彼は片手で胸を押さえた。どんな言い訳をしようが、彼がマリアにしたことは間違いだし、彼女を深く悲しませたことに変わりはない。その事実に目をつぶることはできないのだ。

そんな思いがニコラスをおびえさせた。もしこの罪の意識に何か意味があるのなら、わたしはどうやら、自分が思っているほど悪者になりきれていないようだ。

# 13

マリアと父親が深い愛情で結ばれるのに、時間はかからなかった。ふたりはまるで別れ別れに暮らしたことなどなかったかのように、互いに強い絆《きずな》を感じた。

最初の数日、父娘《おやこ》は長い年月を埋めるかのように、いっときとして離れることがなかった。マリアはアルダートンでの暮らしについてはあまり話さなかったが、公爵は娘がそこでどのように扱われたかを正確に把握していて、どうしても義理の姉のところに行くと言ってきかなかった。

「いいえ、お父様……」マリアは止めた。「すべて終わったことです。それよりわたしは、前に進みたいのです。過去に起きたことで大事なことなんてひとつも……その、ありません。今はこうしてお父様のそばにいられて、目の前に新しい人生が開けているのですから……」

「だが、どうにも気がすまないのだよ、マリア」公爵は言った。「長いこと、おまえにひどい生活を強いてきたことについて、オリヴィアにひと言言ってやらなくては。それに、娘を預かっていることをわたしに知らせようとしなかったことについても――」

「きっと知らなかったのよ、お父様」マリアはオリヴィアをかばった。「モーレイ家の人は、お母様がヘンリー国王の宮廷に行ってしまってからの消息は知らなかったのよ。縁を切ったのですもの」

「それにしても……」

「わたしはこうして生きているわ」マリアは父親をきつく抱きしめた。「お父様とも会えたし」

「しかし、オリヴィアは何もしようとはしなかった」公爵は納得しなかった。「わたしはアルダートンに判事をやって、直接オリヴィアにおまえのことをたずねさせた。だが、オリヴィアは否定した、嘘《うそ》をついたのだよ」

「ええ、知っていますわ」マリアはささやくように言った。「わたしがロックベリーのことを知ったのも、そのときです。でも、お父様、わたしは前に進みたいのです……」

アルダートンのことも、ニコラスのことも忘れて。

マリアはニコラスとのことを父に話してはいなかった。もし、父がニコラスのしたことを知れば、馬に飛び乗り、彼を打ちのめしに行くだろう。そんなことにはなってほしくなかった。

ウエストミンスターの乗馬道でニコラスと会ってから、マリアはただ、彼が近づいてこないことだけを祈った。マリアの傷ついた心は、いまだに彼を見るとうずいた。彼がマリアになんら特別な気持ちを抱いていないのを知りながら、彼に会い、彼と一緒にいるのはつらすぎた。

ニコラスがロンドンに来たのは、マリアを愛しているからではない。あんな形で置き去りにされたことで誇りが傷つけられたからだ。夜のうちに彼から逃げ出した女性など、そうはいないだろうから。

ふいに寒気を感じて、マリアは古いショールで肩をくるんだ。骨の髄まで冷気を感じたが、部屋は暖かい春の日差しにあふれていた。

マリアはくだらないことに頭を悩ましている自分を叱《しか》りつけ、愚かな涙をぬぐった。彼女の生活は変わったのだ。彼女を深く愛してくれる父親がいるだけでなく、地位も家も得たのだから。

スターリン公爵は娘が一刻も早く結婚することを願っていて、その思いを隠そうとはしなかった。マリアはすでに結婚適齢期を過ぎている、手遅れにならないうちにふさわしい人と一緒にさせてやりたいと。にもかかわらず、公爵がマリアをせかしたり、勝手に相手を決めたりするようなことはなかった。生まれてから二十二年ものあいだ、娘には自由がなかった。せめて夫くらいは自分で決めさせてやりたい。公爵はそう願っていた。

マリアは結婚に幻想を抱いてはいなかった。父から上流社会の若者を何人か紹介されたが、みんな気持ちのいい、立派な人たちだった。

ただ、マリアの胸をときめかせる人はひとりもいなかった。

枢密院でニコラスがそれまでの悪評を多少なりとも回復するのに、そう時間はかからなかった。議会にもまじめに出席し、怪しげな交友もあえて遠ざけた。それどころか、ベクスヒル伯爵が例によってくだらない意見をとうとうと述べ立てたときも、少なくとも耳を傾けているふりはしていた。だが、どれほど態度を改めても、スターリン公爵と親しくなる機会などありえないのはわかっていた。それでも、いつか公爵家に招待してもらうことをあきらめてはいなかった。

それも娘の求婚者として。

ニコラスには結婚の意思など毛頭なかったが、求婚者として彼女と付き合う承諾がほしかった。そうなれば公爵にも、公爵家にも近づくことができる。

ウエストミンスターの枢密院内の公爵の執務室は、すでに徹底的に調べた。だが、屋敷のほうはまだ手つかずのままだ。公爵家の扉や窓には精巧な錠がついているうえ、使用人たちは男女を問わず公爵に忠実で、入り込む余地がなかった。となれば、ニコラス自身が公爵と個人的な知り合いになるほか、屋敷に入り込む方法はない。

ブライドウエル・レーンの公爵家で、最近よく集まりが持たれているのは耳にしていた。マリアに若者たちを紹介するのが目的だ。

ニコラスは、公爵が娘を結婚させようとしていることに心おだやかではなかった。だが、なぜそうなのかは深く考えず、とにかくできるだけ早く公爵に取り入ることを願っていた。

その機会は思ったより早くやってきた。ある嵐《あらし》の夜更け、ニコラスは国王の伯父、グロスター公爵から、ウエストミンスターの彼の執務室に呼び出された。

「カーカム」グロスター公爵はそう言うなり、咳《せ》き込んだ。具合が悪そうで、熱っぽい顔をしていた。

公爵はニコラスに一通の手紙を手渡した。「フランスから届いたばかりだ。ベドフォードがこの手紙をただちにスターリン公爵に届けるようにと言っている。そして、きみにも読ませるようにと」

ニコラスは羊皮紙を受けとり、フランス語で書かれた内容に目を通した。

イングランド王よ、貴族の血を与えられたことを神に感謝するように。侵略したフランスの地をことごとく、〝オルレアンの少女〟に返還すべし。彼女は貴族たちをいさめるために神から遣わされた使者であり、いつでも平和をもたらす用意がある。正しい行いを実践し、奪いとったものをフランスに返還すべし。

ニコラスはそこまで読んで、目を上げ顔をしかめた。「なんですかこれは？　いったい誰が書いたのです？」

グロスター公爵ははなをかんだ。「そこにあるオルレアンの少女だ」公爵は肩をすくめた。「フランス皇太子に仕える若い娘で、どうやら自分を神の使いと信じているらしい。我らに、フランスの領地をあきらめることを要求している」

ニコラスは続きを読んだ。その中で〝オルレアンの少女〟は、もしフランスから兵を引かない場合は、ベドフォードの軍隊を全滅させると明言していた。

「ほかにわかっていることは？」

「ベドフォードは何も知らないそうだ……その娘が最近までフランス皇太子と一緒にシェンにいたということ以外は」

「この手紙は間違いなく本物なのですか？」

グロスター公爵はうなずいた。

「軍隊を追いかけて生きている、ただの娘なのでは……？」ニコラスはこの手紙が羊皮紙の無駄遣いにすぎないことを期待してたずねた。フランスでのイングランド軍の士気はかなり落ちている。神の使いだと断言する娘が、勝利を収めないとは言いきれない。

「いや、ことはもっとずっと深刻だ」

ニコラスにはグロスター公爵が真剣に心配しているのがわかった。政治家としては群を抜いていると は言いきれなかったが、公爵は頭もよく、そう簡単にだまされる人物ではない。公爵の弟であるフランス総督ベドフォード公爵も同じだ。ふたりがもしこの手紙を重要なものと見なしているのなら、ニコラスもそれを信じないわけにはいかないだろう。

「スターリン公爵にはわたしがお届けしましょうか？」ニコラスは申し出た。スターリン公爵の信頼を得、彼の裏切りの情報を得るのに願ってもない好機だ。

「そう言ってくれるのを待っておったよ」グロスター公爵がそう言ったとたん、雷鳴が窓を震わせた。「風邪をひいた身で外出するには、あまりにひどい天候だ」

ブライドウエル・レーンの豪壮な屋敷に着くと、

従僕が玄関に出てきて、ニコラスを中に入れてくれた。外はすさまじい雨だった。公爵の返事を待っているあいだ、屋敷の奥のほうからにぎやかな人の声が聞こえてきた。

従僕が戻ってきて、ニコラスのコートを預かると、奥の客間へと案内した。大広間のような部屋で、天井が高く、大きな暖炉があった。暖かい部屋の中にはすでに数人の客が集まっていた。

その中にベクスヒルの姿を見て、ニコラスは歯ぎしりをした。マリアが、ソファに座った彼のすぐ左手に腰かけていた。ニコラスには、ふたりの距離があまりに近づきすぎているように思えてならなかった。

マリアに最後に会ってから一週間たつ。しかし、彼女に触れてからどのくらいたったかは考えたくもなかった。今夜の彼女は本当にきれいだった。カーカム城で彼が選んだのと同じオレンジ色の服が蜂蜜《はちみつ》色の髪を鮮やかに引き立てていた。ぴったりした胴着の襟元からは、豊かな胸がおしげもなくこぼれている。いきすぎと思われるほどに。

ニコラスの指がむずむずした。

「カーカム」公爵が親しげに呼びかけながら近づいてきた。「よく来てくれた。何か用かな?」

ニコラスはマリアから目を離して、父親に視線を移した。「残念ながら、仕事上の用向きでして」

スターリンはうなずいた。「みんなのことは知っているね、カーカム?」公爵は言った。「マリア、たしか、カーカム城を訪れたことがあるとか言ってなかったかな?」

「はい、お父様」マリアは静かに答えたが、頬がほんのりと染まっていた。「存じ上げています」

「なら、いい」スターリン公爵はそう言って、ニコラスを客間の外に連れ出した。「ちょっと、失礼しますよ、みなさん」

ああ、この服を着たのが間違いだった。

マリアは、食事の用意が整ったという言葉に救われて、すばやく黒い絹のショールで肩を覆った。いとこのセシリアならともかく、マリアはアリシアがこの流行の服を着せてくれたとき、あまりに大胆すぎるのではと思っていた。

さすがに紳士たちはじろじろ見るようなことはなかったが、彼らの目に浮かぶ嬉《うれ》しそうな表情がマリアを落ち着かなくさせた。そこに、ニコラスの反応だ。彼が部屋に入ってきたとき、マリアはまるで自分が裸のような気がした。

ニコラスが父について書斎に行ってしまったときは、救われたような気持ちだった。彼と一緒の部屋にいて、彼の存在に圧倒されずにいるのはほとんど無理だった。たとえそばにいなくても、彼を心から締め出しておくのが大変なのだから。

彼女は客たちを、大きなテーブルのある食堂に案内した。楽師たちが音楽を奏で、召使いたちは食べ物を運んだり、ワインを注《つ》いでまわったりと大忙しだった。マリアも女主人として客たちのもてなしに細かく気を配ってから、自分の席に着いた。

食卓の話題はもっぱら、この週末に催される国王主催の親善競技大会と、ロンドン・フェアーに集中した。ロンドン・フェアーはすでに今朝から始まっている。この雨でいまひとつ盛り上がりには欠けるが、それでもたくさんの露店が出ていたという。雨であろうと、晴れであろうと、何かにつけてしっかりと金儲《かねもう》けにいそしむロンドン商人のたくましさに、みなは声をあげて笑った。

スターリン公爵がニコラスを従えて食堂に入ってきた。しかし公爵は、客に請われてその客の隣に座ってしまった。それを知ったマリアは、隣席のベクスヒル伯爵に顔を向けたまま、伯爵の話をいかにも興味ありげな様子で聞いていた。ベクスヒルはさっきから、槍《やり》投げだの、馬上槍試合だのといった競技の話を延々と述べ立てていた。

ニコラスはそれを見てにやりとした。彼が持ってきた手紙への公爵の反応に変わったところはなかったが、せっかくの夜を無駄にすることはない。どうやら公爵に好印象を与えたようで、こうして公爵とその娘の食卓に招かれたのだ。

ただ残念なのは、マリアがあいかわらずベクスヒルの横に座っていることだ。

彼が食事に残るとわかって、マリアの顔が青ざめたのを、ニコラスは知っていた。そして彼がマリアの隣の席に座ると、彼女ははっと息をのんだ。隣には父親が座るとばかり思っていたのだろう。

「レディ・マリア」ニコラスは言った。「この宴席につらなることをお許しくださって感謝いたします」そして、そっと彼女のほうにかがみ込んで、誰にも聞こえないように続けた。「今夜のきみはとびきりきれいだよ」

マリアは目の前の杯に手を伸ばすと、ぐっと酒をあおって、ベクスヒルのほうを向いた。伯爵はあいもかわらず、声高にアキテーヌでの武勇談を吹聴《ふいちょう》している。

それでもマリアは食い入るように伯爵を見て、そのばかげた話に熱心に耳を傾けているふりをした。

「麗しの人」ニコラスがマリアのショールを引っ張りながらささやいた。「この絹のショールを一センチほどずらしてくれないか。そうすればきみの滑らかな肌を目にすることができるんだが」

マリアの喉元がひきつるのがわかった。あわててニコラスから体を遠ざけようとして、あやうくベクスヒルの膝の上に倒れ込みそうになった。

嬉しいことに、その拍子に肩からショールが滑って、床に落ちてしまった。ショールを拾おうと、ふたりは同時にかがみ込んだ。「きみの胸元を見ていると燃えてくるよ」ふたりの頭が触れたとき、ニコラスが言った。「まるで触れてくれと言わんばかりだからね」

マリアはぱっと体を起こした。そして、ニコラスがショールを肩にかけるあいだ、硬直した姿勢でまっすぐテーブルの上の料理を見つめていた。

蝋燭《ろうそく》の炎に照らされ、彼女の肌が薄紅色に染まるのがわかったが、それに気づいたのはニコラスだけだった。マリアは震えていた。それが興奮からか、怒りからかはわからなかった。

ただし、彼自身の震えが興奮によるものだということだけは、はっきりしている。

## 14

ニコラスが次にマリアを見たのは、二日後だった。一昨日、ブライドウエル・レーンを訪ねたが、お嬢様はお留守ですと言われた。

居留守を使っているのはあきらかだった。公爵の屋敷には見張りがつけてあって、人の出入りはすべて把握されている。マリアはニコラスを避けているのだ。

「カーカム様」秘書のトーニイが、手紙の束を持って、ウエストミンスターのニコラスの執務室にやってきた。トーニイは、あいかわらず一分の隙《すき》もない格好をしていたが、陰鬱《いんうつ》な顔だけはどうにもならないようだ。「カーカムから連絡が入りまして、シェフィールド卿《きょう》が回復され、ヨークの領地に戻られたとのことです」

「ああ、それはよかった」怪我《けが》をしているシェフィールドをカーカムに残してくるのは、心苦しいことだった。だが、マリアを追いかけ、スターリン公爵に近づくには、そうするほかはなかったのだ。

「これが本日の郵便です」トーニイが続けた。「それから、この書類にご署名を」

ニコラスはトーニイの言葉をぼんやりと聞き流して、手紙の束を乱暴に机の上に置くと、窓に近づいた。すばらしい朝だった。だが、マリアに会う方法が見つからない。ニコラスは、彼女に会いたいという自分の動機にいまひとつ自信が持てなくなって混乱していた。目的はたったひとつ、父親に近づくためだと、繰り返し自分に言い聞かせてはきたのだが。

「カーカム卿?」

彼が振り向くと、トーニイがまだ立っていた。

「なんだ?」

「ご署名を」

「あっ、そうだな」ニコラスは机に戻って、いま投げ出した手紙の山から書類を取り出し、すばやく目を通してから、羽根ペンをインクに浸してサインをすませた。

「ガイルスを捜し出して、すぐここに来るように言ってくれないか、トーニイ」秘書に書類を手渡しながらニコラスは命じた。

「ガイルス卿はまだウエストミンスターにおられるはずです」

「それはよかった」ニコラスは答えた。「すぐに会いたい」

トーニイが行ってしまうと、ニコラスは郵便物に目を通しはじめた。例によってほとんどが領地からの報告書で、フリート城で催されるパーティの招待状もあった。

ニコラスは椅子に腰かけて最後の羊皮紙を手に取った。ニコラス宛《あて》になっていて、中には折りたたまれた手紙が入っていた。

しかし手紙のほうの宛名は、スターリン公爵だった。文面は簡略で、〝感謝する。数字は正しかった。どこで少女を利用するべきか、これではっきりした〟と書かれていた。署名は飾り字体で、ただ〝J〟とあるだけだ。

手紙を包んでいた封筒に青い蝋《ろう》のかけらがわずかに残っていた。封蝋のかけらだ。しかし、手紙そのものが誰から届けられたかは、まったくわからない。

ニコラスはぱっと椅子から立ち上がると廊下へ出て、大声で叫んだ。「トーニイ!」

秘書はすでに、ニコラスの部屋からかなり離れたところにいたが、あいかわらず冷静な顔つきで戻ってきた。「何か?」

ニコラスはトーニイを部屋に入れ、扉を閉めた。

「これは誰が持ってきた?」

トーニイはニコラスの手の中の羊皮紙を見て首を振った。「存じません。今朝ここへ来たとき、扉の下にはさんでありました」

「そんなところにあるなんて、おかしいと思わなかったのか?」

トーニイは肩をすくめた。「とくにおかしいとは思いませんでした。早朝に届いた郵便物は、宛名の部屋の扉の下に滑り込ませておくのが通例ですから」

〝J〟が誰なのかすぐにも知りたかったが、秘書の言うとおりだ。それにしても〝J〟とは何者なのか。それに誰がどこでこの手紙を手に入れ、そしてなぜニコラスに届けてきたのか。

手紙の重要性は疑う余地もなかった。なぜなら手紙には例の〝少女〟という言葉があったからだ。ニコラスがスターリン公爵を疑っていることを知っている誰かが、わざわざその証拠を送ってきたことになる。

送り手が誰かなど、どうでもいいのではないか。この証拠が本物なら、それでいいのでは。だが、それではあまりに話がうますぎないか。

スターリン公爵は、オルレアンの少女がイングランド国王に宛《あ》てた手紙を見て、あきらかに首をかしげていた。もし公爵が少女を知っていて、フランス軍の士気を高めるために使おうというなら、手紙に書いてあることに驚いたりはしないはずだ。

「カーカム卿？」ガイルスが扉を叩《たた》き、戸口から顔をのぞかせた。「お呼びだと聞きましたが」

「ああ」ニコラスは答えた。「トーニイ、この手紙を届けた者が誰か調べてくれ」

秘書は黙ってうなずくと、ニコラスとガイルスを残して部屋を出ていった。

「ブライドウエル・レーンにおかしな動きはないか？」謎《なぞ》の手紙のことを考えながら、ニコラスはたずねた。どうやら、ニコラスがスターリン公爵の裏切りを証明するのを切望している人間がいるようだ。しかしそれならなぜ、正体を隠す必要があるのか。

「いいえ」ガイルスが答えた。「使用人が出入りするだけです。昨日、レディ・マリアは一日じゅう外出しませんでした。まあ、雨がひどかったですからね。しかし今朝は、ベクスヒル卿とダンストンのロンドン・フェアーに出かけられました」

ニコラスは一瞬ぽかんと口を開けたが、すぐにいつもの表情を取り戻した。「ベクスヒル！」

「はい」ガイルスが答えた。「伯爵は今朝早くブライドウエル・レーンを訪ねて、レディと連れのご婦人――レディ・アリシアですが――のお供をして、フェアーに出かけていきました」

あんな愚鈍なベクスヒルと一緒に出かけるなんて、マリアの選択眼はいったいどうなっているのだ。ベクスヒルは九官鳥みたいに同じ自慢話ばかりして、戦争をいいことに、フランスから略奪してきた品物をだれかれかまわずに見せびらかすような男だ。自分より優れた騎士はいないと信じていて、マリアにも彼がいちばんだと信じてもらいたいのだろう。

たしかに、マリアほどいい条件の花嫁候補はそうそう見つからない。とてつもなく裕福なうえ、貴族のあいだでも深い尊敬を受けている公爵のひとり娘を娶《めと》ることになれば、ベクスヒルにとっては大手柄というわけだ。

だが、わたしの目が黒いうちは絶対にそんなことはさせない。

ロンドン・フェアーは、マリアが知っている田舎の祭りとはあまりに違っていた。大都会の露店の店先にはありとあらゆる品物が並び、試食ができたり、出し物を楽しめたりした。マリアは自分の小遣いでいろいろと買い求めたが、それ以上に、求婚者たちが彼女のためにお金を使おうと必死だった。

ベクスヒルはあいかわらず自慢話に熱中していたが、マリアはあまり気にしなかった。一緒にいて、決して不愉快な相手ではない。それどころか、最新流行の服に身を包んだ、美男の伯爵に付き添われていると、まるで王女にでもなったような気分だ。

それにアリシアがいつも一緒にいてくれたし、すぐにほかの求婚者たちも集まってきた。ベクスヒルは競争相手の出現をあまり気にしている様子はなかった。自分が、ほかの誰よりも優れていると信じているのだ。

アリシアがマリアの腕を引っ張って、服地の巻物が芸術的に飾られている店に連れ込んだ。「ベクスヒルをなんとかしたほうがいいわよ、マリア」伯爵の耳に届かないことを確かめて、アリシアがささやいた。

「えっ、どういう意味？」

「伯爵はあなたが彼を選んだと信じ込んでいるわ」アリシアが生地に指を走らせながら言った。

マリアは目を大きく見開いて、ぽかんとした。

「そんな……だって、わたしはなにひとつ――」

「ああ、マリア、あなたはまだ若いから……」

「いいえ」マリアは言い返した。「わたしはもう二十――」

「経験のことを言っているのよ」

マリアは顔を赤くした。わたしは、アリシアが思っているほど未経験ではない。しかし、ある意味で彼女の言うとおりなのだろう。甘い言葉や誘惑にやすやすとのせられて、ニコラス・ホーケンのような男にだまされてしまったのだから。「ねえ、どうすればいいと思う？」

「ほかの殿方にも注意を向ければいいのよ」アリシアは言った。「伯爵に、必要以上の自信を与えてはだめ」

アリシアの言葉に、マリアは顔を曇らせた。「ええ、わかったわ」

「ちょっとじらしてやることよ」アリシアは続けた。「求めるご婦人のためには戦う必要があることを知らせるのは、殿方にとってもいいことよ」

マリアはアリシアの言葉を考えていた。ニコラスのときの失敗の理由も、その辺にあったに違いない。彼を苦しませるようなこともなく、いつでもどうぞと言ったようなものなのだから。あのときは彼の魅力に目がくらんで、彼の意図など疑いもしなかった。なんという愚かな。

なのにマリアは、いまだに彼が恋しかった。もちろん求婚者のひとりと結婚することに異存はなかったが、問題はニコラス・ホーケンと同じ大胆さをもって、彼女を引きつける男性が誰もいないということだ。ならず者で、恥知らずではあったが、マリアは今でもニコラスが好きだった。

「この絹の巻物を包んでくれ」聞き覚えのある声がした。「届け先はレディ・マリアのお屋敷だ」

マリアがはっと振り返ると、ニコラスがあの飢えたような表情を隠そうともせず、彼女を見つめていた。その後ろでガイルスが生地の代金を払っている。見たこともないほど美しい絹地の巻物だった。

「カーカム卿」アリシアが顔を真っ赤にして抗議した。「レディ・マリアにそのようなものをお贈りするのは失礼です。誤解されてしまいます——」

「なんの騒ぎだ？」ベクスヒルが大声をあげた。

「カーカム！」

「まさしく」ニコラスは大げさなお辞儀をしたが、そこには親しさのかけらもなかった。

「生きのいい女でも探しているのかな？」ベクスヒルはマリアの前であることもかまわず言い放った。

「とんでもない。ところでそっちは、いつもの自慢話に飽きて、新しい聴衆でも探しに来たのかな？」

立派なふたりの貴公子が子どものようにいがみ合って、せっかくの朝を台無しにするなんて。マリアはがっかりし、にらみ合うふたりを置いたまま、店を出た。

そして近くにいた求婚者のひとりの腕を取ってさっさと歩き出したが、ふたりが言い合う声はまだ続いていた。

「美しいご婦人に、美しいお菓子はいかがですか？」腕を組まれた相手が、ベーカリーの店先でたずねた。

「いいえ、結構よ」マリアはそう言って、甘いにおいの漂う店先をいそいで離れた。胃がむかむかした。ベクスヒルがニコラスと、彼の武勇伝について言い合う声を聞いていると、具合が悪くなりそうだった。これほどばかげた言い争いは聞いたことがない。

ベクスヒルがニコラスに、競技会での馬上槍《やり》試合への挑戦をつきつけた。

「戦いできみの鼻をあかせるとは嬉《うれ》しいね、ベクスヒル」ニコラスが応じた。いつもの怠惰さは姿を消し、顔を真っ赤にして、マリアが見たこともないほど腹を立てていた。

「よたよたの放蕩《ほうとう》者の遠吠《とおぼ》えか」ベクスヒルも負けてはいない。

ふたりの貴族の言い争いを見物しようと、人が集まってきた。アリシアがマリアを群集から引き離し、見かねたガイルスが、ニコラスをベクスヒルから離した。

マリアはふたりの争いを聞いていて、気が遠くなった。あきらかにニコラスのほうが強そうだが、それも単なるえこひいきにすぎないかもしれない。マリアは彼の肉体を知っている——その筋肉の動きのすべてを。

それでもベクスヒル伯爵相手に槍試合をしたら、怪我を負うかもしれない。伯爵の武者ぶりは、いやというほど聞かされてきた。だが、ニコラスの戦いの腕については何も知らない。彼について耳にしたことといえば、救いようのない遊び人で、楽しみばかり追いかけ、才能も人生も無駄にしているという噂《うわさ》ばかりだ。

もしニコラスが剣も槍もろくに扱えなかったらどうしよう。もしそうなら、いったいどうなるのだろう？

「さあ、お屋敷に戻りましょう」アリシアが言った。あきらかにマリアを心配してのことだった。きっとわたしを見て、具合が悪いと思ったんだわ。少なくとも、気分が悪そうに。

マリアはおとなしくアリシアの言葉に従った。ブライドウエル・レーンに着くと、スターリン公爵はまだウエストミンスターから戻っていなかった。どうやら最近、何か大変なことが起きているらしいが、父が自分の問題を娘に打ち明けるようなことはなかった。政治のことなどで、娘を悩ませたくないのだ。

「少し横になるといいわ。そうすれば、今夜の宴《うたげ》までには元気になるわ」アリシアが言った。「今晩のフリート城の宴には、大勢の若い貴族の殿方が百キロも先からやってくるのよ。いい方をつかまえる絶好の機会よ」

マリアは内心ため息をついたが、顔には出さなかった。代わりに階段を上がり、部屋に入ると、寝台に横たわって、あっという間に寝入ってしまった。

ニコラスは自分の愚行が信じられなかった。よりによって、ベクスヒルと公衆の面前で言い争うとは！　あいつは、自慢することしか頭にない、ばかな九官鳥だ。

たとえそうでも、ロンドン・フェアーのフランダ《フレミ》ース《ッシュ》地方の生地を売る店の前で言い争うなんて……あまりに浅はかだった。おまけに、まだ幼い国王や貴族議員たち、競技を見物しに集まってくる上層、下層の人々の前で、馬上槍試合をすることになるとは。

裏切り者を割り出し、つかまえるという大事な仕事があるというのに。

ヘンリック・トーニイは、ニコラスの部屋の扉の下に手紙をはさんでいった人物を捜し出すことができなかった。ニコラスは考えれば考えるほど、その人物が誰か知りたいと思った。

今夜はフリート城での宴に招待されていたが、ニコラスは参加しないつもりだった。しかしこうなれば、行ったほうがよさそうだ。行けば、キャリントン卿のイタリア旅行――そう言われているが――についても何か情報が得られるかもしれないし、ウエストミンスター内に議員執務室を持つほかの貴族たちにも会えるはずだ。

マリアが来るのはわかっていたし、彼女にも会いたかった。それだけでも、この大雨の中をフリート城まで行くだけの価値はある。今朝のフェアーでは、彼女のそばにも近づけなかった。ベクスヒルとの争いに驚いて、一緒にいた婦人がさっさと連れ帰ってしまったからだ。

にもかかわらず彼は、例の絹生地をひと巻き、ブライドウエル・レーンに届けさせた。

生地を受けとったときのマリアの表情を想像すると、表情が自然にゆるんでくる。あの手の生地を妻以外の女性に贈るのは、非礼としか言いようがない。なぜなら、あれは下着用の生地なのだから。

ニコラスはいかにも意地悪な笑みを浮かべた。どうやら、やくざ者というわたしの評判はまだまだ安泰のようだ。そしてマリアは…… いやでも思い出すはずだ。わたしたちがいかに親密な間柄だったかを。

# 15

低く垂れこめる雲が雨をもたらすこともなく流れ、フリート城の夜は華やかに更けていった。料理は豊富で、音楽もすばらしく、たくさんの人々が踊りを楽しんでいた。若い紳士たちも我先に踊りに加わって、次のパートナーに移るまでのほんの短いあいだ、マリアの手に触れる機会を得た。

マリアはこれほどうきうきする宴《うたげ》に出たことはなかった。父親の注意深い視線に守られながら、満面に笑みを浮かべて、ひと晩じゅう、軽い冗談やら、たわむれを満喫した。

客たちの中にニコラス・ホーケンの姿を認めるまでは。

マリアは、ベクスヒル伯爵のおかげで新しく身につけた戦略をためしてみようと、意気込んでフリート城に乗り込んできた。しかしニコラスがいると、自分が自分でなくなってしまう。

ベクスヒルは、求婚者としてはなかなかの人物だった。金髪で、美男で、魅力的で、思いやりもある。軽々しく振舞うこともなく、いつもマリアの気持ちを大事にし、敬ってくれる。

ただ、マリアが彼に胸を焦がすことはなかった。

でも、そこまで要求するのはどうかと思うわ。マリアはかすかに肩をすくめながら自分に言い聞かせた。ニコラスほどの衝撃を与えられる人がいるなんて考えられないし、期待もしていない。父がマリアを結婚させたがっていることに、娘として異存はなかった。いろいろな集まりに顔を出し、父が知っている若い紳士たちと出会い、その中から選べばいいだけのことだ。

マリアの身分にふさわしいという点では、ベクスヒルもほかの若者たち同様、申し分のない候補者だった。噂《うわさ》によれば、彼が妻を娶《めと》ることにしたのを知って、若い娘たちが群れをなして押し寄せているとか。そのほとんどが熱心な母親たちから背中を押されてのことだろう。しかしマリアは心に決めていた。何があっても、そこまで追いつめられているようには見られたくないと。アリシアの忠告は的を射ている。たとえ彼が第一候補者だとしても、そう簡単に結婚を承諾すべきではない。

そう。目の前で多くの男女が列をなして踊るのを見て、マリアは思った。きっとこの中にも彼女にふさわしい紳士はいるだろう。あるいは、いないのか。

もしかしたら、結婚はもう少し待ったほうがいいのかもしれない。それほど年とっているわけでもないし、手遅れになるまでにはまだ時間がある。やっと父に会えたのだ。当分は一緒に暮らして、お互いにもっと理解し合いたい。なぜ、そんなにいそいで結婚する必要があるだろう。

マリアは感じのいい青年の横に立っていた。いずれはケントの伯爵になるウエストビ卿だ。端整な顔つきで、とても親切だが、親切すぎて野心もなく、大胆さに欠けるのが難といえば難だろう。そういう性向は年を重ねるにつれて身につくのかもしれないが、ニコラスと比べると……。

マリアは自分を叱《しか》りつけた。いいかげん、候補者たちを片っ端からニコラスと比較するのはやめなくては。ニコラスが夫にふさわしくないのはよくわかっているはずだ。ニコラスの噂はどれもこれもろくなものではない。悪党で、魅力的な女たらしで……。

耳元で、低い男の声が聞こえた。とたんにマリアの胸の鼓動が激しくなり、肌がかっと燃え上がった。「いつかきっと、ひとりの女性とだけ踊っていられる踊り方を考え出す者が出てくるだろう」振り向くまでもなかった。背後に立ち、首筋に熱い息を吹きかけているのがニコラスなのはわかっていた。

彼のにおい、声、感触。それらすべてが魂に深く刻み込まれていることを知って、マリアの心が沈んだ。

しかし、過去にとらわれていては先に進めない。

マリアは頑《かたく》なにニコラスを無視して、そばにいたウエストビに腕をからませた。「少し暑くありません？」マリアは若者の目をのぞき込んで、甘えるように言った。「ちょっと、お庭を散歩しません？」

ニコラスはふたりが広間を出ていくのを見つめていた。ウエストビのよだれを、ナフキンでぬぐってやりたいような気持ちだった。マリアはどうしてあんなことができるのか。ウエストビになど、暖炉の上のタペストリーほどの興味も持っていないのに。

ニコラスは髪をかきむしった。身だしなみを忘れた伊達《だて》男がどう見えるかなど、どうでもよかった。

もし、ウエストビが彼女に触れでもしたら……。

近くのテーブルの上からエールのマグカップを取り上げ、一気に喉に流し込んだ。マリアが誰とどうなろうと、関係ないではないか。

それを心に銘記しておけ。わたしの目的はあくまで彼女の父親で、娘はそのための道具でしかないのだ。

にもかかわらず、ニコラスはエールを飲み干すと、ぶらりと庭に出た。夜は更けて、庭の小道のあちこちに城主の配慮によるかがり火がたかれていた。庭には数組の男女と、友人たちが何組か群れて、雨が降る前の新鮮な空気を楽しんでいた。

マリアはすぐに見つかった。

そう遠くない小道に立って、ふたりで嵐《あらし》を予感させる北の空を見上げていた。遠くに稲妻が光り、あたりには雨のにおいが濃く立ちこめていた。ウエストビがマリアの肩に手を置くのを見ると、ニコラスは階段を二段ずつ駆け下り、人々を追い抜いていった。

「ウエストビ」ふたりに近づくと、ニコラスは言った。「ああ、よかった。捜していたんだ。グロスター公爵がきみをお呼びだ」

「グ……グロスター公爵が？」若いウエストビは、目を丸くした。「わたしを呼んでいるって？」

「用件は知らないが、きみとふたりだけで会いたいそうだ」

ウエストビは、レディ・マリアへの義務と、国王の伯父に呼ばれた光栄の板ばさみになって、とまどっている。

「行ったほうがいい、ウエストビ」ニコラスが言った。「レディはわたしが責任を持って広間までお連れするよ」

「ありがとう、カーカム」すでに歩き出していた若いウエストビが礼を言った。「いずれこの借りはお返しますよ」

　ウエストビは行ってしまった。

「ニコラス、彼がかわいそうじゃないの」マリアが言った。

「いや、あの若者は永遠に気がつかないよ」

「どうして？」

「グロスター公爵と奥方のエレノアは数分前に帰った。ウエストビはきっと、公爵に急用があって、彼を待っていられなかったと思うさ」マリアがあのぞっとするショールをしていないのを知って、ニコラスは外の暖かさに感謝した。マリアの肩も首筋も、四角くくれた襟元も見事なほどむき出しだった。そのあまりの美しさに、触れずにいるのが苦痛だった。

「嵐はこっちに向かっているのかしら？」マリアが空を見上げながら言った。

　今のニコラスは、雨が降ろうと降るまいとどうでもよかった。「たぶんね」彼は上の空で返事をした。

「でも、馬車には屋根がついているだろう？」

「ええ、もちろんよ。父はいつもとても用心深い人だから」

「生まれたばかりの娘を失ってしまうことをのぞけばね」そう口にしたとたん、ニコラスは後悔した。公爵が娘を失ったときのことについては、信じられないような話を耳にしている。マリアが生まれたとき、公爵はロンドンにいた。そして公爵の継母《ままはは》が彼に、母親も生まれたばかりの娘も死んだと告げたのだ。その知らせに打ちのめされて、公爵は数週間というもの自分の城に戻らなかった。そのあいだに、頭がおかしくなった乳母が、赤ん坊をアルダートンに連れていってしまったとか。

　スターリン公爵の苦しみには計り知れないものがあっただろう。二十二年間というもの、彼は娘は死んだと信じていたのだ。そしてつい最近になって、死の床についた継母がやっと彼に真実を告げた。

マリアが、ぱっとニコラスから身を引いた。

ニコラスはあわてて彼女の手を取った。「すまなかった、マリア」彼は謝った。「こんなことを言うなんて、わたしはどうかしていた」

マリアは顔を上げ、じっと空を見つめた。そのあいだニコラスは、ただ彼女の美しい横顔をながめているしかなかった。

「きれいな夜ね」

「ああ」マリアから目を離さず、ニコラスは答えた。

「あなたにはわからないわ、父がどれほど……」マリアの口調は静かだった。「父は長いあいだ、母とわたしの死を悲しんだわ……それもひとりぼっちで」

ニコラスはかすかに眉根を寄せた。マリアは父親の悲しみを思いやっているが、彼女自身の悲しみはどうなのだ。マリアだって、伯母のもとで召使い同様にこきつかわれ、ひどい扱いを受けたのではなかったのか。

マリアが自分が受けた苦しみをまったく考慮に入れていないのは、驚くべきことだった。「少しわたしと歩いてくれないか、麗しの人」

マリアは振り向いて、困ったようにニコラスを見つめた。しかし結局は、彼の腕に手を置き、その申し出を受け入れた。「でも、あまり遠くはだめよ」

ニコラスは自分のしていることがよくわからなかった。いったいわたしはこんなところで何をしているのだ。本来なら城の中にとどまって、キャリントン伯爵夫人の友人たちから、夫人の健康状態を聞き出しているはずなのに。彼の魅力をもってすれば、ご婦人方は喜んでなんでも話してくれるはずだ。しかし今の彼は、とてもそんな気にはなれなかった。

ニコラスが今望んでいるのはひとつ。マリアと一緒にいたいということだけだった。マリアとふたりきりで。

ああ、神様。彼女はなんと美しいのだろう。ニコラスは彼の愛撫《あいぶ》に反応したときのマリアを思い出さずにはいられなかった。マリアとひとつになって……。

ニコラスの体がこわばった。

気がつくと、マリアが震えていた。寒さからでないのははっきりしていた。怖がっているのだろうか、それともわたしを意識して？

「マリア」ニコラスは、彼女の前に立ちはだかった。マリアは彼を見つめながらあとずさりをした。

ニコラスが前に進み、彼女は後ろの生け垣まで追いつめられてしまった。これ以上下がれば枝が突き刺さってしまう。ニコラスは彼女の肩をつかんで、じっと彼女を見下ろした。

「だめよ、ニコラス」マリアは言った。「あなたにはその気がない――」

ニコラスは頭を下げて、いやがる彼女の唇にすばやく唇を重ねた。

マリアは自分の反応をニコラスの目から隠すことができなかった。ニコラスはすっかり喜び、唇で彼女の欲望をあおった。彼女を引き寄せて体をぴったりと押しつける。かすかなうめき声が聞こえ、彼女の腕が首に回されるのを知ったとたん、ニコラスは何も考えられなくなった。

うなじを這《は》うマリアの指に、ニコラスの体が震えた。ふたりを取り巻く風景も、時の感覚も失われた。彼女におぼれ、彼女にもおぼれてほしかった。

ニコラスは唐突に唇を離すと、マリアの手を引いて小道の奥に向かってずんずんと進んだ。遠くに雷鳴が聞こえたが気にもしなかった。ニコラスに引っ張られて、マリアは小走りになっていた。

彼はマリアを庭師の小屋の裏に連れ込むと、ふたたび、しかしさっきよりずっと激しく唇を重ねた。

「わたしが贈ったあの生地で作った下着を着たきみ

の姿が目に浮かぶ」マリアの唇を、顎を、次々と愛撫しながら、ニコラスが言った。「すき通って……ちらちら見えるきみの体がたまらなく魅力的で……」

マリアの体がふいに緊張し、震えが走った。喉の奥から甲高い、切れ切れの吐息がもれて、ニコラスは彼女が頂点に達したことを知った。信じられないことだった。彼は震えるマリアをしっかり抱きしめ、喉から胸に向かってキスの雨を降らせた。

ニコラスはあたりを見まわした。どこか人目につかない場所を探さなくてはならない。ここにいたらいつなんどき、人に見られるかわからないし、そうなればマリアの評判に傷がつく。

マリアは自分を失っていた。

考えることも、息をすることもできず、あるのは体をすっぽりと包み込む感覚だけだった。その感覚は、覚えていたものよりずっと強かった。あまりに強烈で、もうマリアの手には負えないとさえ思えた。しかし、城の庭の小屋の陰で、ニコラスが望んでいるのはたったひとつ。ほんのひとときの慰めだけ。

そんなことはさせない。

マリアは彼を強く押し返すと、スカートをつかんで小道を駆け出した。息が切れ、足がふらふらした。早く父を捜して、すぐにこの城を出よう。ニコラスがいるこの城には、もう一秒たりともいたくない。

「ずいぶんとおとなしいね、マリア？」ロンドンに向けて暗い道を走る馬車の中でスターリン公爵が声をかけた。ときおり真っ黒な空に稲妻が走り、雷鳴もとどろいていた。「今夜は楽しかったかい？」

「ええ、とても」マリアは答えた。「ただ、ちょっと疲れて……家に帰りたくなったの」

公爵は娘の説明を素直に受け入れ、ただうなずいただけだった。公爵はこれまでも、娘のために多くの晩餐《ばんさん》会を催し、よその屋敷で開かれる集まりにも参加するようすすめた。まるで、この数週間でこれまでの二十二年間の穴埋めをしようとしているかのようだった。だが、マリアにしてみれば、父とふたりで静かに暮らすだけで満足だった。

しかし、父を責めることはできない。結婚するのがいちばんよいのはわかっているし、父親としては娘にふさわしい若者を紹介しようと、できるだけのことをしているのだ。マリアがその若者たちにほとんど興味を持っていないなんて、父は知る由もない。マリアは、ニコラスがもたらした動揺や、あの放蕩《ほうとう》者への気持ちを、口が裂けても言うつもりはなかった。

ああ、カーカムの村で、親切で思いやりのあるニコラスの一面を見さえしなければ。彼が根っからの悪党だと、心の底から信じることができたなら。

突然馬車が止まって、マリアは座席から放《ほう》り出されてしまった。公爵が彼女を助け上げると、馬車はすぐに猛スピードで走り出し、車体が激しく揺れた。闇《やみ》をつんざく男の声が聞こえる。聞き覚えのない荒荒しい声で、護衛たちの声ではない。

マリアはおびえた。夜道であんな声をあげるのは、追いはぎをおいては考えられない。金品を奪ったあとに、父を殺すのではないのか。

「つり革をしっかり握って」スターリン公爵はそう言うと、窓に体を寄せて覆いを上げ、外をのぞいた。揺れる馬車のつり革にしがみつきながら、マリアも外をのぞいてみたが、馬車の掲げる薄明かりでは、ほとんど何も見えなかった。「なんということだ!」

外の声が大きくなり、馬車はふたたび止まった。

「なんなの、お父様?」

「盗賊だ」公爵はそう言いながら、自分の武器をあらためていた。鞘《さや》に収まった剣が横に置かれ、服には小さなナイフが忍ばせてあった。

馬車の外から人の争う音が聞こえて、マリアは思わず拳《こぶし》を握りしめた。恐怖が心を貫く。護衛は何人だったかしら。もし、護衛たちの手に負えなかったらどうなるのか。賊たちが護衛たちを打ち負かして父に襲いかかってきたらどうしよう。もしも——。

ふいに馬車の扉が開いて、賊のひとりがぬっと顔を出し、マリアを外に引きずり出した。父が声をあげたが、賊はマリアを盾にして身を守った。賊を殺そうとすれば、娘が犠牲になってしまう。そばの地面に人が転がっていて、仮面をつけた賊たちが馬上で剣を振るっていた。

賊がマリアを引きずっていくのを見て、公爵が剣を抜き、戦いに加わった。マリアは恐怖に震え上がりながらも、父の無事を祈った。賊は金品目当てに、父を傷つけるかもしれない。マリアにとってはなんの価値もない金品のために！

賊がマリアの首の金のロケットを引きちぎった。次に指から指輪をもぎとり、髪飾りに手をかけた。マリアは自分から宝石を外して賊に渡そうと必死だったが、賊はまるで手が十本もあるかのようだった。もし父を助けてくれるなら、なんでも——たとえ大事な母親のロケットでさえ——渡そうとしていたのだが、賊にはそれが伝わらない。

混乱の中で、近づいてくる馬のひづめの音が耳に届いた。マリアは絶望に駆られた。賊が仲間を呼んだに違いない。この人気のない道で、これからの運命が思いやられた。

「ひゃあ！」闇の中に奇妙な声が響き渡った。マリアを押さえつけていた男が彼女を放して、自分の首を手で押さえた。

その隙《すき》に、マリアは男の手を逃れた。馬車につるされた小さな角灯だけでは、いったい何が起きているのかまったくわからない。周囲には、剣を交える鋭い音が満ちていた。マリアはその場に釘《くぎ》づけになったまま、身動きひとつできず、護衛たちが賊を追い払って父を守ってくれることを祈った。

ニコラス・ホーケンの指揮をとる声が、闇の中に響き渡った。

ニコラス・ホーケン？　マリアは自分の頭がおかしくなったのだと思った。奇跡の救出を祈りはしたが、まだ城にいるはずのニコラスがここにいるわけがない。庭に彼を置き去りにしたあとすぐに、父と一緒にフリート城を出たのだ。だとすればニコラスはまだ……。

マリアは頭を振った。彼女が庭から逃げ出してから、ニコラスがどこへ行ったかは知らない。しかし、どうやら彼は、マリアたちが去った直後に城を出たらしい。

いきなり賊に手首をつかまれて、マリアは隠れていた場所から引きずり出された。彼女はけたたましい悲鳴をあげて、足を踏ん張ってなんとか抵抗した。

だが、すぐにまた、さっきと同じわめき声が聞こえて、賊がそばの地面に倒れ込んだ。

気がつくと、そばにニコラスがいた。彼はマリアを抱え上げ、馬車に運び込んだ。

馬車に父の姿はなかった。

「ここを動かないで」そう言い残して、ニコラスはまた姿を消した。

マリアはじりじりした思いで、外で響く剣の音や、戦いの音に耳をすましていた。恐怖のうちにも、父のことが、そしてニコラスのことが心配でたまらなかった。彼女のために命を懸けて戦ってくれている護衛のことも案じられた。

ふいに静けさが訪れた。

不安にさいなまれながら、マリアは窓の覆いを少しだけ開け、外の様子をうかがった。暗闇の端に父の姿が見え、ニコラスが横に立って、低い声で何か話していた。やがてニコラスは闇に消え、父が馬車に戻ってきた。

「怪我《けが》はないか、マリア？」彼女の顔をよく見ようと明かりをつけながら、公爵がたずねた。

「ええ、お父様」マリアの声は震えていた。擦り傷だらけで、服がひどく乱れていた。「大丈夫です」

「カーカムのおかげだ」スターリン公爵はそう言って、ちょっと顔を曇らせた。「もしかしたら、わたしは彼を誤解していたかもしれん」

「どんなふうに？」

公爵は首を振り、ぼんやりと窓の外を見つめた。

「彼の兄が死んでからというもの、ただ無謀な暮らしに明け暮れるだけの若者かと思っていたのだが」公爵は言った。「まさか、これほど責任感の強い男だとは……それに、あの勇気ときたら」

「彼がわたしたちを救ってくれたのね、そうでしょ、お父様？」

「そのとおり」公爵は答えた。「カーカムほど巧みに鞭《むち》を操る男は見たことがない」

「鞭？」

公爵は体を動かし、娘のほうに向き直った。「そう、鞭だ。明日の朝、カーカムから直接聞くといい」

マリアは怪訝《けげん》な顔をして父を見た。

「ああ」父親は答えた。「カーカムがおまえに会いたいというので、わたしは承諾した。昼ごろ来るそうだ」

# 16

翌朝、マリアは緊張のあまり激しい吐き気に襲われていた。洗面器を離すことができず、おかげで人を呼んでニコラスに使いを出し、具合が悪くてお会いできないと伝える暇もなかった。

しかし、時間がたつにつれ気分がよくなったので、いつものようにアリシアと一緒に朝食の席についた。アリシアがさぐるような目で見ていたが、マリアはふたたび胃がむかつくのを恐れるあまり、食べ物だけに集中していたので、気がつかなかった。

ウエストミンスターにも出かけ、新鮮な空気に気持ちが軽くなるのを感じた。少なくとも昼までは、ニコラスの訪問に心を悩ませる必要もない。

でも、いったいどんな顔をして迎えればいいのだろう。昨夜、フリート城の庭でうっとりと彼の腕に抱かれたときのことを思い出すと、自分がたまらなく恥ずかしかった。おかげでニコラスは、マリアにたいする彼の力をはっきりと自覚したことだろう。そして、彼のそばにいると、マリアが彼女自身さえ信じられなくなることにも気づいたはずだ。

それどころかあのならず者は、それをちゃんと知ったうえで利用しているのだ。

マリアは彼が訪ねてくるとき父が家にいてくれると聞いて、胸をなで下ろした。スターリン公爵は、昨夜のカーカムの行為に深く感謝していて、ウエストミンスターでの約束を早々に切り上げて家に戻ってくるという。

父がいてくれれば、ニコラスとふたりきりになることもない。父と一緒にそれなりの会話もでき、ロンドンのことや、昨夜の出来事などを話してその場をやりすごせるはずだ。

マリアは、フリート城の庭であったことは絶対に口にすまいと心に決めていた。

ニコラスにとって、スターリン公爵の馬車が襲われたのは、幸運とさえ言えた。マリアのおかげで激しい欲求不満にとらわれたまま、フリート城をあとにした。そして、一刻も早くロンドンに着こうと先を急いでいたとき、供たちとともにスターリン公爵の馬車が襲われている現場に遭遇したのだ。その結果、公爵から何がしかの信頼を得ることができた。公爵家を訪問することも許され、これからはますます信頼を得られるようになるだろう。

彼はあえて、昨夜の襲撃でマリアが深手を負ったかもしれないという可能性を無視した。それでも、マリアの姿が頭から離れず、ひと晩じゅうまんじりともできなかった。悔しいことに、マリアがそばで眠っていてくれたらどんなにいいだろうと思わずにはいられなかった。そうすれば、彼女をしっかりと抱いて、もう大丈夫、心配しなくてもいい、と言ってやれるのに。

いいかげん、ばかげた考えはやめることだ。女性を寝台に誘う目的はひとつ。決して安心させるためではないはずだが。

それでもニコラスは、マリアが陥った危険な状況を忘れることができなかった。彼女の命がおびやかされたという思いが、彼を苦しめた。あの盗賊はここ数週間、北街道に出没しては追いはぎを働き、すでにふたりの人間を殺している。ニコラスとその供たちが、スターリン公爵が襲われた現場近くに居合わせて本当によかった。

しかし、マリアの悲鳴は誰の耳にも届いたはずで、絶対にわたしだけに聞こえたわけではない。ニコラスは自分に言い聞かせた。マリアがわたしにたいして、何か特別な影響を及ぼしているとはとても考えられない。もっとも、ちょっと触れただけで、彼の腕にくずおれてきたのは彼女だけだが。

マリアの唇の味を忘れることはきっとないだろう。喉元や胸の先にキスしたとき、彼女があげた声も。あの肌のにおいを嗅《か》いだだけで奮い立ってくる。

しかし、公爵から求婚者のひとりと見なされた今、ニコラスは二度と、マリアとふたりきりになることは許されない。キスも愛撫《あいぶ》も、もちろん愛を交わすことも許されるはずがない。ニコラスにはマリアと結婚するつもりはないので、彼女はいずれベクスヒルのような男と一緒になるのだろう。そう思っただけで顎が引きつって、痛みさえ覚えた。

だが、ある意味でマリアはニコラスのものだ。マリアはわたしに処女を捧《ささ》げてくれた――わたしを信じて……。

いや、そんなふうに考えるのはよくない。マリアと交際するのは、ひとえに公爵に近づくためだ。公爵の裏切りの証拠が屋敷のどこかに隠してあるはずで、それを探し出すのが彼の仕事なのだ。

朝が来て、ニコラスは公爵家に向かい、玄関先で馬を降りると手綱を馬番に託した。屋敷の中から婦人が出てきて、礼儀正しいが、どこかよそよそしい態度で彼を出迎えた。

「公爵はまだ、ウエストミンスターからお戻りになっていません」ニコラスを屋敷に招き入れながら、アリシアが言った。「わたしたちが公爵をお待ちするあいだ、レディ・マリアがお相手をするはずです」

マリアが姿をあらわすまで、ニコラスには永遠とも言える時間がたったように感じられた。マリアは、手首を締めたゆったりとした袖《そで》の、体にぴったりした服を着て広間にあらわれた。色は赤紫で、新鮮なクリームのような色の縁取りがほどこされていた。

ニコラスは、マリアの顔色がその縁取りと同じように青ざめていることに気づいた。本来なら、昨晩のうちに、マリアの無事を確かめておくべきだった。しかし、マリアを訪ねるようにという公爵の招待に有頂天になって、あとはわたしに任せなさいという公爵の言葉に甘えてしまった。

ニコラス自身にとっても、自分の目でマリアの無事を確かめてさえいれば、安心して眠れただろう。そうすれば、ひと晩じゅうあんな恐ろしい夢にうなされ、悩まされることもなかったはずだ。

ニコラスはマリアにお辞儀をして、マリアの手を取った。彼女の顔がほんのり染まって、青白い顔が少し健康そうに見えた。

「こんにちは、カーカム卿《きょう》」手の甲に唇をつけるニコラスに向かってそう挨拶《あいさつ》すると、マリアはすぐに手を引っ込めた。それがあまりに早かったので、ニコラスは怪訝《けげん》に思って彼女の手を見やり、手首を覆っていたカフスを少し押し上げた。手首には、紫色のあざがくっきりと残っていた。

「ゆうべ、怪我をしたんですね」マリアの全身に視線を這《は》わせながら、ニコラスがきいた。「その手首……」彼はマリアのヴェールを押しのけて、首筋を見た。「これは！　父上が、わたしに心配ないからと――」

「ええ、そのとおりですわ」マリアはそう言い返すと、急いで手を引っ込め、暖炉の近くの椅子に座った。「これくらいなんでも――」

「そんなはずはない」ニコラスは、彼女の膝のすぐ横にかがみ込んで、マリアの手を取り、そのやわらかい肌をいとおしむように、彼女の手をさすった。「きみが怪我をしていると知っていたら、あんなふうに別れたりはしなかったのに」

マリアの目に、かすかな感情の動きが見てとれた。「ニコラス、本当になんでもないの――」

大きな咳払《せきばら》いがして、ふたりはいやでもレディ・アリシアが部屋にいることを思い出さずにはいられなかった。すっかり忘れていた。

ニコラスは、できたらアリシアを絞め殺したい気持ちだった。ほかにすることはないのか。どこか行くべき場所は？

彼は歯を食いしばった。アリシアがお目付け役としての職務を実行しているだけなのはわかっていたが、それでも体がこわばった。ニコラスはたまらなくマリアが欲しかった。もし、わずかでもその機会が与えられるものなら、マリアを肩にかついで誰もいない場所へ連れていき、思う存分口づけをしただろう。彼女の体についたすべての傷を、口づけで癒《いや》してやりたい。彼女に、歓《よろこ》びのうめき声をあげさせたい。「ゆうべの街道での不幸な出来事のあと、よく眠れましたか？」彼はきいた。

マリアはかすかに微笑《ほほえ》むと、堅苦しい口調で答えた。「ええ、よく眠れましたわ。ご心配、ありがとうございます」

「公爵はまもなくお戻りになると思います」アリシアは言った。「お願いです、カーカム卿、椅子に座ってそのワインを飲んでしまってくださいませんか。公爵が戻られたらすぐに昼食ですから」

ニコラスは自分の杯を取り上げると、火のそばに立った。マリアの目の下には隈《くま》ができていて、彼女が嘘《うそ》をついているのはあきらかだった。ああは言ったものの、きっと眠れなかったに違いない。あんなに傷を負い、あざをつくりながら、ぐっすり眠れるはずがないではないか。

「傷はそれだけですか？」不思議なほど傷の話題から離れられず、ニコラスはたずねた。彼女をひと晩じゅう腕に抱いて慰めてやれたら、どんなによかったか。もし一緒に眠れたら、彼の眠りもまたマリアのほのかな香りに包まれたものになっていたはずだ。

体に押しつけられるマリアの感触が、うっとりするような眠りをもたらしてくれただろう。

ニコラスは、彼の存在がマリアにも同じ効果をもたらしたと信じていた。

「ええ。賊に手首をつかまれたときにできたあざと、首の鎖を引きちぎられたときにできたあざだけです」それだけ言うと、マリアは自分から話題を変えた。「聞いたところでは、あなたとあなたのお供の方々のおかげで、うちの護衛たちは盗賊をとらえ、ロンドンに連行することができたとか」

ニコラスは肩をすくめた。マリアのヴェールからこぼれたほつれ毛が、彼女のうなじや、その下の感じやすい肌をかすめた。ああ、できることなら彼女の肌に触れ、あの髪をこの指にからめたい。マリアの髪に顔をうずめてうっとりするようなにおいを胸いっぱいに吸い込み、肌を鼻でこすり、それから次の行動に移る。

「それに、盗《と》られたものも取り返してくださって」

「いいえ、どうということはありません」ニコラスはそう答えたが、すぐには声が出なかった。

「でもわたしは……命の危険を感じていましたわ。そこへあなたが、信じられないようなタイミングで駆けつけてくださったのです。本当に感謝しています。ゆうべはお礼を言う暇もなくて」

マリアは実に優雅で、しかもあくまで他人行儀だった。それでもニコラスは、マリアが彼を〝ニコラス〟と名前で呼びかけた瞬間、彼女の目にぱっと燃え上がった炎を見逃さなかった。今のマリアは押しも押されぬ立派な公爵の娘だが、ニコラスは、そんな表向きの下の別の彼女を知っているのだ。

そして……。ニコラスはふたりが分け合った親密さは忘れるべきだとわかっていたが、どうしてもそれができなかった。

彼は上着の内側に手を入れて、マリアのロケットを取り出した。

「まあ、カーカム卿！」マリアは大切な宝物を目にして叫んだ。「わたしのロケットを取り戻してくださったのですね！」彼女は手渡されたロケットをぎゅっと胸に押しあてた。

「簡単なことです」

「いいえ、ニコラス」彼女は言った。「これはたったひとつの母の形見なの。なくしてどんなに悲しかったか」

ニコラスはマリアがそのロケットを大切にしていたのを知っていたので、今朝早く金細工師のもとを訪れ、切れた鎖をなおさせたのだ。胸にロケットを抱きしめているマリアを見て、ニコラスは落ち着かない気持ちになった。彼女の胸にあるのがわたしの手だったらどんなにいいだろう。

幸いなことにそのとき、従僕が開けた扉からスターリン公爵が入ってきた。おかげでニコラスは、公爵に好意を持ってもらい、信頼を勝ちとるという当面の課題に気持ちを集中させることができた。

「カーカム」スターリン公爵が手を差し伸べながら言った。「待たせて申し訳なかった」

「わたしもたった今、着いたばかりです」ニコラスは答えた。

「カーカム卿がマリアの怪我を心配していらしたところですわ」アリシアがつぶやいた。

「そうか」公爵がかがみ込んで娘の額にキスした。「娘はたいしたことはないと言っている。さて、食事にしようか？」

ニコラスは公爵の屋敷から、悶々《もんもん》としながら戻ってきた。公爵家では、一瞬たりともひとりになる機会はなく、公爵の私物をさぐることなどとても不可能だった。おまけに、彼には公爵家を捜索する別の理由ができた。

ニコラスには、公爵が裏切り者だとはどうしても信じられなかった。

たった一度昼食をともにし、午後を一緒に過ごしただけだが、公爵が誠実で、名誉を重んじる人物であるのは間違いなかった。もちろんそれほどまでに巧妙な計略家だと言えないこともないが、ニコラスにはそうは思えなかった。公爵がフランスと計ってイングランドの国益をそこなうなどとはどうしても考えられなかった。まして、親友のグロスター公爵やベドフォード公爵を裏切るなどとは。

しかし、押収された敵宛《あて》の密書や、謎《なぞ》の差出人〝J〟からの手紙に、スターリン公爵のものとおぼしき封蝋《ふうろう》が付着していたのはどう説明すればいいのだろう。公爵と裏切り者のあいだになんらかの関係があるに違いない。たとえふたりが同一人物ではないとしても。

ニコラスを悩ませている問題がもうひとつあった。いったい誰が、わたしが公爵の手紙に興味を持っていることを知っているのだろう。なぜ〝J〟なる者は、あの手紙をニコラスの部屋の扉の下に滑り込ませ、彼に手を貸そうとしたのだろう。

ニコラスは書斎に入って、腰を下ろした。手袋を机の上に置きながらも、いやな疑いが頭をよぎった。今日届いた郵便物を調べてみたが、特におかしなものはなかった。

ニコラスは自分が周囲をあざむいていることに困惑を覚えた。今まで一度もなかったことだった。彼女と一緒に過ごす理由について、マリアに嘘をつきたくなかった。考えてみれば、何年も周囲に嘘をつき、だましつづけてきた。この仕事に関するすべてが、彼にいやな後味を残していた。

彼がマリアをあざむき、父親に近づくために利用したと知れば、マリアは二度と彼に会わないだろう。そしてニコラスの彼女への行為すべてが、卑怯《ひきょう》な手段の一部にすぎなかったと思うだろう。

それがなんだというのだ？

「ああ、まいったな！」ニコラスは、首の後ろをこすりながら、ひとりつぶやいた。すでにこの仕事に首までどっぷりつかっているからには、先に進むほかどうすることもできないのだ。

「トーニイ！」彼は叫んだ。

「はい、カーカム卿」秘書が部屋に入ってきた。

「誰かを波止場にやってくれ。花を積んできた船を見つけさせるんだ」ニコラスは言った。「そして、黄色い薔薇《ばら》の大きな花束を、レディ・マリア・バートンに届けてくれ」

「薔薇？」秘書がきいた。「たとえ運よくそんな船が見つかったとしても、かなり金額が張りますが」

「いくらかかろうとかまわない」ニコラスは、トーニイが自分の部屋に引き上げるところだったのはよく知っていたが、秘書をいつもより遅くまで引きとめることになんの罪悪感も感じなかった。とどのつまり、秘書というのは好きなように使うためにいるのだ。「金は好きなだけ使っていい。それと、ガイルスを呼んでくれないか。競技会の作戦を練る」

マリアはいつものように、適当な距離を取って後ろからついてくる馬番を供に連れ、ウエストミンスターの公園を馬で散歩していた。それは、これまで彼女が味わったことのない自由だった。

馬の背に横座りする正しい乗り方を訓練されてからは、乗馬を心から楽しめるようになった。

空は抜けるように青く、ウエストミンスターの空気は澄んで、朝露を含んだ土のいいにおいがした。早咲きの花がそこここに見えたが、ニコラスの贈ってくれた黄色い薔薇とは比べ物にならなかった。

マリアはニコラスの態度にとまどっていた。問題の絹の布をひと巻き贈ってきてからも、フリート城の庭でのどちらかといえば恥ずべき行いからも、あまり時間がたっていない。

アリシアは絹の布の贈り物に、ひどく眉をひそめた。礼儀を知った者ならこのようなものを贈るはずがないと言って、マリアにもそのあたりをしっかり理解するように望んだ。

あえて忠告されるまでもなく、マリアはニコラスがどんな男性かよく知っていたし、彼が女性に何を期待しているかもよくわかっていた。ニコラスは結婚など望んではいない。しかし、彼に相手の女性を侮辱するつもりがないのもわかっていた。悪賢いかもしれないが、決して失礼ではない。

ニコラスが望んでいるのは、マリアの服をふたたび脱がせ、彼女が自分を失うまで愛すことなのだ。情熱に燃え上がり、激しく愛し合う――それ以上でも、それ以下でもない。

なのに彼は、今度は薔薇の花束を贈ってきた。見たこともないほど美しい、繊細な薔薇だ。マリアは、ことにその色には驚かずにはいられなかった。薔薇はどれもアルダートンの庭にあったような、赤かピンクだと信じきっていた。

しかし何よりもマリアの心を打ったのは、彼がマリアにその異国的な贈り物をするために、大変な努力をしたということだった。

彼の思いやりのある態度にとまどいながら、マリアはウエストミンスターの西にある草原の中の小道を進んでいた。ニコラスという人は永遠の謎だ。ときに気高く、英雄のように振舞うかと思うと、次の瞬間には、挑発的で巧みな、手のつけられない女たらしに変身する。

そのニコラスが馬にまたがって、目の前の森の入り口にいることに気づいて、マリアの心臓は止まりそうになった。彼は背筋がきれいに伸びて、広くてがっしりした肩の上で黒髪が朝日にきらきらと輝いていた。

しかしマリアは馬の向きを変えることもなく、彼が小道の真ん中にいることもかまわず、堂々と進んでいった。マリアはここでもセシリアの態度を取り入れ、アリシアの警告を思い出していた。心の準備はできている。ニコラスだってもう、フリート城のときのように彼女を追いつめることなどできない。

「おはよう、麗しの人」マリアが近づくと、ニコラスが言った。それから彼女の横に馬を並べ、ゆうゆうと馬を駆った。

マリアはかすかにうなずいて挨拶を返し、そのまま進みつづけた。

「乗馬にはもってこいの朝だ」彼がいかにもきさくに言った。しかしマリアがちらりと見ると、彼の目に強い欲望が見てとれた。「手を取り合って、あそこの小川のほとりを散歩するにも……」彼はいきなりマリアの手綱をつかんで、馬を止めた。「あの草むらできみの唇を盗みたい」彼はマリアの手を取って手袋を脱がせた。それから彼女の目をじっとのぞき込みながら、てのひらに唇を押しつけた。

舌が上顎にへばりついて、マリアは言葉も出なかった。彼が何を考えているか手に取るようにわかった。だが、同じ過ちを犯すつもりはない。マリアはわざと彼の申し出を考慮するようなふりをして、草原の真ん中を流れる小川にちらりと目をやった。

「いいえ、やっぱりやめておきますわ、カーカム卿」マリアはそれだけ言って彼から手を引くと、指で首から下がったロケットを包み込んだ。「雨のあとで、小川のほとりはぬかっているでしょうから」

「わたしたちはもう、そんな堅苦しい言い方をする間柄ではないはずだ、マリア」ニコラスは言った。「さあ、一緒に――」

「あなたにお礼を言わなくては、ニコラス」マリアはすまして言ったが、心臓がどきどきしていた。

「薔薇をありがとう。とてもきれいだわ」彼女はこの前屋敷で会ったときのように、何があっても絶対に失礼にあたらない程度の距離を取ろうと決めていた。そうでもしなければ、この放蕩《ほうとう》者がたちまち彼女を誘惑してくるのは、火を見るよりあきらかだ。

マリアはふたたびゆっくりと馬を進めた。

「黄色い薔薇はきみを思わせる——金色の髪、魅惑的な瞳」ニコラスもあわてて馬を駆りながら言った。

マリアが声をあげて笑った。「見えすいたお世辞はやめて、ニコラス」マリアがたしなめた。それでも彼のほうを向いて、考え込むように彼を見つめた。「でも、あの薔薇には心を打たれたわ」

それだけ言うと、マリアは馬の腹を蹴《け》って、早足でニコラスから離れた。自分の心を語ってしまったことが悔やまれ、それ以上一緒にいると余計なことまで口にしてしまいそうで怖かった。自分の本当の気持ちをニコラスに知られたくなかった。彼には近づかないにかぎる。そうすれば彼女の心も、やすらかなままでいられる。

ニコラスはマリアが去っていくのを見つめていた。あとを追おうとはしなかった。たぶんそうすべきなのだろうが。彼女を容赦なく追いかけ、ヘンリック・トーニイのように公爵家に好きなときに出入りできる立場になるべきなのだ。トーニイはニコラスの贈り物を運ぶうちに、公爵家の顔なじみになった。

しかし、マリアの言葉が彼をひるませた。

いや、言葉だけではない。彼女がふともらした本心や、胸のロケットをしっかりと握りしめたときの表情が気になって仕方なかった。そしてそんなことを気にする自分に腹が立った。

彼女には嘘もつきたくないし、彼女を父親に近づくための道具にもしたくなかった。しかしイングランドのために、使命は果たさなくてはならない。今目的を誤れば、いまだにフランスの地で戦っているたくさんの騎士の命が危機にさらされる。

ニコラスは、彼女を小川のほとりの散策に誘ったものの、これといった計画があったわけではないのを認めざるをえなかった。頭にあったのは、ただ彼女を抱き寄せ、触れたいという思いだけだった。マリアにキスしてからうんざりするほどのときがたち、マリアだって思いは同じはずだ。彼女の手に触れたとき、マリアは軽蔑《けいべつ》というより、彼が知りすぎるほど知っている、あの熱い、飢えたような表情を浮かべたのだから。

マリアの姿が遠くに消えていった。馬番が忠実にそのあとをついていく。馬番の役目はマリアを危険から守ることだ。

今のニコラスもまた、彼女の安全を心から願うことのほか、何もできなかった。

# 17

「ゆうべはよく眠れましたか?」公爵家の庭を歩きながら、ベクスヒルがたずねた。庭師たちの手によって花壇はよく手入れされ、壁を飾るアーチのひとつひとつに、色とりどりの花を入れた籠《かご》が下げられていた。

「ええ、ありがとう」マリアは答えた。ふたりは手をつないで歩いていた。マリアは彼との接触から、どうにかして胸のときめきを感じたいと願っていた。しかし、そんなものはまったく感じなかった。ベクスヒルは端整な顔つきで、洗練されてもいるのに、ニコラス・ホーケンからちらりと見られただけで引きおこされる興奮はどこにもなかった。

「明日の競技会には来られますよね？」

マリアはごくりを唾《つば》をのみ込んだ。競技会の日が来るのを恐れ、できれば行きたくないと思っていた。しかし、父がグロスター公爵の観覧席に招かれたため、断ることなどできなかった。「ええ」マリアは答えた。「行きますわ」

ベクスヒルが微笑《ほほえ》んだ。その笑顔に奇妙なところはなかったが、彼の笑いは唇と歯だけにとどまっていた。瞳や顔すべてで笑うニコラスとは大違いだ。ニコラスはおかしいとき、体全体でそのおかしさを表現する。頭をそらし、目を楽しそうにぱちぱちさせながら。しかしあれは女たらしの笑いで、忘れなくてはならないものなのだ。

ふたりは庭をひと回りして、木製のテーブルに着いた。あたりには、まもなく花々が咲き乱れるだろう。召使いがりんご酒とケーキをのせた盆を運んできて、テーブルに置くときあやまって杯をぶつけて割ってしまった。

「なんて愚かな娘だ！」ベクスヒルが怒鳴り、まるで杯の破片でマリアが怪我《けが》でもしたかのように、彼女をテーブルから引き離した。彼女の手首を握る仕草が乱暴だった。

「大丈夫よ、リジー」ベクスヒルの手を振り払いながら、マリアは言った。「なんでもなかったわ」マリアは召使いが破片を拾うのに手を貸した。

「ああ、本当に申し訳ありません。わたしは――」

「あたりまえだ――」

マリアはベクスヒルの袖《そで》に手を置いた。「さあ、ベクスヒル、書斎にいる父に会いに行きましょう」

伯母や伯父に仕えていて、マリアは何度も失敗を犯した。それだけに、召使いの緊張が手に取るようにわかった。ベクスヒルの召使いへの厳しい対応に胸が痛み、このまま彼を玄関から送り出せたらどんなにいいかと思った。しかし、失礼にならずにそうできる自信がなかったので、父に彼を任せようと思ったのだ。

「お父様」マリアは書斎の扉を開けた。「伯爵をお連れし――」

マリアは書斎の窓辺に立っているニコラスと、机に向かっている父を見て、頭の中が真っ白になった。ふたりの顔つきからして、どうやら深刻な問題を話し合っていたようだ。マリアはふたりの邪魔をしたことに深い罪の意識を感じずにはいられなかった。

「まあ、ごめんなさい」しかしベクスヒルは、彼女を押しのけるようにして部屋に入った。

「公爵」彼は公爵には礼儀正しく挨拶《あいさつ》したが、ニコラスのことは鼻であしらった。「カーカム」

ニコラスはその挑発にはのらず、軽くうなずいただけで、公爵と意味ありげな視線を交わした。ふたりは暗黙の了解をし合ったのか、ニコラスは窓から離れた。そしてマリアに近づくと、その手を取ってキスをした。「今朝のあなたはとても美しい」彼は言った。「きっと朝の乗馬のせいでしょうね」

彼が暗に今朝の出会いを示唆していることに気づいて、マリアは顔を赤くした。「お父様、お仕事の邪魔をして申し訳ありませんでした。お客様だとは知らずに」マリアはニコラスの目をまっすぐに見た。彼がいるから来たとは、絶対に思われたくなかった。

「ああ、カーカムとわたしには大事な仕事の話があってね」公爵が立ち上がった。「ベドフォードから人頭税の話があって、それを議会でどう切り出すべきかと」

「では、わたしたち失礼して――」

「いや、その必要はない」父が言った。「このところ議会の仕事に追われっぱなしで、おまえとろくに過ごす時間もなかった」

ニコラスがやっとマリアの手を放し、彼女に椅子を差し出した。ベクスヒルも自分で椅子を持ってくると、マリアのそばに座った。ニコラスはまた窓辺に戻った。今のニコラスには、からかい半分の遊び人の風情はまったくない。彼と父の話が単に人頭税に関してだけでないのはあきらかだ。

ニコラスに見られていることに気づいて、マリアの胸が激しく騒いだ。ほかの男性と交際している現場を彼に見られるのはいやだった。ベクスヒルが立派な夫になるのは誰の目にもはっきりしていて、ニコラスもそれを認めざるを得ないだろう。

しかし、それがマリアを落ち着かなくさせた。ニコラスの非難をまともに受けているような気がしてならなかった。まるで、ニコラスにマリアの選択をうんぬんする権利があるかのように。ニコラス自身は夫としてまったくふさわしくないのに、あらゆる機会をとらえてわたしの選択の愚かさと——そして、いやになるほど——わたしとの関係を思い出させる。

ニコラスは心のなかでのろいの言葉を吐いた。ベクスヒルのマリアに接する態度が、かなり独占的で気に入らなかった。この金髪の大男がもう一度、ぶよぶよした指でマリアに触れようものなら、拳骨《げんこつ》で鼻をへし折ってやる。絶対に。

まさか公爵は、本気でこんなやつと娘を結婚させるつもりではないだろう。ニコラスは、ベクスヒルほどマリアにふさわしくない男はないと思っていた。もし本当に結婚することになったら、何がなんでも邪魔してやる。

ああ、まいった！　ニコラスが結婚相手に選ばれる可能性はほとんどなく、それは彼にもよくわかっていた。だとすれば、彼がマリアとその相手のあいだに割って入る権利はない。たとえそれが、ベクスヒルのような大ばか者であったとしても。

ニコラスが今のところ妻を娶《めと》るつもりがないことは、マリアも知っている——もっとも、密会ならいつでも喜んで応じるが。もし、ニコラスに結婚の意思があれば、マリアほどふさわしい女性はいない。

しかし、彼がイングランドのためにしている仕事は、きわめて危険だ。正体がばれないように細心の注意は払っているものの、いつどうなるかは誰にもわからない。

ここまできたからには、ニコラスはこれまでの生活態度を変えるつもりはなかった。ろくでなしの放《ほう》蕩《とう》者で女たらし、せっかくの人生をやくざな友人たちと浪費している、という悪評がやっと定着してきたのだ。それもこれも、油断した貴族の仲間たちから情報を仕入れるためにしてきたことだ。

危険な仕事なのはよくわかっている。イングランドもしくはフランスにいる誰かが、うっかり彼の正体をばらせば、それで命もなくなるだろう。

あとに妻をひとり残していきたくはない……たぶん、子どもも。ニコラスはこれまで、そういうことについては考えないようにして、ベドフォード公爵に与えられた仕事にだけ心を注いできた。

しかし、子どもに思いが及んだとき、ニコラスの胸の鼓動が速まった。マリアがニコラスの子どもを産むという思いが、彼を圧倒した。

こんなことを考えるとは、わたしも変わったものだ。ニコラスは唇を噛《か》んだ。それでも、マリアが彼の子の母親になるという思いは、激しく彼を揺さぶった。親子ともどもカーカムでのんびり暮らし、好きなときに村のマティ・テーラーを見舞う。そうすれば、ロジャーとマロイ夫婦も、ニコラスが思ったほどやくざ者でないと知って喜ぶことだろう。

ニコラスは思わず髪をかきむしり、美しく、すましかえったマリアを見やった。彼の視線が彼女を不安にしているのはわかっていた。彼がそこにいるのが気になってならないのだ。

しかし、なんてことだ。それはこっちも同じではないのか！　たしかにマリアは彼を混乱させるが、ひとつだけはっきりしていることがある。彼女がほかの男と結婚するなど耐えられないということだ。

翌日の昼、マリアは父とともに競技場の真正面にある貴賓席に座っていた。グロスター公爵ハンフリーとその妻、レディ・エレノアも一緒だった。

エレノアは明るく、マリアがこれまで会った貴族の女性の中では異色で、それだけに仲間うちではとかく嫌われていた。しかし、マリアは夫人が大好きだった。気取ったところがなく、いきいきとして、ことあるごとに夫に触れ、グロスター公爵もそれを喜んでいるようだった。かぶり物はお飾り程度で、身にまとっている服の鮮やかな色彩が、美しい肌を引き立てていた。大胆にくれた襟元を見て、マリアは夫人の勇気がうらやましかった。

貴賓席には召使いがひっきりなしに出入りして、ご主人が気分よく競技会を見物できるようクッションや、飲み物、料理などを運んでいた。

マリアはニコラスとベクスヒルが競技会で手合わせすることを知って、気が気ではなかった。しかし、競技会はあくまで友好親善試合だと教えられて少しほっとした。それなら、ニコラスが取り返しのつかない傷を負うこともないだろう。ベクスヒルの戦場における武勇伝は耳にたこができるほど聞かされたが、ニコラスの腕のほどはわからなかった。

彼女が知っているのは社交場における彼の手管と、寝室での技量だけだ。

しかしこの際、そんなものはなんの役にも立たない。

ただ、喧嘩《けんか》が強いのは知っている。フリート城からの帰りの出来事で、その点は証明ずみだ。マリアは、彼が鞭《むち》を使えない正式の戦いにおいても、優れた技量を発揮してくれることを祈った。

「競技は三種類の武器で戦われることになっておっ

てな、レディ・マリア」グロスター公爵が説明した。

「どの武器にも刃はついていない。これはあくまで親善試合じゃやからな」

「最初は長槍《やり》だ」スターリン公爵がつけ加えた。「次が剣で、最後が手斧《おの》だ」

マリアは吐き気がするのを感じた。最近はもうすっかりなじみになった感覚だった。すべてが終われば、この吐き気も治まるのだろう。

「それらの武器では、相手に深手を負わせることはできないのでしょ、お父様？」

「そのとおり」

黒革の鎧《よろい》をつけて、灰色の糟《かす》毛の馬に乗った騎士が競技場に姿をあらわした。頭にも黒い兜《かぶと》をかぶっていたが、競技者がつけるリボンだけが鮮やかな赤紫と白の色彩を放っていた。競技場には大歓声があがり、観衆は騎士がマリアたちが座る正面の席に向かうのを熱心に見守っていた。

グロスター公爵は国王の伯父で、競技会に出席している貴族の中では最高位にいるし、マリアは父と一緒にその席にいる。父親の説明によれば、競技者は慣習として、試合が始まる前に国王に挨拶するのだそうだ。ヘンリー国王が列席していないので、当然グロスター公爵がその礼を受けることになる。

騎士は腰に刀を佩《は》き、鞍《くら》の横から斧をぶら下げ、槍を構えて、馬上でその長身の背筋をすっくと伸ばしていた。肩幅は広く、腰は締まって、まるで優勝者のように堂々としていた。マリアはすぐに、騎士がニコラス・ホーケンだとわかった。

彼はマリアの前まで来るとぴたりと止まり、グロスター公爵とスターリン公爵に頭を下げた。それから兜の面を上げ、その顔を見せた。

観衆が静まりかえった。マリアはその嵐《あらし》を含んだ目をのぞき込んで、胸が高鳴るのを感じた。騎士は直接マリアに話しかけた。「お嬢様」彼は言った。

「どうかわたしに栄誉をお与えください」

レディ・エレノアがにっこり笑ってマリアの耳にささやいた。「ほら、あなたのヴェールを渡して、マリア」

マリアの白い薄絹のヴェールは、ニコラスが贈ってくれた布で作ったものだ。髪を隠すには薄すぎたが、あまりに美しく……それにニコラスがくれたものだ。下着と一緒にいそいで作らせ、下着は今、マリアの素肌を包んでいる。愚かだとはわかっていたが、それを着ているとニコラスの愛撫《あいぶ》に包まれているような気がするのだ。

まるでマリアのその気持ちを知っているかのように、ニコラスはマリアをじっと見つめていた。

その目に心を乱されるのがいやで、マリアは帽子からヴェールを引き抜くと、彼に手渡した。ニコラスは手袋を脱いでヴェールを受けとり、彼女の手を熱く握ってしばらく放さなかった。それからおもむろに、ヴェールを鎧の下の胸にしまい込んだ。

そんなニコラスを見て、マリアの喉の奥が燃え上がった。しかしそれが何かがわかる前に、彼は馬の首を回して行ってしまった。

「まあ、なんて凛々《りり》しいこと」レディ・エレノアが言った。「それにすてきな貴公子だわ」そしてふともらした。「きっと、寝室でもすばらしいのでしょうね……」

公爵夫人の言葉にマリアは困惑したが、次に競技場にあらわれたベクスヒルに救われた。

その不思議な勘で、エレノアにはマリアの過去が見えたのだろうか。いや、ニコラスの洗練された勇姿を見てそう思ったにすぎないのだろう。マリアもまた、彼を見て胸がときめき、てのひらがじっとりしたくらいだ。ほかの女性だってそれは同じだろう。ニコラスがご婦人方にどれほど人気があるかを知って、マリアはきっと顔を上げた。

ベクスヒルもニコラスと同じように貴賓席に挨拶に来た。違ったのは、別の女性にヴェールを与えてくれるようたのんだことだった。ファンファーレが高らかに鳴り響き、試合が始まった。

「ベクスヒルは完全武装の鎧を着ておる」グロスター公爵が眉をひそめた。

「何か問題でも？」マリアが心配そうにたずねた。

「カーカムの鎧は、キュイールブーイーだ」

「革ですか？」マリアは驚いて、ふたりの競技者に目をやった。「でも、ベクスヒルの鎧は鋼ですよね。それって――」

「いや、マリア」スターリン公爵が言った。「カーカムの着ている鎧は革とはいえ、驚くほど頑丈だ。ただ、こういう競技会ではカーカムのように軽い防着が慣習なのだが」

「だったら、ベクスヒルはなぜ鋼の鎧を？」

スターリン公爵は首を振った。公爵にも、ベクスヒルのいでたちは不可解なようだった。

「さあ、始まったわよ！」レディ・エレノアの声は興奮にうわずっていた。

ふたりの騎士が競技場の両端から馬を駆って互いに襲いかかる光景に、マリアは息を殺した。長い槍の先がぴたりと相手に向けられている。マリアは思わず父親の腕をつかんだ。

「勝ち負けは何で決まるの？」マリアの声はまぎれもない不安に満ちていた。

「相手を馬から落としたほうが勝ちだ」スターリンが答えた。「戦場では殺したほうだが」

最初の交戦で、ベクスヒルはすんでのことで落馬しそうになった。マリアはつめていた息を吐き出し、ふたりの騎士がふたたびもとの位置に戻り、馬を返すのを見つめていた。

再度騎士たちがぶつかり合ったが、今度は互いに一歩もゆずらなかった。しかし三度目は違っていた。

ベクスヒルの槍の先がかすかに下を向いたまま、二頭の馬は正面からぶつかり合った。そしてニコラスの馬だけが倒れた。大歓声の中、ニコラスの姿がひづめの下に消えるのを見て、マリアは飛び上がった。「お父様！」

スターリン公爵がマリアの横に立ち、グロスター公爵も立ち上がった。「なんじゃ、あれは？」国王の伯父が顔をしかめた。

「カーカムの馬はどこかおかしいな」スターリン公爵が答えた。「競技会で馬が怪我を負うなど、前代未聞だ」彼は人を呼び、すぐ調査を命じた。命を受けた若者が飛んでいった。

カーカムを助けるために数人の人が駆け寄り、そのあいだにベクスヒルはもとの位置に戻っていった。マリアはベクスヒルの勝ち誇ったような態度が妙に引っかかって、彼がカーカムの馬に何かしたのではないかと疑った。しかし何が起きたにしろ、マリアやそばの公爵たちの場所からはよく見えなかった。

しかし、スターリン公爵とグロスター公爵は意味ありげな視線を交わしていた。

「なんですか？」マリアがたずねた。

「なんでもないよ、お嬢さん」グロスター公爵が用心深く答えた。「ただ、カーカムが革で、ベクスヒルが鋼の……しかも、釘《くぎ》が飛び出している鎧をつけているのは、かなりおかしい。しかも、馬だけが倒れるとは」

マリアはもっと詳しい説明を求めて父の顔を見た。「なにか不正が行われた可能性がある」そう言いながらも、父は信じられないような顔つきをしていた。ベクスヒルを信頼していた父には、とても受け入れられないことなのだろう。マリアにはよくわかった。

「でも、お父様――」

「しいっ、マリア」スターリン公爵は慰めるように娘の肩を抱いて言った。マリアは競技場の動きに夢中で、父の不思議そうな視線には気づかなかった。

「競技役員たちがきちんと調べるから心配はない」

ニコラスが立ち上がり、しかも怪我がないのがわかると、マリアは安堵《あんど》のため息をもらした。しかしそれもつかのま、ふたりの騎士が剣を抜いた。

剣と剣のぶつかり合う音にマリアが飛び上がったので、スターリン公爵が安心させた。「剣は鯨の骨でできている」父親は説明した。「死にいたる怪我を負わせることはできないよ」

しかし、マリアはまだ不安だった。ふたりが激しくぶつかり合うのを見ていると、怪我をしないほうがおかしい。マリアは涙ぐみながら、たとえニコラスが彼女のヴェールを望まなかったとしても彼を応援しただろうと思った。それが危険だとはわかっていても、どうしてもニコラスへの思いを遠くに押しやることはできなかった。

剣が振り下ろされるたびにマリアはたじろぎ、やめてと叫びたいのをかろうじて抑えた。男の人って！　こんな戦いをして何になるの。マリアは、たとえそれが死をもたらすものでないにしろ、彼らが負うだろう怪我のことばかり考えていた。

「公爵……」使いがグロスター公爵に耳打ちをした。マリアにはその内容までは聞きとれなかったが、公爵は振り返って近くの騎士たちと何か話し合っていた。

「なんなの、お父様？」マリアはたずねた。

スターリン公爵は肩をすくめた。「きっと何かあったのだろう……ほら、見てごらん」父は戦いのほうを示して、うなずいた。「カーカムがベクスヒルを倒した」

マリアが見ると、ベクスヒルが倒れて、ニコラスの剣がしっかりとその背に押しつけられていた。

「今度は何？」

ふたりの騎士が競技場の中に入ってきた。ひとりがベクスヒルに手を貸して起こし、もうひとりがニコラスに近寄った。そしてすぐに、ふたりを競技場の外に連れ出していった。

「これで終わりだ」グロスター公爵が怒ったように言った。「王の名のもとに行われる競技会で、このような卑怯《ひきょう》な手段がとられるなど、絶対に許せん」

「卑怯？」

「使いの者によると、カーカムの馬が突き刺されたようだ――ベクスヒルの鎧か、あるいは槍によるものだろう。しかし、たしかなことはわからない。ベクスヒルは偶然だと主張しているそうだ」

ふいに吐き気に襲われて、マリアは思わず腰を下ろした。

# 18

「大丈夫、マリア？」レディ・エレノアがきいた。「これを飲めば――」

マリアは、レディ・エレノアが気づいたくらいだから、よほど青い顔をしているのだろうと思った。頭を振り、手で口元を覆って答えた。「いいえ」消え入りそうな声だった。「でも、すぐに治まります」

「カーカムの勝利を宣言する」グロスター公爵が観衆に向かって言った。「斧《おの》の戦いを免除し、カーカムに勝利の褒美を与える」

グロスター公爵はカーカムに与えられる金の勲章を観衆に向かって掲げてみせたが、マリアはそれにさえもろくろく注意が払えなかった。ニコラスが怪《け》我《が》をしなかったことで、胸がいっぱいだった。「お父様、家に戻ってもいいですか?」彼女はきいた。

ニコラスは遅まきながらも、自分がマリアのためにだけ戦ったことを認めた。だから、グロスター公爵から勲章を授けられたとき、マリアがいないことに気づいて苦い失望を味わった。勲章をもらい、それをマリアに贈るのを何よりも楽しみにしていたのに。

だが、いったいなぜそんなことを望むのだろう……。ニコラスは首を振った。マリア・バートンのこととなると、わたしはいつだって混乱をきたす。

彼女が競技場を早めにあとにしたからって、どうだというのだ。今夜はスターリン公爵に招待されているから、食事のときに会えるに違いない。グロスター公爵に授与されたルビーのはまった勲章をマリアに贈るのはそのときでも遅くはない。そして、それでもなお彼女が無関心を通せるかどうか見極めるのだ。

ニコラスはあざだらけの体を湯につけて、ひとりにんまりした。少なくとも、ひとつだけいいことがあった。ベクスヒルが公衆の面前で、本当の彼の姿をさらけ出したことだ。故意ではなかったと言い張ってはいるが、たいていの人の目には、彼がニコラスの馬を釘《くぎ》で傷つけたことはあきらかだった。命を懸けた戦場ならともかく、親善試合でそのような卑《ひ》怯《きょう》な手段を使うことは許されない。

これでマリアにも、ベクスヒルの正体がわかっただろう。

ニコラスは風呂桶《おけ》のそばのテーブルから、白絹のヴェールを取り上げた。彼が贈った絹の巻物から作られたものだということが、大きな意味を持っていた。マリアは、受けとって一日か二日で、このヴェールを作らせたのだ。

彼はヴェールを鼻に近づけると、マリアのにおいを胸いっぱい吸い込んだ。ただの絹の布きれだが、マリアが身に着けたものだ。金輪際返すつもりはない。

ふたりが一緒に過ごした時間はあまりに短かった。これほど彼女に執着するのもそのせいだ。あとひと晩……いや、数時間だけでいいから……。

彼女が今ここにいたらと想像するだけで、ニコラスの体がこわばった。あの見事な髪を波打たせ、わたしと一緒に風呂に入り、ふくよかな胸もあらわに、ぬれた唇で彼を誘う。

フリート城の庭では、思わず我を忘れるところだった。マリアほど感じやすく、彼の愛撫《あいぶ》に敏感な女性には会ったことがない。彼女はあの夜、ニコラスとのことは過ちだった、ニコラスは彼女のことなど望んではいなかった、と言いたかったようだ。

だが、それは大きな間違いだ。彼はマリアを望んでいた。ちょうど、飢えた者が食べ物を求めるように。

いや、それ以上かもしれない。

ニコラスは風呂から出ると、体を拭《ふ》き、自分の愚かな想像を抑えた。今はマリア・バートンを夢見ているときではない。しなければならない大事な仕事がある。

フランス軍はオルレアンの近くに移動した。ジャンヌという少女を先頭にして。そして信じられないことに、その女兵士がその地に駐在しているイングランド軍をおびやかしているのだ。

一刻も早く裏切り者を突きとめて、フランス側に情報がもれるのを阻止しなくてはならない。ニコラスがこの仕事に失敗すれば、これまで以上にフランスにいるイングランド人の血が流されることになる。

思いきって、スターリン公爵に打ち明けようかとも考えたが、それはやめた。公爵を裏切り者の可能性がある人物としておくほうがいいような気がした。そうすれば、犯人は今までどおり裏切りを続けるだろうし、それが逮捕につながる。逮捕さえできれば、フランス皇太子の軍に、イングランド軍の士気、兵士の数、食料補給の状況などがもれることもなくなる。戦争にたいするイングランド国民、あるいは議会の考えや、ベドフォード公爵が必要とする軍費の出所が変わることももれることはない。

ニコラスは着替えをしながら、裏切り者をとらえる方法を考えた。おかげで、いとしいマリアを心から締め出すことに、ほとんど成功した。

マリアはその午後、仮眠を取った。何度も寝返りを打ち、競技会の夢にうなされた。夢には、実際にはなかった血塗られた場面も出てきた。長槍《やり》や剣など、恐ろしい場面が次々にあらわれたが、すべてがニコラスに関するものだった。目が覚めても、不安は去らなかった。肉体的にも、精神的にも、自分がどこにいるかわからないような状態だった。

その上、鳥や魚を調理するにおいが漂ってきて、胃がむかむかした。マリアはアリシアを連れて逃げるように屋敷を出ると、川まで行った。小舟を借り出せる場所があり、川を見下ろす芝地の柳の下では、若者たちが恋をささやき合っていた。

「きれいなところね」マリアが言った。

アリシアはうなずいた。「お父様の話では、あなたは競技会でひどく動揺したとか？」

マリアは肩をすくめた。「大の大人が武器を持って戦うなんて、あまり気持ちのいいものではないわ」

「カーカム卿《きょう》が勝たれたとか？」

「ええ、ベクスヒルはまるで相手にならなかったわ」

「それは意外ね」アリシアが指摘した。「カーカム卿が自分の武勇伝を吹聴《ふいちょう》するのは聞いたこともないのに。ただ、昔フランスに遠征してヘンリー国王のもとで戦ったってことは聞いているわ」

「カーカム卿が？」

アリシアはうなずいた。「その戦いで、兄上がカーカム卿の目の前で殺されたの。カーカム卿はその悲しい出来事からいまだに立ち直れないでいるって」

「そうでしょうね、わかるわ」マリアは歩きながら言った。

「ベドフォード公爵が気の毒に思って軍を離れることを許したんだけど、たしかカーカム卿は、すぐにはイングランドには戻らなかったはずよ」アリシアは当時の噂話《うわさ》を思い出しながら続けた。「カーカム卿は兄のことで自分を責め、イングランドに戻って父上の顔を見ることができなかったとか」

ニコラスの悲しげな顔はそのためだったのか。

「イングランドに戻ったのは、父上がなくなってからだったわ」アリシアは言った。「そしてカーカムの侯爵になったの」

ふたりは川べりに沿って、しばらく黙って歩いた。

「なぜ、ニコ――カーカム卿はあんなに……」

「ふまじめ？」

マリアはうなずいた。

しばらくしてから、アリシアが答えた。「わたしが思うには、カーカム卿はみんなが信じているほど悪い人ではないわ」アリシアは静かに言った。

マリアが足を止めた。「悪い人ではない？」

アリシアは歩きつづけた。それから首を振りながら、マリアが追いつくのを待った。「そうよ。見かけはともかく、それをすべて信じるには、意志も、名誉を重んずる気持ちも強すぎるわ。あなたのお父様にたいする尊敬にあふれた態度を見てもわかるもの。あれは、決して見せかけではないわ」

「そうね、アリシア」マリアの声には熱がこもっていた。「カーカムでも、昔の乳母をとても気にかけていて、所領を管理しているご夫妻にもやさしかったの。アルダートンの伯母やいとこが領民にそんな思いやりを見せたことは一度もないわ」

「わたしが見たところ、カーカム卿は決して見かけどおりの人ではないわ」アリシアはそう言うと、マリアの反応をそっと観察した。

マリアは足元に目をやったまま、アリシアの言葉を考えていた。マリアの人生はこれまでしごく単純なものだった。誰かの行動の動機など、深く考えたこともなかった。しかしニコラスに関していえば、どう考えても彼の目的は、もう一度マリアを寝室に誘うことだけだ。マリアは彼の評判をよく知っていた。ここロンドンでも、ニコラスの悪評はうんざりするほど耳にしている。

にもかかわらずマリアは、もしかしたらアリシアが正しいのかもしれないと思わずにはいられなかった。もしかしたら、マリアとニコラスのあいだにあるのは単なる欲望だけではないのかもしれないと。

だが、それを信じるのはあまりに危険だ。

「お父様の話では、ロンドン港には世界じゅうの珍しいものを積んだ船が入るんですってね」

アリシアはうなずいて、話題が変わったことを受け入れた。どうやらマリアには、ニコラスに関して何か隠していることがありそうだが、それは忘れることにした。「ええ、そうよ」アリシアは短く答えた。「でも、間違ってもあの界隈《かいわい》に足を踏み入れてはいけないわ。波止場の周辺はとても危険なのよ」

マリアが顔を曇らせた。「どうして？　どうして危険なの？」

アリシアは鼻で笑った。「うさんくさい人が大勢うろついているからよ。旅籠《はたご》やら――あやしげな女やら。商売女がね。あそこにはありとあらゆる悪徳がはびこっているわ。酔っ払い、喧嘩《けんか》……あなただってきっと、ときおりあやしげな噂を耳にしたはずよ。誰かが殴り殺されたとか、ナイフで刺されたとか……」

「そうね、でもあの界隈には近づく用事もないし」

「絶対に近づいてはだめよ」アリシアは繰り返した。

「マリア……？」

「なあに？」

マリアはぼんやり水面を見つめながら返事をした。珍しいほど晴れ上がった日で、午後の日差しが肌に暖かかった。噂ほど悪くはないかもしれないニコラス・ホーケンを忘れるには、いい気晴らしだった。

「見て！」川を指さしながらマリアは言った。二艘《そう》の小舟が先を競って水面を滑っていく。ふたりの若者がそれぞれの櫓《ろ》を握っている。

「競走しているのよ」アリシアが言った。アリシアは今しがた喉元まで出かかったマリアへの言葉をのみ込んだ。

屋敷に戻ると、誰もが客を迎える準備に忙殺されていた。マリアは夜会のための着替えに部屋に戻った。

ひとりきりなると、午後の悪夢がふたたび彼女を苦しめた。ニコラスが血まみれになって倒れ、そばでベクスヒルが、勝ち誇った悪魔のような笑いを浮かべていた。競技会であのように卑怯なまねをしたあとでも、ベクスヒルは平気な顔をしているのだろうか。騎士ともあろう者が、相手の馬を傷つけるなんて。本気で誰にも気づかれないと思ったのだろうか。誠実さのかけらもない人だ。

日が落ちても、マリアは明かりもつけなかった。散歩用の服を脱ぎ、体にやさしくささやきかける薄い絹の下着姿で長椅子に腰を下ろした。髪からピンを外し、ブラシで梳《す》いた。

川辺でアリシアと話したことで、ニコラスがますますわからなくなった。ため息をつき、目を閉じると彼の姿が鮮やかに浮かんでくる。彼はならず者だ。洗練され、気まぐれで、手のつけられない女たらし。それを忘れてはいけない。

なのにマリアは、彼女の肩に触れる彼の手や、唇に触れる彼の唇の感触を容易に思い出すことができた。彼のにおい、香辛料の香りのする石鹸《せっけん》のほのかな香り、そして――。

窓ががたがたする音に、マリアははっと我に返った。振り返ると、開いた窓から今心に描いていたその人が、あつかましくも忍び込んでくるのが見えた。

「ニコラス！」

「しいっ！」彼はそう言ったかと思うと、すばやくマリアに近づいて、手で彼女の口を覆った。「声をあげないで」

マリアは彼の手を振り払った。「こんなまねをするなんて！　なぜ――」

彼はマリアの抗議を唇で制した。熱く、長いキスにマリアの膝ががくがくして、とろけそうだった。「きみとふたりだけで会いたかった、麗しの人」彼はささやいた。「しかし、こうでもしなければ、そんなことは……」ニコラスはマリアを穴のあくほど見つめた。「ああ、なんて美しい。わたしの絹の贈り物がとてもよく似合う。まさしく想像していたとおりだ」彼はふたたびマリアの唇を覆い、手を下着の紐《ひも》の下に滑り込ませて、下着を押し下げた。

マリアは抵抗を忘れた。ニコラスを愛さずにはいられなかった。彼の愛撫を望まずにはいられなかった。それは彼が悪党であると同じくらいたしかなことだった。彼は手を伸ばし、マリアの胸の繊細な部分を愛撫し、最後にしっかりと両手で包み込んだ。マリアの体が激しく震えた。

「ニコラス……」マリアが荒い息のもとで言った。「怪我はなかった？　ベクスヒルはあなたに傷をわたしの体をすみずみまで調べるかい？」

「いや、麗しの人」ニコラスは言った。「なんなら

——」

彼はかがみ込むとマリアの胸先を舌でもてあそんでから、口に含んだ。マリアは彼の黒髪をつかんで自分の胸に押しつけ、体を突き抜ける歓《よろこ》びに我を忘れた。

マリアの下半身が熱くなり、体の芯《しん》がはっきりと意識された。そしてふいに、フリート城の庭で味わった感覚が彼女を襲った。体じゅうがとろけ、純粋な歓びに変わっていく。その至福の歓びに、全身が歓喜の声をあげていた。

頭がぼうっとして、ニコラスに寝台に運ばれるまで、自分が立っていられなかったことさえ気づかなかった。

下着が滑り落ち、マリアは一糸まとわぬ姿で寝台に横たわっていた。ニコラスが上にいて、指と唇でマリアをあますところなく愛撫した。ああ、こんなことを許してはいけない。この人を追い返さなくては。「ニコラス……」言葉をつむぎ出すことさえひと苦労で、ほとんどつぶやきだった。

「しいっ」彼はそれだけ言うと、マリアの両胸に、腰にキスをした。手が脚まで伸びて、唇もまたそのあとを追った。熱い吐息が腹部にかかり、やがて彼の唇がマリアの秘密の場所に触れた。

マリアは彼の髪を引っ張った。「ニコラス、だめよ！」

「いや」彼はふたたびやわらかくキスしながら言った。「ずっとこのときを夢見てきた……きみを抱くことを……カーカムのわたしのもとを逃げ出してからずっと」

「だったら、もう一度逃げ出すわ」歓びのうめき声をもらしながらもマリアは言った。「あなたは夫にはふさわしくないわ。わたしは立派な夫を見つけて

……ああ!」マリアは歓喜に震えた。

「立派な夫の話はいい」ニコラスは言った。「ただ、わたしの愛撫を感じるんだ」

マリアにはそれ以外何もできなかった。ニコラスによって、瞬間、瞬間を生きる野性の女に作り変えられ、ひたすら彼の愛撫を求めるだけだった。理性は吹き飛び、思考も止まった。ニコラスはそれをよく知っていた。

部屋の影がその濃度を深めた。マリアには自分を組み敷き、意のままに操るニコラスの姿さえよく見えなかった。こんなの間違っている。マリアにもそれはわかっていた。こんなふうに彼の自由にさせるなんて。すぐにも広間へ行って、父の客たちをもてなさなくてはならないし、その中には、未来の夫にふさわしい人も大勢いる。

ニコラスもまた、その宴《うたげ》に出席するはずだ。いったいこんなことがあったあとで……どんな顔をして彼を見ればいいのだろう。

扉を鋭く叩《たた》く音が聞こえた。「お嬢様?」

「ちょっと待って!」マリアは答えた。

「着替えのお手伝いにまいりました」

「まだ支度が整っていないの。あと少し待って」マリアは返事をした。

「わかりました。では、呼び鈴の紐を引いてください。すぐにまいりますから」

マリアは寝台から飛び下りると、脱ぎ捨ててあった下着で体を隠した。

ニコラスはあいかわらず獲物を狙《ねら》うような目つきで彼女を見ていたが、それでもゆっくりと起き上がった。「わたしの前ではもう何も隠す必要はないよ」

残念ながら、それはまさしく真実だった。「ニコラス!」マリアはがっくりして言った。ああ、どうしてこんなことを許してしまったのだろう。部屋に入ってくる前に、窓から突き落とすべきだったのだ。

「では、失礼するとしよう」ニコラスはそう言って、すばやくキスをした。「だが、必ず戻ってくる」

「いいえ、ニコラス！」マリアはささやくように言った。「そんなことをしてはだめ！」

しかしニコラスは、軽くウインクして窓から下りていった。

## 19

もしニコラスがいなかったら、晩餐会《ばんさん》はうんざりするほど退屈なものになっていたろう。彼の個性や冗談、それに議員としての知識や苦労話が加わって、宴《うたげ》はいきいきと楽しいものになった。

客たちはみんなニコラスの虜《とりこ》になり、ことに――マリアが見たところ――ご婦人方は彼に夢中だった。

それだけでも不愉快なのに、ニコラスがほんの少し前、部屋に忍び込んでマリアを誘惑したことを思うと、たまらなく気分が悪かった。よくもあんなまねができたものね。寝室にまで侵入してきて、わたしをあたかも商売女のように扱うなんて。わたしは利用され、ぽいと捨てられるのが落ちの、身持ちの悪い女とは違うわ。

彼が思いを果たせなかったのは事実だ。マリアにはそれが唯一、彼への罰のように思えた。せいぜい、欲求不満で苦しめばいい。

「……麗しきレディのためにこれを」

ニコラスが何か言った。マリアは聞いていなかったが、彼が何かを彼女に手渡した。ランカスター家の紋章が入った大きな金の勲章で、真ん中に真っ赤な宝石がはめ込まれていた。

「なんと、我がレディは」彼は嘆いた。「まったくわたしの言うことを聞いていない」

マリアはわざと、ニコラスがうっとりするようなやり方で顔を赤らめた。宴のあいだじゅう、マリアはいらいらして、ぼんやりとしていたが、ほかの客たちにはできるだけ笑顔を見せていた。恩恵に与《あず》からなかったのは、たぶんニコラスひとりだろう。

ニコラスはそれも仕方がないと思っていた。自分でも、まさかあんなことをするとは想像もしていなかったのだから。しかし、ブライドウエル・レーンに早めに着いて、ぶらぶらしながら時間をつぶしているうちに、彼女の部屋の窓からマリアの姿を目にした。そのとたん、ほんの少しでいいから、彼女とふたりだけでいたいという気持ちでいっぱいになったのだ。まさか、キスまでするとは思わなかった。

マリアはニコラスが贈った布で作った下着を着ていた。彼が散々頭に描いた光景だった。あのマリアの姿は生涯忘れないだろう。とてもよく似合って、体の線を隠しながらも、見る者を強く引きつけた。

ニコラスは、情熱に駆られたマリアの肢体を思い出して、体を硬くした。あれほど美しく、愛撫《あいぶ》に応《こた》える女性はいない。だが、そんな彼女を十分に楽しむことはできなかった。あとで、もう一度……。

いや、もう少し時間を置いたほうがいい。彼は今日すでに一度、マリアの固い防御の壁を打ち破った。もしかしたら、その前も。マリアは競技会場から早めに引き上げた。マリアはわたしに、軽蔑《けいべつ》以外の感情を持っているのかもしれない。

今夜は、スターリン公爵までもがニコラスに好意的で、これはいい兆候だった。娘の服に勲章をつける公爵をながめながら、ニコラスはにやりとした。

そして化粧室に行くふりをして、こっそりと広間を抜け出した。

ニコラスの姿が見えなくなってからずいぶんたつ。マリアはまるで、ふたりのあいだにある磁石に引かれるように、彼を捜しに広間を出た。彼のくれた勲章が、肩にずっしりと重かった。

もしかしたらニコラスは、わたしがついてくるのを知っていて、わたしの部屋に行ったのかもしれない。しかしマリアの部屋は空っぽだった。父親の部屋ものぞいてみたが、そこにもいなかった。

マリアは眉をひそめた。いったいどこに行ったのかしら。化粧室に行ったにしては、あまりに長すぎる。だとすれば、この家のどこかにいるに違いない。

奥の階段を駆け下り、キッチンを通り抜けて、化粧室のそばの庭にも出てみたが、誰もいない。

中に戻り奥の部屋ものぞいて、狭い廊下のつきあたりにある父親の書斎まで来た。書斎の扉からのぞき込んだとたん、いきなりニコラスに手首をつかまれて引っ張り込まれた。

息をはずませたマリアの唇をキスでふさぎ、しっかりと抱きしめると、耳から喉へと唇を移動させた。「あんな甘やかされた息子たちの中からは、夫は探せないよ」彼は言った。

「いいえ、探すわ」マリアは彼を押し返した。そんなにいそいで結婚しなくてもいいと思っていることを、話すつもりはなかった。「わたしを敬ってくれる人をね。暗闇《くらやみ》で待ち伏せするような人ではなくて」

ニコラスはにやりと笑って頭を振った。

マリアは顔をしかめて書斎の中を見まわした。

「いったい父の書斎で何をしていたの？」

彼が一瞬躊躇《ちゆうちよ》した。「曲がる廊下を間違えてしまったんだ。きみを捜しに来たんだよ」

マリアは腕を組んで、床を片方の靴で踏み鳴らした。「申し訳ないけど、わたしはそんなことではだまされないわ、カーカム卿《きよう》」口調が冷たかった。

「本当だよ！」ニコラスは笑いながら言った。「おやおや、どうやらきみは疑い深いたちらしいね」ニコラスはそう言ってマリアの首筋に鼻を押しつけたが、すぐにはねつけられた。マリアはニコラスが彼女の気をそらそうとしていることに気づいていた。

そしてその理由を知りたいと思っていた。

薄暗い書斎はどこも荒らされた様子はなかったが、部屋には蝋燭《ろうそく》を消したばかりのにおいが漂っていた。

ニコラスは蝋燭をつけて、父の書斎にいた。マリアにはすぐそのわけがわかった。

「いったい、何を捜していたの？」

「捜す？」

「キスでごまかそうとしてもだめよ、ニコラス」マリアは指先で彼の胸を突いた。「わかっているのよ」

「誤解だよ、かわいいマリア」彼は、放蕩者《ほうとう》を装って言った。「今も言ったように――」

「いいえ」マリアがさえぎった。「こっそり父の書斎に忍び込んだとすれば、理由はひとつだけだわ」

マリアはしばらく黙り込んで、ニコラスが彼女の言葉の意味を理解するのを待った。彼がやっと口を開いた。彼にはその意味がよくわかったようだった。

「いや、その」マリアが彼の行動から正しい結論を導き出したことに、ニコラスは驚嘆していた。わたしはなんというへまをやらかしたのだ。どう説明したらいいのか。言い逃れはできるだろうか。こうなれば、ある程度の真実を語らざるをえないだろう。だが、どれくらい？「マリア……」

「だめよ。嘘《うそ》をつくことなんか考えないで、ニコラス」

「きみに嘘なんてつかないよ」ニコラスはそう言ってマリアの腕に指を這《は》わせ、彼女の指を握りしめた。「ただ、その……きみが真実を知れば知るほど……わたしたちみんなに危険が及ぶんだ」

「話して」マリアは拳《こぶし》をしっかり握り込んで、身じろぎもしなかった。

「かいつまんで言えば」ニコラスは話しはじめた。「わたしはベドフォード公爵の使命をおびて働いている。このところ、大事な情報がフランスにもれて……」彼は口ごもったが、マリアが最後まで聞かなければ納得しないのはあきらかだった。「きみの父上から」

マリアはしばらく黙り込んでいたが、やがてぷんと鼻で笑った。「ばかげているわ」マリアはそう言ってきびすを返した。「愚劣よ」息が荒かった。

ニコラスが彼女の腕をつかんだ。「いや、これはしごくまじめな話だ。フランス軍にはこちらの兵士の数や駐屯予定地がもれていて、そのため毎日イングランドの兵士が殺されている。食料の備蓄量や、給料の支払い、そして弱点までもが筒抜けなんだ」

「本気なのね」マリアはそう言うと、彼の手を払いのけた。

ニコラスはすばやくうなずいた。

「そしてフランス国王に情報を流しているのは、父だと言うのね？」

「フランス皇太子に、だ」

マリアは彼に背を向けたまま、少しわきへ寄った。こわばった肩先から、彼女が動揺しているのが見てとれた。

ニコラスは自分の不運をのろった。公爵の机の鍵《かぎ》を開けるのに手間どって、思ったより長居したようだ。あらゆるものに目を通して調べてみたが、公爵の有罪を証明する証拠はひとつとして出てこなかった。鍵のかかった引き出しにも、そんなものはなかった。

ニコラスが届けた、例の〝オルレアンの少女〟がイングランド国王に宛《あ》てた手紙も、その引き出しから出てきた。だが、それがかえって公爵の無実を証明しているように思えた。もしこの家のどこかに秘密の隠し場所があるのなら、その手紙もまた机の中ではなく、そこにしまっておいたはずだ。

だが、公爵の重要な書類は――ブロンズ製の印鑑も含めて――すべてその引き出しにあった。

となると、犯人は間違いなく別にいる。裏切り者が貴族の、それもかなり上位の者――情報に容易に接することのできる者――であることに疑いの余地はない。これはもっとよく考えてみる必要がありそうだ。

ただそれをマリアに言うわけにはいかない。言えば、必ず調査の妨げになる。犯人は公爵以外の誰かだとニコラスが疑っているのが相手に知れれば、相手は用心深くなってしまい、つかまえることが難しくなる。「マリア……」

マリアは返事もせず、背を向けたままじっと立ち尽くしていた。ニコラスが正面に回ると、彼女は涙を必死に抑えて、なんとか平静を保とうとしていた。

「わたしの父は、あなたが言ったようなことができる人ではないわ」マリアは言った。「父は裏切り者ではありません」

「マリア、まさにそのことを証明するためにわたしはここへ来たんだ」

「まさかわたしがそんな言葉を信じるとは思っていないでしょうね」

「そうだな……いや、わたしは思っているよ」ニコラスがばつの悪そうな笑みを浮かべ、マリアの胸は激しく痛んだ。

「わたしが思っていることはね、ニコラス・ホーケン」マリアは、鼻をくすんくすんいわせながら言い返した。「あなたは父の友人を装い、この屋敷に近づいた。いかにもわたしに興味のあるふりをして。そのあいだじゅうもずっと——」

「マリア」ニコラスは抗議した。「でもカーカムでは、わたしはきみがスターリン公爵の娘だなんて知らなかったんだよ！　わたしが……きみと……」ニコラスはそこまで言って、カーカムでのことを持ち出すのは事態を悪くするだけだと気づいた。「マリア、そうじゃないって信じるべきだ。きみはすてきな人で……わたしにとってもとても特別な女性だ」

マリアは、光をおびた目でニコラスを見上げ、それから下を向くと、身を翻して部屋を出ていった。

ニコラスは、もし騒音が気にならなければ、何かを思いきり蹴飛《けと》ばしてやりたい気持ちだった。女性にこれほどてこずったことはなかった。これまではもっとずっと冷静に対処してこられたのに。

マリアを最初に見たときに気づくべきだった。彼女が彼に殴りかかり、道に尻もちをついたときに。マリアは普通の女性とは違って、そう簡単には扱えないだろうということを。

ニコラスがもう宴に戻らないことはわかっていたので、マリアはみんなに彼は急用ができて帰ったと言っておいた。すべての客が引き上げたあとに、また窓から入ってくるのではないかと半ば期待していたが、彼はあらわれなかった。

マリアは自分がほっとしているのか、動揺しているのか、よくわからなかった。

いや、よかったに決まっている。本当だ。もう、二度とニコラス・ホーケンには会いたくない。嘘つきで、悪党で、正直さや誠実さとは縁のない人だ。

寝台に横たわり、壁に躍る影を見つめながら、マリアは破廉恥な侯爵が言っていたとんでもない話について考えた。ニコラスは父の書斎に忍び込んだことを認めただけでなく、それはひとえに、公爵の無実を証明するためだと言った。あれは本当だろうか。

どちらにしろ、父が裏切り者だと信じている人間がいるのは間違いない。そうでもなければ、ニコラスもあんな危険を冒してまで書斎に忍び込んだりはしないだろう。

スターリン公爵とロックベリーで会ってからあまり日にちはたっていなかったが、マリアはすでに深い愛情を父親に抱いていた。誰であろうと、やっと会えた父を陥れるような人は絶対に許せない。

もっと、政治についての知識があったらいいのだけれど。あるいは議会の指導者の知り合いでもいたら。そのような人々と話す機会が与えられれば、父がいったい何に巻き込まれているのか、誰が父を裏切り者にまつり上げようとしているのか、きっとわかるのに。

ニコラスは、ベドフォード公爵の特命を受けて働いていると言っていた。フランス総督のベドフォード公爵が、グロスター公爵の弟であることは知っている。国王のもうひとりの伯父で、フランスとの戦いの指揮をとっている。アリシアは、数年前ニコラスの軍役を解いたのはベドフォードだと言っていた。父を裏切り者と非難しているのも、ベドフォード公爵なのだろうか。

きっと、父の裏切りを示す書類か何かがあるはずだ。つかまる危険を冒してまで、ニコラスが書斎を調べたのはそのためなのだ。しかしこの命を懸けてもいい。父は決して裏切りなどに加担してはいない。父は親友のベドフォードを――あるいは祖国を――

裏切るような人ではない。

真の裏切り者が、ニコラスがそう信じるようにしむけたのだ。だから彼はマリアを執拗《しつよう》に追いまわし、彼女の生活に入り込む正当な理由を得るために手段を選ばなかった。

だとしてもニコラスが、思っていたとおり、正真正銘のならず者であることに変わりはない。アリシアが彼の仮面の下に見たものでさえ、もうひとつの偽りの姿なのだ。

マリアは悲しかった。

今、残酷なほどはっきりと、ニコラスが彼女のことなど気にかけていなかったことがわかった。彼がマリアを愛したことなど一度もなかった。彼はマリアを腑抜《ふぬ》けにして、彼の本当の目的を悟られないようにしたかっただけだ。そして、見事成功した。

気が遠くなるほどキスをして、とことん楽しませて夢中にさせ、彼女が自分を失い、ニコラスの真意など疑わないようにしたのだ。

たしかにそれは成功したと言えるだろう。ニコラスとのことは思い出したくないと思っている今でさえ、マリアの肌は彼の唇の温かさを覚えていた。彼のにおいが体じゅうに漂っている。

マリアは寝返りを打ち、眠ろうと努めたが、視線はさっきからずっと、窓に向けられていた。窓は開いたままだった。

開けておいたのは夜が暖かいからだと、いくら自分に言い聞かせても、彼女にはわかっていた。ニコラスが戻ってくるかもしれないと、わざと開けておいたのだ。でも、彼とはただ話をしたいだけ――父の嫌疑を晴らすために、マリア自ら調査してみるつもりだと言いたかっただけ。

マリアはぱっと起き上がると、勢いよく寝台に顔をうずめた。今はニコラスのことをうんぬんしているときではない。父親の問題だけに神経を集中させ、なんとかその嫌疑を晴らす方法を考えなくてはならない。そして、あのならず者のニコラス・ホーケンの鼻をあかしてやる。

父親に打ち明けようとも思ったが、それはやめることにした。父を悲しませ、傷つけるだけだ。そのどちらもしたくなかった。いや、これくらいわたしだけでなんとかできる。ニコラスが間違っていたことを思い知らせてやる。そうしてからカーカム侯爵に永遠の別れを告げ、たくさんの候補者の中からいい人を選んで結婚しよう。

マリアは枕《まくら》を激しく叩《たた》いた。いっそのこと、夫は父が決めてくれればいいのにとさえ思った。そのほうが、どれほど楽かわからない。

ニコラスはいらいらと自分の部屋の中を歩きまわっていた。よほどブライドウエル・レーンに戻ってマリアの部屋の窓をよじのぼろうとも思ったが、そんなことをすれば、今度こそ窓から突き落とされるだろう。

ニコラスは不安でたまらなかった。彼の中で、マリアの存在があまりに大きくなりすぎていた。彼女が今度の件を自分で解決しようとするのではないかと、心配でたまらなかった。もしマリアが真の裏切り者を見つけ、その人間と対峙《たいじ》したらどうしよう。危険なことこのうえない。

ニコラスは寝台わきのテーブルを思いきり拳固《げんこ》で殴った。

彼は自分のマリアへの思いを持てあましていた。これまで女性が原因で仕事に支障をきたしたり、よそ見をしたりしたことなど一度としてなかったのに。

仲間を集め、一夜の慰めを求めて街へ繰り出そうか。思いきり酒を飲めば、あの金髪の生意気女のこともそう気にならなくなるだろう。ニコラスがちょっと声をかければ、マリアに負けず劣らず美しい女たちが、寝台に飛び込んでくるのだから。マリアのように食ってかかったりしない女が。

しかし誰であれ、マリアほど彼にぴったりの女性はいないだろう。

それに今は、気晴らしをしている暇はない。スターリン公爵を裏切り者に仕立てたいと願っている人物を探し出して、逮捕しなくてはならないのだ。なぜ公爵を陥れたいのかその理由がわかりさえすれば、本当の敵が誰かを知る大きな手がかりになるはずだが。

だが悔しいかな、これといって納得できる説明は浮かばず、反対に注意しないととんだ的外れになる恐れもあった。こんなふうでは、真の犯人をつかまえるまでには相当の時間と労力が必要だ。もしかしたら、敵の狙《ねら》いはそこなのかもしれない。フランスへ情報を送り、イングランド軍の被害を大きくするために、わざとこちらを混乱させているという可能性は大きい。

理由が何にしろ、ニコラスはなんとかしてマリアを守ろうと思っていた。これは、マリアがかかわるような問題ではない。できたらスターリン公爵に、手持ちの情報をすべて話して相談したかったが、それはまだできなかった。公爵が完全に白だという証拠を握るまでは、何も言うことはできない。

蝋燭の芯《しん》が短くなって、思いはふたたびマリアに戻った。事件の成り行きを考えて、ニコラスはのろいの言葉を吐いた。これまで以上に彼女のそばにいる必要があるのに、マリアがそれを許すはずがない。ことに、公爵の書斎に忍び込んだことが知られてしまったあとでは。

どうにかして、わたしが敵でないことをマリアにわかってもらわなければ。敵どころか、わたしはマリアを自分の命より大切に思っているのだから。

一週間近くたっても、ニコラスはマリアに近づくことができなかった。ウエストミンスターの乗馬道に行っても、マリアは必ず求婚者のひとりと一緒だった。川べりのそぞろ歩きも同様で、彼女がひとりでいることはなかった。レディ・アリシアのほかにも、いつもひとりかふたり連れがいた。ニコラスはマリアに会えることを期待してあちこちの宴や集まりにも顔を出したが、そこにも彼女の姿はなかった。

そんなとき幸運にも、グロスター公爵夫人主催の遊びがあることを聞きつけた。

レディ・エレノアは冒険好きで、活発な女性だ。彼女の集まりでは、男も女も自由に振舞うことができる。エレノアを説得すれば、マリアと会うのも難しいことではない。

着飾った貴族や貴婦人たちが、ウエストミンスターからそう遠くない、テムズ川の土手に集まった。ここから男女が一組になって舟に乗り、川を下って、向こう岸にあるレディ・エレノアのお気に入りの場所まで行こうというのだ。目的地に着いたら舟を降り、木槌《きづち》で球を転がすペルメルの試合を楽しんだり、そのほか夫人が考え出した様々な遊びをしたりして楽しむ。それから厚い敷物の上に座って、多くの召使いたちによって用意された食事に舌鼓を打つ。

ニコラスが到着したとき、マリアは川辺に立ってほかの女性たちとおしゃべりをしていた。ニコラスが来たことには気づいていなかった。

彼女の美しさに、ニコラスは息をのんだ。

マリアは、白い縁取りのある、深い森を思わせる緑の服を着ていた。襟元が大きくくれて、美しい肌を惜しげもなくさらしている。ニコラスに言わせれば、ちょっといきすぎとさえ思えた。集まりに参加しているすべての男が彼女に見とれていることに気づいて、ニコラスはむっとした。

マリアはまだ彼に気づいていないようで、ニコラスもしばらくは気づかれないよう注意した。彼を避けるのはわかっていたので、レディ・エレノアにたのんでほかの人たちの気をそらし、そのあいだに、マリアを舟に乗せようと計画していたのだ。

舟に乗ってしまえば、マリアはもう逃げられない。ニコラスはにやりとした。ここ数日で初めての笑いだった。

計画を実行するのにもっとも大切なのはタイミングだった。ニコラスはマリアが舟に乗り込み、彼女の相手が舟に乗るまさにそのときを選んだ。エレノアがその若者に話しかけた隙《すき》にニコラスは舟に飛び乗り、マリアが抗議する前に舟を栈橋から離した。

「ニコラス・ホーケン」マリアが腕組みして言った。「こんなことをするからには、よほど大事な理由があるのでしょうね。そうでなければ、あなたはもうおしまいよ」

## 20

ニコラスがにやりと笑い、マリアの膝ががくがくした。体が熱く溶けていくようだった。

それでもマリアは、自分をしっかりと抑えた。この人は、こともあろうに父を裏切り者だと思っているのだ。

たとえ彼自身は否定しても——マリアは信じていなかったが——彼はいまだに彼女を父親に近づくための手段としている。マリアにはそれが許せなかった。そんなやり方で彼女を深く傷つけるとはもってのほかだ。

「それで?」マリアは厳しくたずねた。悔しいことにニコラスはあまりにも美しかった。上着の袖《そで》の下で動く筋肉も、薄いズボンの下の脚も、信じられないほどたくましい。マリアはあえて顔をそむけた。彼の肉体や、その武勇は思い出したくなかった。

「いい朝だね」ニコラスが言った。「わたしはただ、類《たぐい》まれなる美女と一緒にこの美しい朝を過ごしたかっただけだよ、レディ・マリア・バートン」

「そんなお世辞はあなたには似合わないわ、カーカム卿《きょう》」

「だめかな？　ではわたしにふさわしいのは？」

「わたしの前からいなくなることです」

「ああ、マリア。わたしは傷ついたよ」ニコラスは手を胸にあててみせた。

「あなたが傷つくなんてことがあるのかしら？」マリアは言い返した。

ニコラスはただ笑って、小舟を漕《こ》ぎつづけた。その漕ぎ方は滑らかで力強く、あっというまに先に出発した舟を追い抜いてしまった。しかしみんなテムズ川を下りながら横切っていくのに、彼だけは西岸沿いに舟を走らせていた。

「ほかの仲間たちに合わせて」マリアが言った。「この「合わせるどころか」ニコラスが指摘した。「この舟が先頭だよ」

「ニコラス、コースを変えて」マリアは舟の揺れに気分が悪くなってきた。「みんなと合流しましょう」

「わたしはきみを……」彼はふと言葉を切った。マリアは下を向いてしまい、その顔つきがよく見えなかった。「マリア？」

吐き気が突然襲ってきて、マリアの不意を突いた。寒気がして、冷や汗が出てくる。込み上げてくる気分の悪さを何度ものみ込んで、必死にこらえた。だが、それももう限界だった。目を閉じ、手で口を押さえた。「ニコラス、わたし吐きそう」

マリアが苦しんでいるあいだも、ニコラスにできることといったら舟を漕ぎつづけることだけだった。

しかし、マリアが気がつくと、舟はもう揺れていなかった。ニコラスが彼女を抱き上げ、近くの土手に運んだ。

ニコラスは、温かい日差しが注ぐ草の上にそっとマリアを下ろした。そしてマリアが胃のあたりに手をやって吐き気が治まるのを待つあいだ、帽子とヴェールを脱がせて、腕に抱きかかえた。彼が何かつぶやきながら、彼女の額と目の上に唇を押しあてたが、マリアは吐き気と戦うのに精いっぱいで、ほとんど気づかなかった。

やがて気分の悪さも治まり、マリアは起き上がって彼から体を離した。

「よくなったかい?」

マリアはうなずくだけで、何も言わなかった。彼の腕の中でやすらいでいたい思いも強かったが、それと同じくらい、彼からは距離を置かなくてはと思っていた。彼に触れていると、自分がわからなくなる。

「顔色が真っ青だったよ」ニコラスは、まるで病気の子をあやすようなやさしい口調で言った。顔をしかめ、本気で心配しているようだ。「本当に大丈夫なの?」

「ええ」マリアは答えた。「舟に乗ったのがいけなかったの。あまり慣れていなくて」

ニコラスは眉間《みけん》に皺《しわ》を寄せて、マリアを見つめていた。マリアは指でその皺を伸ばしたくてたまらなかった。

「しばらくここで休んで、その胃が治まったら戻ろう」

「戻る?」

ニコラスは肩をすくめた。「そう、向こう岸のレディ・エレノアの集まりに」彼は言った。「それとも家? どちらでもいいよ」

「もう舟には乗りたくないわ」マリアは情けなさそ

うに流れを見やった。

ニコラスの口元にしてやったりといった笑みが浮かんだが、無視した。今は争う元気もない。

「そうだろうな」彼は言った。「本当に大丈夫かい？」

「ええ、すっかり」

「ウエストミンスターまで歩こうか？」ニコラスはそう言ってかがみ込むと、マリアの髪に軽く唇を触れた。「そう遠くはないよ」

自分の意見が通ったことでマリアは嬉《うれ》しかったが、キスが彼女の意志を弱めたことも事実だった。彼が何を求めているかはよくわかった。だが、そんなことは絶対に許せない。

マリアは、頭を傾け、彼の唇を退けた。「何かかわったのかしら……裏切り者のことで」あえて距離を置いた言い方でたずねた。

ニコラスはため息をついて、彼女をつかんでいた手を放した。「いや。だけど、たのむからきみは何もしないでくれ」彼は言った。「わたしにしてみれば悪夢だ。もしきみがそいつと直面して、危険な目に遭ったらと思うと――」

「ニコラス、でも評判といい、命といい、危険にさらされているのは父なのよ。あなたが父をあやうくする証拠を探しているあいだ、指をくわえて待っているわけにはいかないわ」

「マリア、わたしは決して――」

彼女はいきなり立ち上がった。「あなたはそう言い張るけど……でも、わたしには」ふたたび襲ってきた吐き気にマリアはよろめいたが、ニコラスがぱっと立ち上がってしっかりと支えた。

「マリア、ちっとも大丈夫じゃないよ」

「いいえ、大丈夫」マリアは頑固に言って、彼の手を払おうとしたが彼は離さなかった。「その手をどけて、ニコラス・ホーケン。でないと叫ぶわよ」

「叫ぶ？　突き飛ばすんじゃないのかい？」

マリアは腹立たしげに、そっぽを向いた。彼に懐柔されるのも、誘惑されるのももうごめんだった。二度とだまされない。マリアを追ってロンドンに姿をあらわしてから、ニコラスはずっと彼女を利用していたのだから。

こうなったら、レディ・エレノアの集まりに戻るのがいちばんいいだろう。舟でテムズ川を渡ればいいだけのことだから。ニコラスと。

あと少しだけ舟を我慢するくらいならなんとかなりそうだ。しかし、ニコラスとふたりだけでいるのはもう耐えられない。マリアは心を決めた。川の向こうに行けば、たくさんの紳士、淑女が集まっている。それにマリアは、招待状を受けとって以来、この集まりをずっと楽しみにしていたのだ。

こんなすばらしい天気の、気持ちのよい日を、ニコラスのために無駄にしたくはない。

マリアは向きを変え、ニコラスが舟をつけた川岸に向かって歩き出した。むろんニコラスもついてくるだろうが、話しかけないでもらいたかった。彼に言うことなど何もない。話すとしたら、彼が父の無実を証明する何かをつかんだときだけだ。だから、今の彼には話すことなど何もない。

「ウエストミンスターまで歩くのではなかったのかい！」ニコラスが後ろで叫んだ。それにしてもあれほど優雅な歩き方をする女性がいるだろうか。ニコラスはいそいでマリアのあとを追いながら思った。体が彼女の動きのひとつひとつに反応する。まるで、裸の彼女が彼の下に横たわっているかのようだ。

彼をこれほどまで興奮させる女性には、会ったことがない。しかし、今はそんなことを考えているときではない。もしマリアが相手を間違えておかしな質問でもしようものなら、大変危険なことになる。何がなんでも説得して、この件から手を引かせなければ。

「気が変わったの」マリアは振り向きもせずに言った。「レディ・エレノアの集まりに戻るわ」

「マリア、きみにどうしても話があるんだ」ニコラスはやっと彼女と肩を並べて言った。「今日、来たのもそのためだ」少なくともニコラスは、自分ではそう信じていた。

「あなたに話すことは何もないわ、カーカム卿」

「ニコラスだ」

マリアは肩をすくめた。そんなことで争ってみても始まらない。

「その、あのことを誰かに……話したかい?」

「いいえ」マリアは答えた。「まだです。たとえいっときでも、父を悲しませたくはないもの……あんなひどい嫌疑をかけられて」

「マリア、わたしはスターリン公爵に嫌疑などかけていないよ」ニコラスが言った。

「たぶん、今のところはね。でもあなたはかなり頑固な人だから」マリアは言い返した。「きっと探しているものを見つけ出すわ。そうなれば、父が自ら無実を証明するほかなくなるわ」

「マリア、わたしにそんなつもりは——。たのむから、ちょっと足を止めて、わたしの話をきいてくれないか」

「いいえ、話すことは何もありませんわ、カーカム卿」

「それが、あるんだ」ニコラスはマリアの前に回ってその肩に手を置いた。木に縛りつけてでも、話を聞かせるつもりだった。

代わりに、彼はキスをした。

最初はかすかな抵抗を感じたが、やがてマリアの唇がゆるみ、彼を押し返す手の力も弱くなった。

「マリア」ニコラスは一瞬唇を離してささやいた。

彼の舌がマリアの唇をじらすようにさまよい、やがて彼女がかすかに唇を開いた。ニコラスはうめき声をもらし、片手をマリアの腰にあて、強く引き寄せた。

マリアが彼の首に手をからませ、キスを返しながらぴたりと体を寄せてきた。さっきあれほど言い合いをしたにもかかわらず、マリアが抵抗する様子はなかった。

ああ、何度こんな場面を思い描いたことだろう。彼女に触れ、彼女を愛撫《あいぶ》する。ニコラスの指が彼女の喉元の骨の感触をふたたび確かめ、唇がキスの味を思い返していた。

マリアが触れたところが、どこもかしこも燃え上がった。彼女がたまらなく欲しかったが、こんな公の場所で抱くわけにはいかない。舟で向こう岸に戻らずに、ロンドンの彼の屋敷に連れていこうか。あそこならゆっくりと、一日じゅうでも、彼女を抱いていられる。情熱で彼女を骨抜きにして、これまでのことをすべて忘れさせることができる。

きっと、夢のような一日になるだろう。

ふいにマリアがうめいて、ニコラスを押し戻した。「だめよ、ニコラス！」彼女は叫んだ。「わたしにこんなまねをしないで！」

「こんなまね？」彼はたずねた。「いったい、きみに何をするっていうんだ？」

「わたしを誘惑して、何も考えられなくすることよ」マリアはそれだけ言うと、身を翻して岸辺まで駆け出した。膝が震えていた。

ニコラスもまた震えていた。それでも彼女の言葉に、にやりとした。彼にそれだけの力があることを、マリアが認めたのはいいことだ。

彼はふたたびマリアに追いついた。

「二度とわたしに触らないで、カーカム卿」

ニコラスは笑った。

「本気よ、ニコラス。この問題が片づくまで、お互い会わないほうがいいわ」

「いや、だめだね」

「だめであろうと、わたしには関係ないわ」マリアは冷ややかに言った。「家にいらしても、わたしはいませんから」

「だけど別に家にいる必要はないよ、麗しの人。わたしとふたりだけになるにはね」マリアの困惑を楽しむかのようにニコラスは言った。来るべきときが来たら、絶対にマリアを寝室に誘う。それも遠くない将来に。

「外で会っても無視するわ」

彼は鼻で笑った。「わたしは何があろうと、もう一度きみを寝室に連れていくよ、マリア。わたしの寝室か、きみの寝室かはわからないが」

「いいえ、ニコラス。わたしにそのつもりはないわ。父の望みで、わたしは夫になる人を選ぶつもりですから。そして――」

「夫を選ぶだって！」とっくに知っていたことだが、たった今、気の遠くなるようなキスをしたばかりのときに、言ってもらいたくはなかった。

「ええ、父はわたしが自由のない生活を送ってきたことを知っているので、その穴埋めをしたいと思っているわ」マリアは葦《あし》の茂る川べりに立って小舟を見つめていた。舟に乗るのはいやだったが、ほかに方法はなかった。あまり時間がかからないといいのだけれど。「社会的には珍しいことだけど、わたしが自分で決めるのがもっともふさわしいって――」

「マリア、手を貸すから、ひとりで乗っちゃだめだ」

ニコラスの声には、はっきりと絶望がにじんでいた。まったく。もう、いいかげんにそんな話はやめてくれないか。彼はマリアの手を取って舟に乗せた。それから舟を押して岸から離すと、いそいで自分も飛び乗った。

# 21

ニコラスが向かい合わせに腰を下ろすと、マリアは彼を見ないようにしたが、水面や過ぎていく川岸に目を向けているより、彼を見ているほうが吐き気はやわらいだ。

川を横切るあいだは少し気分が悪い程度だったので、ニコラスが申し出る気遣いは拒んだ。彼もまた、集まりに来ないでと言うマリアの頼みを断った。ニコラスは舟を岸につけ、彼女を助け降ろすと、みんながいるところまで連れていった。ニコラスがレディ・エレノアの女性客たちにもてはやされ、ここに一緒にいてとせがまれているのを、マリアはわざと無視した。彼の熱のこもった応対は社交辞令を超えている。

当然よね、女性を口説くことにかけては名人ですもの。

マリアは女性客たちにも、そして自分自身にも首を振るしかなかった。あんな見え透いた甘言にだまされるなんて。ニコラスは破廉恥にも、出会った若い女性を片っ端から誘惑して、その気にさせてしまう。ニコラスの笑顔はあまりに魅力的で、彼との会話は楽しすぎる。

そして彼が、彼の挑発にたいして女性たちが示す態度を楽しんでいるのはあきらかだ。

マリアはそれ以上見ていられなかった。意識して視線をそらし、レディ・エレノアの招待客のあいだを回って、できるだけ多くの人と言葉を交わし、ニコラスとの距離を保った。わたしは結婚するのだ。レディ・エレノアのこの集まりでも、ふさわしい花婿が見つかる可能性は大いにある。さしあたってマリアは、このお祭り気分を堪能《たんのう》しようと思った。

マリアはニコラスの周りに起こるくすくす笑いをきっぱりと無視した。あの女性たちの何人かがすでにニコラスの寝室を飾ったかどうかは、考えたくなかったし、そんなことで嫉妬《しっと》に駆られるのはいやだった。

わたしには関係ないことだわ。ニコラスは薄情なただの女たらし。二度と彼の誘惑にのるものですか。今日ここに来たのは、新しく知り合った貴族たちとできるだけ多くの時間交わるためで、カーカム卿《きょう》に求めても仕方がないものに思い焦がれるためではない。お父様はわたしが結婚することを望み、普通では考えられない寛大さで、わたしが自由に相手を選ぶことを認めてくださった。

わたしはそうするわ。すぐにも。

ペルメルの試合が数ラウンド終わると、招待客たちはそぞろ歩き、軽業師たちが芝生をとんぼ返りで横切っていく。手品師が色とりどりの球を空中に投げ上げて巧みに操っている一方、お祭りらしい衣装をつけた吟遊楽士たちが、ハープやドラム、トランペットやフィドルを奏でている。まるでロンドン・フェアーに来ているようだが、大きな違いは様々な品物を並べた露店がないことくらいだ。

船酔いのためにマリアはほとんど食欲がなかったが、食事の時間が終わると、レディ・エレノアが〝みなさん、腕自慢に参加する準備をしてください〟と宣言した。集まりに来た人は、おのおの自分の得意なものを選んで、その腕を披露することになっていた。

これを聞いて、女性客のあいだに高揚したざわめきがわきおこったが、マリアは恐怖で身震いした。マリアに特技はなく、あるとしたら、盆に体重の一倍半の重さの軽食をのせて運べることくらいだが、そんなことで感心してくれる人がいるとは思えない。

「あちらにアーチェリーの的を用意しておいたわ」レディ・エレノアが告げた。「フェンシングのリングもあるわ。みなさんが楽しめるように楽器も用意してあるけど、歌を披露したい方には、吟遊楽士が喜んで伴奏をつけますよ」

ニコラスはマリアの後ろに来て、毛織物を敷いた地面に腰を下ろした。彼は、彼女の耳だけに聞こえるように身を乗り出して言った。「残念なことに、きみの最高に刺激的な技能は、寝室のためにとっておかなければならない」

マリアははっと息をのんだが、何も言わなかった。その言葉がふたりの親密な出来事を思い出させ、胸がどきどきした。誰かに聞かれなかったかと、さっと周囲に視線を走らせたが、幸運なことに、誰も聞いていなかった。

「アーチェリーの方!」レディ・エレノアが大声で呼んだ。マリアにはこれ以上は望めないありがたいタイミングだった。「的の準備ができたわよ!」

みんなが服の皺《しわ》を伸ばしながら立ち上がって、雑木林に向かって歩き出した。そこには巨大な干し草の俵が置かれていて、それに正方形の鮮やかな色の布が張りつけられ、的になっていた。騎士のお供の少年が並んで、弓と矢筒を手にして名手の登場を待っていた。

「きみは矢を射たことはあるかい、麗しの人?」ニコラスが並んで歩きながらきいた。

「いいえ、カーカム卿」マリアは心を乱されないように、ぴしゃりと言った。

「わたしが手ほどきをしようか?」彼は言いながら、自分の曲げた腕に彼女の手を引き入れた。「ごくごく個人的に指導するよ」

マリアはつかまれた腕を引き離し、足を速めて彼を追い越した。たとえどんなに胸が騒いだとしても、口説き落とされるつもりはなかった。彼はわたしにふさわしい男性ではない――人を惑わすやり方も、こそこそ嗅《か》ぎまわる不愉快な行動も、わたしにはふさわしくない。どんな犠牲を払っても、彼とは離れていなくては。

射手が位置に着き、的を狙《ねら》って矢を放った。見事真ん中に命中して、お供の少年とほかの客たちから拍手と歓声がわき上がった。

「カーカム卿」レディ・エレノアが叫んだ。「あなたは射ないの？」

ニコラスは、にっこりして首を横に振った。「ええ。弓はわたしの武器ではありませんから」

「だったら、剣は？」レディ・エレノアはいたずらっぽくたずねた。

「仰せとあらば」ニコラスは愛想よく言った。

マリアは、彼がチュニックを脱いでシャツ姿になり、袖《そで》をまくり上げてたくましい腕をむき出しにするのを見ていた。手と同じように、腕にも黒い毛がたくさん生えていた。彼女はあの手の強さと力を知っているだけでなく、優しさもまた知っている。

ニコラスが剣を取り上げたとき、マリアは恐怖を覚えて思わず目を閉じた。

「これは親善試合のようなものよ、レディ・マリア」レディ・エレノアがマリアの心配に気づいて言った。「剣には刃がついてないから、相手はただの壁も同然」

レディ・エレノアに元気づけられて、マリアは少しほっとした。あの馬上槍《やり》試合の出来事がまざまざとよみがえったのだ。道徳心のない敵なら、みんなに気づかれる前に、相手に致命傷を負わせることもできなくはない。

ニコラスの身を案じているというわけではなく、どちらの競技者も傷つくのを見たくなかった。

「ミドルトン卿」レディ・エレノアがハンサムな若い貴族に声をかけ、弦楽器を差し出した。「あなたのお得意はフィドルだったわね？」

「はい、そうです」青年はフィドルを受けとった。

陽気なキャロルの演奏が始まり、剣士たちが試合を開始した。ほかの楽士もミドルトンのリードに合わせて、剣術試合が続くあいだずっと、はつらつとした音楽を演奏した。

マリアがほっとしたことには、試合は楽しい雰囲気に包まれ、途中でやじが飛んだり、笑い声があがったりした。ニコラスも相手も、試合に本気になりすぎることもなく、数ラウンド戦ったあとで、引き分けが宣告された。

「どちらも、すばらしかったわ」レディ・エレノアが両者にリボンと模造のメダルを授与した。「カーカム卿、わたしが知るところでは、あなたが選ぶ武器はとても独創的ですわ」

「なんのことでしょう？」ニコラスは乾いた布で、うっすらと顔に光る汗をぬぐった。髪がかすかに巻き毛になって額にかかっていた。マリアは彼から目を離せなかった。たとえニコラスの存在そのものが、彼女をいらいらさせるとしても。

レディ・エレノアが身ぶりで騎士の従者のひとりに合図をすると、従者が仲間たちの背後に消えていった。「鞭《むち》よ、おわかりでしょう」彼女が言った。

ニコラスはいかにも残念そうに、てのひらをくるりと上に向けて両手を出した。「ああ、でも、ここには鞭もないので——」

「それがあるのよ」レディ・エレノアは言った。「勝手にうちの若い従者に、あなたの鞭を取りに行かせたの。ほらね」

招待客はひとりとして、ニコラスのいらだちには気づかなかっただろう。だが、マリアは彼の唇が独特の形にゆがみ、眉が下がったのに気づいた。彼はエレノアのショーの見せ物になるのは、もううんざりなのだ。

しかし、マリアは興味をそそられていた。フリート城からの帰途、父親ともどもニコラスに救われたときまで、鞭が武器に使えるとは聞いたことがなかったからだ。

ニコラスが騎士見習いの少年から鞭を受けとり、レディ・エレノアのあとについて、的が準備されている川堤に向かうと、観衆からやんやの喝采《かつさい》の声があがった。「そんな不機嫌な顔をしないで、カーカム卿」レディ・エレノアがたしなめた。「みんな、楽しみにしているのよ」

ニコラスがぐるぐるに巻かれた鞭をほどいて、狙いを見定めているあいだに、マリアは彼のわきに立った。低いテーブルに、色とりどりの瓶で小さな塔が作られていた。

「目標は、ほかの瓶を乱さずにいちばん上の瓶を落とすことよ」

マリアの目には、ニコラスが自分の技能を証明することに飽き飽きしているようだったが、見物人はみな息をこらしているように見えた。ニコラスは流れるような動きで、片手で鞭の握りを持ち、もう片方の手を鞭に沿ってその長さいっぱいに滑らせ、そして、振り下ろした。

その動きは機敏で、しかも実にしなやかだった。

ぴしっという音とともに、いちばん上の瓶が消えた！　マリアは自分の目が信じられなかった。

すばやい連続技でぴしっ、ぴしっと鞭を振り、ほかの瓶は崩さず、標的の瓶をひとつずつ塔からはじき飛ばしていく。これでは、フリートから帰る道で、盗賊たちがまんまと出し抜かれたのも無理はない。彼らは、ニコラスの鞭に完全に不意打ちを食わされたのだろう。

拍手が鳴り響いた。ニコラスは騎士見習いに鞭を手渡して、注目の舞台の中心から退いた。

難しいことではなかった。レディ・エレノアが、もう次の出し物のほうに移っていたからだ。そのあいだに、ニコラスは上着を脱ぎ捨てた場所に戻った。マリアは彼の腕前にすっかり心を奪われて、思わず彼のあとに続いた。

「今みたいにして、フリート城からの帰り道で盗賊を倒したの?」あのとき父が、鞭のことをたずねるように言っていたことをすっかり忘れていた。

ニコラスはうなずき、引っ張るようにして上着を身につけた。

「でも、珍しい武器ね」マリアは、上着の紐《ひも》を結んでいるニコラスに、並んで歩きながら言った。

「まあね」

「どこで覚えたの?」

「イタリアだ」彼は言った。「何年も前のことだ」

「フランスに遠征したあとのこと?」

ニコラスは鋭い目で彼女を見つめた。そして、そこが所定の場所ででもあるかのように、彼女の手を腕に取った。そして、うっかり口を滑らせた。「きみはフランスでのわたしの兵役について、何を知っているんだい?」

「何も」それを教えてくれたのはアリシアで、そのとき、彼のお兄さんの死についても聞かされたが、それについては話したくなかった。彼のこと以外は知りたくない、というより、彼の失ったものや彼の悲しみについて知りたかった。「前に、レディ・アリシアが、あなたがヘンリー国王にお仕えしてフランスの戦地に行ったことを教えてくれたの。わたしがあまり心配するもので、見かねて……その……」

本心をもらしたくはなくて、マリアは口ごもった。

ニコラスが好奇心に満ちた表情で、赤く染まった彼女の顔を見つめた。「それで、きみは何を心配したんだね、麗しの人?」

「馬上槍試合のこと。どうしても知りたいというなら言うけど」彼女は腕を引き抜いた。「ベクスヒル卿とのあんな試合は、面白くもなんともないわ」

　ニコラスは声をたてて笑った。「なんと、そんなきみを血に飢えた小娘だとばかり思っていたとは！」

「どこからそんな考えが出てくるの、ニコラス？」彼女は憤慨した。「わたしは一度だって——」

　彼はふたたび彼女の手を取り、笑いをこらえた。「いや、ただきみはわたしが知ってる女性の中で、いちばん元気がいいというだけのことだよ」

　マリアはかっとなった。彼の言葉が褒め言葉でないことははっきりしていた。

　ふたりがレディ・エレノアの集まりに戻ると、馬車が待っていた。従者のひとりがニコラスのもとに来て告げた。「カーカム卿、ご所望の馬車が来ております」

「ありがとう」ニコラスがそう言ったとき、周りではまだ音楽や祭り気分のにぎわいが続いていた。


「レディ・マリア」レディ・エレノアが言った。「あなたの擁護者にしかるべき感謝を表しなければなりませんよ」

　マリアは眉をひそめた。「わたしの擁護者？」

「そう、カーカム卿よ！」レディ・エレノアは笑って言った。「あなたが舟で気分が悪くなったから、馬車でロンドンまで送ってくださるそうよ」

　マリアは彼のいるほうに、困惑した視線をさっと投げた。

「もちろんお望みとあらば、ウエストミンスターまで舟で戻りますが」彼はからかった。「でも、少々わたしと一緒にいるのを我慢できるようでしたら、サザークに行って、ロンドンブリッジを渡り、ブライドウエル・レーンまでお送りしますが」

# 22

ベクスヒル卿《きょう》はカーカムの馬を突き刺したのは事故だったと主張して、馬上槍《やり》試合での嫌疑を免れた。それにもかかわらず、彼はニコラスに公に謝罪した。しかし、マリアはベクスヒルを求婚者から除外した。公式な判決がどうであろうと、馬上槍試合での彼の行為は陰険だと思わざるをえなかった。

今でも、何人かの有望な求婚者たちの、マリアへの求愛は続いていた。大部分は若くて立派な身分で、感じのよい男性たちだった。彼女の年齢にためらいを見せる人もいなかった。

舟遊びの日に家まで送り届けてくれて以来、ニコラスは彼女の近辺に姿を見せなかったし、マリアもまた、それを期待していなかった。彼はどこかの暗い隅をこそこそ歩きまわり、敵を探すのに大忙しなのだろう。いもしない敵を。

ニコラスの父への嫌疑を、彼女の胸だけにしまっておくことに変わりはなかった。ベドフォード公爵に信頼されていないと知ったら、お父様は立ち上がれないほどの打撃を受けるだろう。お父様をそのような目には遭わせられない。ニコラスの疑いは事実無根だ。彼はわたしに首を突っ込むなと言うけれど、わたしは必ず真実を突きとめてみせる。必要ならどんな手段を使ってでも。

ニコラスが父をそんな人間だと見なしていると思うと、マリアは悲しくてたまらなかった。

でも、どうしてそれほど気になるのかは、彼女にもわからなかった。ニコラスの言葉も行動も、彼にたいするマリアの思いを都合よく消してくれるはずなのに、情けないことにそうはならなかった。わたしが船酔いをしたあの日、ニコラスは驚くほど魅力的だったばかりでなく、彼女にたいして優しい気遣いも見せてくれた。おかげで、もう少しでまた誘惑されるところだった。

そしてニコラスは、レディ・エレノアの集まりに参加した女性たちとこれみよがしに片っ端からたわむれ、女たらしの名をほしいままにしていた。

それにしてもなぜ、彼がそばにいると、わたしの体はわたしを裏切るのだろうか。彼はわたしにたいして不思議な力を持っていて、わたしはそれに抗《あらが》う術《すべ》を知らない。

さらに悪いのは、自分が本当に抵抗したいのかどうかもわからないことだった。求婚者たちの誰ひとりとして、ニコラスのようには、わたしの情熱をかき立てることはできない。手が触れただけで震えが走るような人は誰もいない。息をのむようなキスを奪う人もいない。

舟遊びが終わって三日目の朝までに、これといった理由もなくふたたび嘔吐《おうと》し、マリアはその原因を疑いはじめた。

わたしはニコラス・ホーケンの子どもを身ごもったのか。カーカムで彼と過ごした夜から数週間たつけれど、妊娠がわかるまでにはまだ何週間かかかる。しかし、マリアがうろたえたのは、まるでどこにでもいる召使いの身に起こるのと同じようなことが起きたからだった。結婚することもなく、侯爵の子を身ごもってしまったのだ。

この発見に、マリアは血の気が引き、寝台の上で膝小僧を抱えながらうなだれた。泣きたかったが、泣いてもどうにもならない。それよりも、これからとるべき道を決めなければ。父の名前が傷つかない道を。

マリアは気を落ち着かせようと、二、三度深く息を吸い込んだ。妊娠は大きな問題だが、それですべてが終わるわけではない。少なくとも、そうあってはならない。震えが治まると、マリアは自分にどのような道が開けているか、じっくり考えた。

修道院には入れない。子どもを連れて入ることは許されないからだ。父とやっと巡り合えたばかりで、家出もできない。未婚のまま子どもを育てることもできない。

マリアは最後の選択肢を検討した。彼女が選べる求婚者は大勢いる。嫌悪感を覚える人もいないわけではないが、大方は申し分なく感じのよい青年で、彼女をあかぬけない田舎者とは思っていない。彼らの中のひとりを選ぼう。

ひとりを選んで、結婚しよう。

「カーカム卿《きょう》」ガイルスがマントを着た男を案内して、ウエストミンスターのニコラスの執務室に入ってきた。「この男が伝言を運ぼうとしていました」

ニコラスは窓のそばに立っていた。どしゃ降りの寒々とした天気だった。彼は机まで来ると、その角に寄りかかって腕組みをした。

「これをどこに持っていくつもりだった？」ニコラスは、部屋の床に雨水を滴らせて立っている男にたずねた。

「港に停泊している船だよ」男は喧嘩《けんか》腰で答えた。薄汚い骨細の男で、黒ずんだ茶色の髪に、歯も同じような色をしていた。清潔とは縁のない男だった。下を向いて帽子をいじくりまわしながら、ニコラスの前に立っている。必要なこと以外、ひと言も口を割らない気でいるのはあきらかだった。

「船名は？」

「その、ええっと」男は言った。「おれが何をしたっていうんです。ただ、言伝《ことづて》を――」

「船名はなんというのか？」ニコラスは静かに迫った。おだやかな口調ではあったが、男が、その質問の重みをわからないわけはなかった。相手はイングランドの貴族だ。嘘《うそ》をついたらどうなるかは、いやというほどわかっていた。

「サンタ・クララ号」男はようやく言った。

ニコラスは、ガイルスのほうを見やった。「今、人をやって確認させています」騎士が答えた。

「おまえにこの手紙を渡したのは誰だ?」ニコラスは、手の中の折った白い羊皮紙を差し出してたずねた。

「男が……入り口の外で」伝令の男はためらいながら話した。「二ペンスやるから、サンタ・クララ号が着いたかどうか見てこいと」

「どんな男だった?」ニコラスはたずねた。「どんな格好をしていた?」

「雨が降っていたもんで」男が言った。「重たいマントを着てフードを立てていたんで、顔はよく見えなかったな」

ニコラスはすばやくガイルスと目を見交わした。「背は高かったか、それとも低かったか? 太っていたか、やせていたか?」

男は首を横に振った。「普通でしたよ。大きすぎず、小さすぎず」

ニコラスはいらいらして髪に手を走らせ、ため息をついた。「話し方は?」彼はたたみかけた。「その男の話し方で、何か変わったところはなかったか?」

伝令の男は肩をすくめて首を振った。「いや、何も。旦那《だんな》みたいな話し方だったというだけで」

「しかし、男はこの手紙を入り口のすぐ外で、おまえに渡した……はっきり見えるところで」

「さようで」伝令の男は答えた。「男がそれを渡したんです」

ある男の顔が、ニコラスの頭をよぎった。彼は最近、その男を何度かウエストミンスターの近くで見ていたが、その存在を怪しいとは思っていなかった。

今までは。

あの男はウエストミンスターを見張っていて、機会をとらえてなんらかの騒ぎを引きおこすつもりだったのか。大いにありうる。

あの男は、目の前にいるこの男が手紙を持ったまままつかまるように仕組んだのだ。誰であれ、雨の日のこの小さな芝居を仕組んだ者は、しばらくのあいだ、ニコラスの注意をそらすことに成功した。それがこの事件の目的だったのはたしかだろう。

だが問題は、ニコラスの注意を誰から、そして何からそらしたかったかだ。

「おまえはサンタ・クララ号で誰かに会うことになっていたのか?」

「いいや」男はしぶしぶ答えた。「船が停泊している場所に行って埠頭《ふとう》に立ってれば、誰かが降りてきて手紙を受けとると」

ニコラスは、たぶん波止場にはサンタ・クララ号など停泊していないだろうと踏んだが、ガイルスが人を送ることは止めなかった。

ニコラスが六ペンス硬貨を放《ほう》ると、男は器用に受けとめた。「もしも、おまえに使いをたのんだ男にまた会うか、または、たぶんそうだと思う男がいたら……ここに知らせに来てくれ」

多分の謝礼を思い浮かべて、男のどんよりした目が輝いた。「はい、そうします!」

ガイルスが男を送り出すあいだ、ニコラスは伝令の男から取り押さえた手紙をもう一度調べた。

蝋《ろう》は思っていたより分厚かったが、封蝋に押された印章はスターリン公爵のもののようだった。だが、断言はできない。封蝋の裏にはあの〝J〟の文字があった。伝言文は短く、〝予想どおり、下院は人頭税に反対している。イングランドはベドフォードが軍隊に使う資金の引き上げに、必死に取り組むだろう〟とあり、署名はなかった。

この書状は誰が送ったのか。どうやってスターリン公爵の印鑑を手に入れたのか。これは偽造なのか、本物なのか。

ニコラスは封蝋を念入りに調べた。もし印章が偽造だとすれば、その仕事ぶりはかなりのものだ。

伝言の内容は取るに足りないもので、厳密には機密でもなんでもなかった。議会の関係者であれば誰であれ、イングランドの議員たちが、ベドフォード公爵の軍事費を拡大するための増税に反対していることを知っている。この事実からしても、今日のこの事件は、ニコラスの目をスターリン公爵に向けさせ、それによって真の裏切り者から注意をそらすためのものだという推論が裏づけられる。

彼は部下にスターリン家を見張らせていて、公爵が昨日の午前の遅い時間にウエストミンスターから帰宅して以来、出かけていないことはわかっている。

だが、使いの者たちは何度か出入りしているから、そのうちの誰かが手紙を持ち出すことは可能だ。

しかし、ニコラスはその可能性をあまり信じていなかった。

彼は執務室の端から端まで行ったり来たりして、ガイルスが戻るのを待っていた。今思うと、スターリンの屋敷に見張りをつけても、使用人の出入りを止めないかぎり意味がないことはたしかだ。

残念なことに、ウエストミンスターの監視を続ける根拠も薄いようだ。ここの歩道も、常に往来が激しい。実際、人の出入りを監視させ、そこから、実質的に得られたものは何もないのだ。

波止場でも船の監視をさせているが、これもほとんど無益だろう。船が港に入ったとき、船員たちは波止場やコックレーンの居酒屋や売春宿に頻繁に出入りする。そういったところで、目的地に着くまでに何度も違う人間の手を経由してきた手紙が、託したり託されたりするのは実に容易だ。

だからといって、見張りをすべて引き上げさせれば、敵の策略を見破ったことが知れてしまう。そして、ニコラスの策略——やくざな貴族として、情報を集める計略——が見破られたのを、ニコラス自身が知ったということも悟られてしまう。

ニコラスはどさりと座り込んだ。もしも、彼がみんなが思っているような放縦なならず者でないことが知れれば、ベドフォード公爵の間諜《かんちょう》としてはもう使い物にならなくなる。そう考えて、ニコラスは顔をしかめた。そのことでさぞかし動揺すると思ったが、不思議とそんなことはなかった。

ニコラスは自分の反応に驚いた。

それどころか、やっと見せかけの姿を投げ捨てられるかもしれないと思うと、ほっとした。今まではなかったことだ。カーカムに戻って、ロジャー卿とその妻に道化を演じてみせなくてはならないときと、マティ・テーラーに彼の放蕩《ほうとう》の噂《うわさ》が届いたときを別にしては……。

それから、マリア・バートン。彼女はわたしが最低の男だと信じている。父上を罠《わな》にかけるために彼女を利用した悪党で、その上、手に負えない女たらしだと。ニコラスは微笑《ほほえ》んだ。おそらく、マリアだってそうなれば考えるだろう——ちょっと待てよ。マリア・バートンにどう思ってほしいというのだ。わたしのことを、まじめな求婚者だとでも？

いやはや、そのとおりだ。

マリアに真剣に求婚するという考えは、ニコラスの心の深いところで、ずっと波のように揺れていた。たぶんそれは、フリート城の庭で会ったときからだろう。彼女は美しく、感覚に訴えるものを持ち、感じやすかった。彼女はニコラスが触れるたびにとろけた。マリアの心のやさしさはもちろん、彼女の魂の大胆さが彼を魅了した。

わたしは彼女から離れていることができなかった。マリアからは、何度もそう要求されていたのに。

雨が窓を叩《たた》いている。しかしそれは、ニコラスが、彼の腕の中にいたマリアを思い出す妨げにはならなかった。マリア・バートンのように、彼を喜ばせ、そして怒らせられる女性はほかにいなかった。その女性が今、夫を選ぼうとしている。

ここは手をこまぬいて傍観しているときではない。ニコラスの心に迷いはなかった。マリア・バートンは彼のものだ。マリアが彼以外の男を選ぶようなら、それを阻止するためにはなんでもする。

## 23

雨はひと晩じゅう降りやまず、マリアはますます物思いに沈み、不安を深めていった。

ニコラスの子を宿したことを知って、喜びに心躍らせたかと思うと、次の瞬間には絶望の淵《ふち》に突き落とされる。アリシアに打ち明けることも考えたが、やはりそれは無理だと気づいた。アリシアの父に対する忠誠心は厚く、それだけに父に報告する義務を感じるだろうし、マリアにはまだその心の準備ができていなかった。

父を悲しませるくらいなら、早く誰かを選び、早早に結婚したほうがまだいい。そして結婚後しばらくしてから、妊娠を告げる。そして……。

マリアはじっと床を見つめながら、部屋の中を歩きまわった。この子はニコラスの子だ。息子あるいは娘が生まれたとき、彼にもそれを知る権利があるのではないだろうか。このままずっと――たとえ善意からだとしても――黙っていていいものだろうか。

マリアは歩みを止めた。いや、それでいいのだ。両手を握りしめたり開いたりしながら、彼女はまたうろつきはじめた。ニコラスには妻を娶《めと》るつもりも、家族を作るつもりもない。彼の女性遍歴はロンドンの上流階級ではほとんど伝説になっている。彼が今回のことを聞けば、きっといやな顔をするだろう。アリシアの言葉にもかかわらず、彼の仮面の下にあったのは嘘《うそ》と秘密だけだ。極秘の特命を受け、父をはじめとして、清廉潔白な貴族たちに嫌疑をかけ、苦しめている。

そこまできて、マリアはもうひとつの問題を思い出した。いったい、どうしたら父への疑いを晴らせるだろうか。ニコラスはかかわるなと言っていたが、それで気を変えるつもりはなかった。父のために、できるだけのことをするつもりだった。

これまでも気づかれないよういろいろときいてまわってみたが、何も出てはこず、マリアは途方にくれていた。ベクスヒルなら何か知っているかもしれない――少なくとも彼は多くの貴族と親交がある。本当のところ、例の親善試合以来、顔も見たくないと思っていたが、この際、そんな態度も変えたほうがいいのかもしれない。

ベクスヒルは貴族の中でもかなり上に位置する人物だ。彼ならいろいろ情報を持っているだろうし、枢密院での出来事にも精通しているはずだ。彼にきけば、父をつけたり、枢密院の父の執務室に近づいたりした者がいたかどうかも、わかるかもしれない。

マリアは心を決め、ベクスヒルをふたたび屋敷に招く許しを得ようと、あえて父親の書斎の扉を開けた。

しかし、そこにいたのは父の公爵ではなく、ヘンリック・トーニイだった。

「あら！」マリアは驚いて言った。

驚いたのはトーニイも同じだったようだが、すぐにいつもの態度を取り戻して、挨拶《あいさつ》をした。「こんにちは、お嬢様……その、父上をお待ちしていたところで」

「父はここだと思ったけど」

「今、誰かがお父上を呼びに行ってくれた……はずですが」トーニイは、戸口に立つマリアの周囲にさっと目を走らせた。

「わたしにできることはありますか？」マリアはそうたずねながら書斎に入っていった。

トーニイは首を振った。「わたしは……その、カーカム卿《きょう》からの伝言を預かって……お、お返事をいただいてこいと申しつかりましたもので」

「あら、そう……。でも、カーカム卿にはここしばらくお会いしてませんのよ」

「父上とは枢密院で会われています、お嬢様」

「そうなんでしょうね」マリアは近くの椅子に腰を下ろした。トーニイの顔が赤かった。きっと熱でもあるのだろう。書斎はあまり暑くもないのに、汗までかいている。いったい、どうしたのかしら。いつも落ち着き払っている人なのに。「具合でも悪いの、トーニイさん？」彼女はきいた。

「いいえ、その……はい、実を申しますと少々健康がすぐれませんで」トーニイはそわそわと答えた。

公爵が入ってきて、話はそこで終わった。マリアは、トーニイが父に書簡を渡すのをながめていた。公爵は手紙の内容に目を通すと、返事を書き、蝋で封をしてから、ニコラスの秘書に手渡した。ふたりのあいだに、会話らしきものはまったくなかった。

トーニイが挨拶をして部屋を出ていった。

「お父様」マリアは自分がここに来た理由を思い出

した。「ほかのお客様に加えて、ベクスヒル卿を招待する気がおありになるかどうかおききしたくて……明日の晩餐《ばんさん》会に？」

公爵は椅子に背をもたせかけて、じっと娘の顔を見つめた。マリアが父の視線にうろたえたのはこのときが初めてだった。父をだましている――たとえ使命のためとはいえ――という思いが彼女を落ち着かなくさせた。

「わたしにとって、おまえにノーというのがどれほどつらいかわかるかい？」公爵は言った。「だが、わたしのベクスヒルへの信頼は、あの競技会ですっかり失われた」

マリアはごくりと唾《つば》をのみ込んだ。「でも、お父様、あの方は――」

「彼の態度は、騎士の風上にも置けない」公爵は答えた。「たとえ責めは問われなかったとしても、わたしがあの男を信頼することは二度とない。この家での集まりはもちろんのこと、娘の求婚者としても」

「そうですか」

「この件は忘れよう、マリア。ベクスヒルと関係がなくなって、ほっとしているよ」

マリアはそれ以上何も言えなかったし、言うこともなかった。噂《うわさ》では、ベクスヒルが責めを問われなかったのは、グロスター公爵が枢密院で彼の支持を必要としているからだとか。たとえベクスヒルの恥ずべき違反がわかっていても、公爵としては伯爵を敵に回すことは政治的に許されないのだ。

スターリン公爵がベクスヒルを招待しないのは正しい。ベクスヒルは卑怯《ひきょう》者だ。

しかし、それでも情報を必要としている現実は変わらない。父には、ニコラスに疑われていることを話すつもりはなかった。親友のベドフォード公爵から信頼されていないと知って、どんなに悲しむだろう。ベドフォード公爵の要請に応《こた》えようと、必死に努力しているこの時期に。父にベクスヒルを招待するようたのむのはやめよう。正直に言えば、マリア自身、ベクスヒルに我慢できるかどうかさえわからないのだ。それより、集まってくるほかの力ある貴族たちから、少しずつでも情報を集めたほうがいい。

スターリン公爵は、両手を合わせて前にかがみ込んだ。「マリア……もしかしておまえ……ベクスヒルに何か特別な感情でも持っているのかな？」

「とんでもありません、お父様！」マリアは飛び上がった。「ただ……ベクスヒル卿はいつも……楽しくて、明るい方でしたので、あの方がいたほうが晩餐会が盛り上がるのではないかと思っただけです」

スターリン公爵はうなずいた。「たしかにそうだが、今のところわたしはあの男と同席したいとは思わない。まあ、そのうち行いをあらためて立派な若者になるかもしれないが」公爵は口元に深い皺《しわ》をよせた。「それでも、義理の息子としてはごめんだ」

「わかりました、お父様」

「マリア、どうなのかな」公爵は続けた。「誰か、興味を引かれている者はいないのか？」

「興味を引かれる？」

「夫としてだ」公爵は言った。「わかっているだろうが、わたしはおまえに幸せな結婚をしてもらいたいと思っている。しかしそれは、おまえが気に入った若者を見つけたらということだし、結婚する気になったらの話だ」

「お父様……わたし……」

「せかすつもりはない、マリア」公爵は言った。「結婚する気があるのなら、相手は自分で選ぶようにと言っているだけだ」

「はい、お父様」

スターリン公爵は顎に手をあてた。「わたしがおまえの母親と結婚したとき、彼女の親族はこぞって反対した。わたしはおまえの母親を言葉ではあらわせないほど愛していたし、それは彼女も同じだった。わたしたちの結婚は身分や領地とはまったく関係なかった。お互いがお互いを選んだのだ」

　マリアは胸のロケットをしっかり握りしめた。そういう例はきわめてまれだが、父も母も互いに相手を宝としていたのだ。

「わたしがおまえに与えたいと望んでいるのも、そのような結婚だ」

「わかりますわ、お父様」マリアは静かに言った。慣習では、マリアくらいの地位にいる娘の相手は親が決め、本人の意思はほとんど考慮されない。

　しかし、公爵は娘には愛する人と結婚してもらいたいと願っている。そして自分たちのように、愛し合い、いたわり合って暮らしてもらいたいと。

「このロンドンで、おまえが惹《ひ》かれる若者にはまだ会っていないのかな？」

　マリアは顔を真っ赤にした。たとえ、彼の子を宿していても、ニコラス・ホーケンを結婚相手には考えられない。あの人は父を疑い、今この瞬間にも、父が有罪の証拠を探して歩いているのだ。

　彼を愛していると思ったなんて、大きな間違いだった。わたしはニコラスを愛してはいない。

　夫を選ぶならほかにふさわしい人がたくさんいる――父を疑ったりしない人が。忠実で誠実な人が。

「い……いいえ、お父様」マリアは口ごもりながらも、かすかに首を振った。

「そのうちあらわれるだろう」公爵は唐突に立ち上がった。「明日の晩餐会のことを相談しなくてはならないな」彼は言った。「アリシアにも準備があるだろうから。人数は？　十五人、二十人？」

「お父様のお好きなように」マリアは明るく、楽しそうな声を出そうとしたが、あまりうまくはいかな彼女の心は、父の敵を探し出すことと、夫を見つけることのあいだを行ったり来たりしていた。しかも、両方とも急を要している。

情報を得るにはベクスヒルが最適だと思っていたが、父に反対された今となっては、別の人を探さなくてはならない。

マリアは、翌日の晩餐会に集まる貴族の中に、ベクスヒルの代わりになる人がいてくれることを祈った。ニコラス・ホーケンが間違っていることを証明するためなら、どんなことでもするつもりだった。

「おまえがとくに招待してもらいたい者は？」スターリン公爵がおだやかにきいた。「まだ誰も、おまえの気を引くことができないのかな？」

「ええ、お父様」マリアはあわてて答えると、父親に近づいて、その手に触れた。「お父様のお気持ちはよくわかっています。ただ、これまでとは何もかもが違いますし、お父様ともやっと会えたばかりです。そのお父様と、またお別れすると思うと」公爵は娘を軽く抱きしめて、微笑《ほほえ》んだ。「老人には、なんとも嬉《うれ》しい言葉だね、マリア。だが、あまり長く待ってはいけないよ」父は娘の腕を取って書斎をあとにした。「知らないあいだに何年もたって、気がつくと年を取り、ひとりぼっちになっている。わたしはおまえにそんな未来を望んではいない」

「はい、お父様」父が母を失った遠い昔のことを思って、マリアは胸が痛んだ。「わたしは結婚します」

「まあ、そこにいらしたのですね！」アリシアが、書斎から出てくる父娘《おやこ》を見て言った。「ほら、会いたかった人物のお出ましだ」スターリン公爵が言った。

その夜、マリアはなかなか眠れなかった。父が母のことを話していたときの寂しそうな口調が忘れられなかった。

最愛の人を失い、子どもまで失った父の苦しみを思うとたまらなかった。マリアは、父が、母サラ・モーレイを心から愛していて、母を亡くした悲しみに打ちのめされたことを知っている。あれから何年もたち、今は元気を取り戻しているものの、マリアは父の心に残る悲しみを感じずにはいられなかった。

子どもを失ったこともつらかっただろうが、父が本当に悲しんだのは愛する妻、サラの死なのだ。父の心に太陽を輝かせ、月をのぼらせるほどの力を持っていた伴侶《はんりょ》を亡くし、ひとりで暮らすのはどんなにつらかっただろう。

ニコラスに、そこまでの気持ちを持たなかったのは、本当に幸運だった。彼にはこれといった魅力もないし、彼女に向けるあの笑みも、愛撫《あいぶ》もなんということはない。

彼はならず者で、最低の人間だ——彼に心を奪われる愚かな女性を、手当たりしだいに寝室に連れ込む女たらし。思いやり、義務、責任——これらすべては、ニコラス・ホーケンの辞書には存在しない。

夜は暖かく、マリアは寝台から抜け出した。裸足《はだし》のまま、クッションを置いた出窓に座り、窓にもたれて夜空をながめた。

ニコラスに出会ってからの自分の愚かさが、つくづくこたえた。マリアという名のほかは何も知らなかった彼が、彼女を妻にすると考えたなんて。マリアは悲しい笑いを押し殺した。ニコラスに初めて会ったとき、彼女はリアという名の下働きの娘にすぎなかった。そんな娘を誰が、未来の妻として考えるだろうか。

マリアは喉元に込み上げる悲しみをのみ込み、頬を伝う涙をぬぐった。なんで泣いたりするの。今では、彼女を愛し、地位も名誉も守ってくれる父がいるではないか。妹同様に面倒を見てくれるアリシアだって。それに求婚者たちも？　屋敷はいつも若い貴族たちであふれ、すぐにもそのひとりと結婚することになるのだ。

　わたしにニコラス・ホーケンなど、必要ない。

　翌日は、晩餐会の準備で一日じゅう大わらわだった。天気もよく、アリシアは宴席を庭に設けることに決めた。中庭にはたくさんのテーブルが置かれ、周囲の壁に下げられた明かりが、庭を照らしていた。吟遊楽人たちが呼ばれ、踊りやゲームなど、数々の余興が用意された。

　マリアは、晩餐会は内々のこぢんまりしたもので、ニコラスの非難に対抗する情報を集めるには好都合だと思っていたので、すっかり圧倒されてしまった。五十人もの客をもてなさなくてはならないのだ。女主人としてあれこれ気を配りながら、その上、役に立つ情報を手に入れられたとしたら、それこそ奇跡としか言いようがない。

だが未来の夫のほうは見込みがあるかもしれない。

　相手を決めるのを、もうこれ以上先延ばしにはできない。すぐにもおなかが目立ってくるだろうから、その前に結婚しなければならないのだ。

「少し、休んだほうがいいわ、マリア」マリアを二階の彼女の部屋に無理やり押し込みながら、アリシアが言った。「今夜の集まりはかなり遅くまで続くはずだし、そのあいだじゅう、女主人が青い顔をしているわけにはいきませんからね」

　マリアはアリシアの言葉に甘えることにした。前の晩、ほとんど寝てなかったので、アリシアに髪をほどいてもらったときは正直ほっとした。アリシアのやさしさが、マリアの神経をやわらげてくれた。

「この数週間、あなたにもいろいろあったから」アリシアが愛情を込めて言った。「落ち着かなくてもあたりまえよ……あるいはいらいらかしら?」

「いいえ、アリシア」マリアは答えた。「わたしの人生の中で、今ほど落ち着いているときはないわ。この屋敷で、お父様とあなたと暮らせるんですもの。わたしにはやっと家ができたのよ。いるべきところが見つかったの」

「それを聞いて嬉しいわ」マリアの豪華な金髪をそっと梳《す》きながら、アリシアが低い声で言った。「お父上にとっても、あなたがこの家に来てくれたことは言葉にできないほど嬉しいはずよ。でもね、これだけは覚えておいてほしいの……」

マリアはふと顔を上げて、鏡の中のアリシアの顔をのぞき込んだ。「何?」

「もし、何か問題があるのなら、わたしに言ってちょうだい。ふたりで一緒に解決しましょう」

マリアは息をのんだ。アリシアは知っていたのだ! その目を見ればわかる。アリシアは何も言わなかったが、考えてみればあたりまえだ。頻繁に起きる吐き気……生理がないこと。ああ、みんなの目をごまかせると思うなんて、わたしはどうかしていた。きっと、屋敷じゅうの者が疑っているのだろう。まだ父に知られていないことを祈るだけだ。

「ありがとう、アリシア」マリアは震えながら消え入りそうな声で言った。アリシアはこの子の父親がニコラス・ホーケンだと気づいているのかしら。でも、それをきくわけにはいかない。「少し休めば、大丈夫だと思うわ」

マリアはまだ気づいていない。

ニコラスはアーチ形の入り口に寄りかかって、マリアが父親に腕を取られて、大勢の客たちのあいだを回って挨拶するのを見ていた。わたしに気づいたら、どんな顔をするのだろう。

両耳がついたまま、ブライドウエル・レーンを出られたら、幸運と思うべきかもしれない。

マリアは輝いていた。それも内側から発する光で。

彼女が微笑んだり、笑ったりしながら、首をこころもち傾ける様子を見て、ニコラスの口が乾いた。彼女の手は繊細で、しかも表情に富んでいる。ニコラスはその手が彼に触れ、愛撫したときのことを思い出さずにはいられなかった。

ニコラスはゆうべ、彼女が寝室の窓に寄りそっているのを見た。マリアは気づかなかったが、ニコラスは木陰に身を潜め、窓をのぼっていこうかどうしようかと迷っていたのだ。

彼がその計画をあきらめたとき、マリアが泣いていることに気づいた。ニコラスは、飛んでいって慰めてやりたい気持ちを懸命に抑えた。彼女を悲しませているのは、ほかならぬ彼なのだ。彼がスターリン公爵を疑っているのが原因なのだから。

マリアが会いたがっていないのはわかっていた。ニコラスも、この件が解決され、公爵の無実があきらかにされるまでは、会わないと決めていた。にもかかわらず、公爵から晩餐会に招待されたとき、どうしても断ることができなかった。ニコラスはマリアに会いたかった。もしできることなら、彼女に触れたかった。彼女が我を忘れてふたたび彼の腕に飛び込んでくるまでキスをし、愛撫したかった。

マリアに、彼女が誰のものか思い知らせてやりたかった。

「カーカム！」親しげな声がして、誰かがニコラスの肩を叩《たた》いた。「元気がないじゃないか。もっと飲んだらどうだ！」

「ありがとう」ニコラスは冷ややかに若者を見た。彼はニコラスの手にエールのマグカップを押しつけて、肘で脇腹《わきばら》をつついた。ニコラスは昔からワーディールが嫌いだった。この子爵はなぜか、いつもニコラスを追いかけまわしている。仲間に加わるつもりもないのに、なぜなのかはよくわからなかったが、とにかく蠅《はえ》のようにうるさい存在だった。

「公爵は、結婚相手の選択をお嬢さんに任せているそうだ」ワーディールは言った。「だとしたら、いただかない手はないよな！　たとえ領地や持参金つきじゃなくてもいいさ」子爵が口の中でおいしい料理を前にしたような失礼な音をたてたので、ニコラスは彼を川まで引きずっていって、投げ込んでやろうかとさえ思った。

「やめたほうがいいぞ、ワーディール」ニコラスは歯ぎしりしながら言った。「彼女に触れてみろ、きみとわたしは明日の夜明け、セントジェームズ公園で決闘だ」相手の反応も確かめず、ニコラスはマグカップをテーブルに叩きつけ、別のアーチ形の入り口に移動して、マリアが求婚者たちに愛想を振りまくのをながめた。あの連中はひとりのこらず、マリアの財産と……肉体を求めているだけなのだ。

いったい、公爵はどうしてしまったのだ？　ニコラスは髪を乱暴に梳いた。娘を粗野な若者たちの見世物にするなんて。

ワーディールであろうと、誰であろうと、彼はほかの男がマリアに触れることが我慢できなかった。中庭を見まわしたところ、今夜は夫になる可能性のある若者はことごとく出席している。だが、マリアにふさわしい者などひとりとしていはしない。

今夜マリアが特に興味を示しているのは、ルドニィ子爵のようだった。子爵は立派な男で、性格もよく、これまでのところニコラスにも、彼の欠点を見つけることはできなかった。まあ、この中ではまともなほうには違いないが。

だが、顔色がいまひとつだし、服装にも個性がない。少なくともいい夫にはなるだろうが。彼の繊細な手や、艶《つや》やかな髭《ひげ》に、マリアが嫌悪感を持つとは思えなかった。子爵はきっとマリアを彼の領地のウェセックスに住まわせ、そして――。

ニコラスが中庭を出る門のほうに歩き出し、最後に振り返ると、レディ・アリシアが客たちから離れて近づいてくるのに気づいた。

「カーカム卿」彼女は言った。「よくおいでになりました。何かお召し上がりになりました？」

ニコラスはアリシアの後ろのテーブルに置かれた肉や、プディング、果物、チーズなどを見やった。しかし、今夜のニコラスは食欲はなかった。彼が欲しいのは、ひとりの金髪の女性だけだった。しかしその女性は、ニコラスに気づけば、間違いなく彼を避けるだろう。

「いいえ、レディ・アリシア。公爵とそのお嬢様に挨拶に来ただけですから」

「でも、それもまだのようですけど？」

ニコラスは顔を曇らせたが、何も言わなかった。そして、楽師の奏でる音楽や、周囲に飛び交う軽いおしゃべりに耳を傾けるうちに、やがてじりじりとしてきた。

「彼女がお好きなのでしょう、カーカム卿？」アリシアがニコラスの顔をのぞき込んで言った。「違いますか？」

ニコラスは喉がつまるのを感じた。彼がマリアをどう思っていても、関係ない。しょせん彼女は、彼の手が届かないところにいるのだ。わたしが父上に近づくために彼女を利用しただけだと信じているあいだは、何ができるというのだ。マリアにとって彼は、父を裏切り者として糾弾する血も涙もないならず者なのだ。

この件が解決され、真の犯人がつかまるまではどうにもならない。それまでは悪党カーカムのまま、仕事を続けるほかない。そしてそのあいだに、マリアは別の男を夫として選ぶのだ。

「もちろん、好きですよ」ニコラスはさりげなく答えた。「美しい方ですからね……公爵も鼻がお高いでしょう」

「で、あなたは――」

ニコラスは笑いながら、つかまるのを恐れている独身者のように身を引いた。「その手にはのりませんよ、レディ・アリシア。これまでも娘を結婚させたいと望んでいる母親たちからいろいろ迫られましたが……みなさん失敗されました」

門を開けようとしていて、彼はアリシアの考え込むような表情に気づかなかった。

「カーカム卿」

ニコラスは思わずうなりそうになった。さっさと逃げ出さなかった自分がうらめしかった。

「マリアはあなたが好きです」

彼は腕組みをした。「それはあなたの勘違いです」

彼はむっとして言った。「お嬢様は、わたしとはかかわりたくないと思っています」

「たしかに自分ではそう信じているようですが、カーカム卿」アリシアは続けた。「マリアの気持ちには、あなたが気づかないほど深いものがあります」

「それは気づいています」ニコラスは軽く答えた。彼は、アリシアよりずっとマリアを知っている。だが、その事実は彼を苦しめるだけなのだ。

「ニコラス様、おふたりのあいだに何があったかは知りませんが……もしかしたら、わたしがなんとかしてあげられるかもしれません」

彼は大きく息を吐き出した。「どのように?」

「あなたは、マリアにご自分の気持ちをはっきり告げるべきです」

「レディ・アリシア」ニコラスは答えた。「でも彼女は、わたしが近づくことを許してくれないのですよ。そんな状態でどうやって――」

「お客様が帰るまで待ってください」アリシアは言った。「屋敷の横の扉の鍵《かぎ》をかけないでおきます。公爵のお部屋は、マリアの寝室からかなり離れていますし、ぐっすりおやすみになっているはずです

――ワインを飲まれたあとはいつもそうですから。今夜、マリアを訪ねてください……」

こんな機会を断るなんてよほどの愚か者だ。それでも、ニコラスはその疑い深い性格から、あえてたずねた。「なぜわたしに、そんな機会をくださるのですか？　あまり褒められたことではないと思いますが？」

「わかってください……わたしはマリアを実の妹のように思っています」アリシアは言った。「その彼女が不幸せなのを、見ていることができないのです。マリアはあなたが大好きです……自分では認めようとはしませんけれど」

「で、わたしは彼女の寝室に行くのですね？」

「あなたを信用していいですね？　どうですか？」

彼はうなずいた。

「だったら、心配はありません」

ニコラスはいそいでうなずいた。「お約束します」

# 24

マリアの寝室には月光が差し込んでいた。ニコラスから贈られた薄絹の下着姿のまま、マリアは窓辺に座り、ため息をついた。下ろした髪が肩で波打ち、彼女は頬にかかった髪を指でもてあそんでいた。

今夜集まった若者たちの中から夫を選ぼう。シングルトン卿《きょう》がいいかもしれない。これまでも何度か訪ねてきて、レディ・エレノアの川辺の集まりのときも、とても心配してくれた。頭もいいし、楽しい人だ。もっともあのビーズのように光る小さい目を見るたびに、獲物を狙《ねら》う鷹《たか》を思い出すが。

マリアは唇を噛《か》みしめた。もしかしたら、フロンプトン卿のほうがいいかもしれない。きれいな顔をしていて、とても親しみやすい。いや、前歯に隙間《すきま》があって、そこからいつも食べ物を飛ばしている。あの光景に生涯耐えられるとはとても思えない。

　晩餐《ばんさん》会に集まった若者たちのすべてを、ひとりひとり思い浮かべてみたが、マリアが気になる欠点のない人は誰もいなかった。もしかしたら、ロンドン以外のところで探したほうがいいのかもしれない。ロックベリーはどうだろう？　あそこに戻ろうか。お父様も暇があれば来てくださるだろう。我慢できない人と一緒に暮らすことはできないのだから。

　暗闇《くらやみ》にまた、深いため息が広がった。

　今夜、ニコラスは来ていた。庭を横切っていくのを見かけたが、マリアを捜してはいなかった。人々から離れた場所で酒を飲みながら、近づいてくる客たちと話をしていた。

　闇にまぎれて立ったまま、そばに来ようともしなかった彼を思って、マリアの目からぽろりと涙がこぼれた。あたりまえではないか。二度と会いに来ないでと言ったのはマリアで、彼としては騒ぎを起こしたくなかったのだろう。

　だとしたら、なぜ来たのかしら？

　きっと、ほかに用事があったのだ――父親に不利な証拠を探しに来たのかしら。マリアは苦々しげに思った。あるいは、浮気な若い娘を誘惑に？

　手の甲で涙をぬぐいながら、マリアはきっぱりと自分に言い聞かせた。結婚相手を決めなさい。ルドニィ卿がいいかもしれない。求婚者の中でも、彼がいちばんおだやかだ。金髪で、背も高すぎることはないし、茶色いやさしい目をして、あの顔なら……思い出すことも……。

　ああ、こんなことではだめ。マリアはなんとかルドニィ子爵の姿を思い浮かべようとした。性格がよくて、明るくて、いつも元気で――。

「ニコラス！」マリアは飛び上がった。

彼は音もなく入ってきたが、床がきしむ音にはっと振り向くと、端整な顔をした侯爵はもう扉の内側にいた。ニコラスは静かに扉を閉めた。

「来ずにはいられなかった」

マリアは喉に手をやってニコラスを見た。屋敷の誰かに気づかれなかっただろうか。たしかに音もたてなかったが、それでも……。

マリアは声もなかった。

おなかの子が父親に気づいて、動いたような気がした。思わず手をやりそうになったが、気づかれるのが怖くて、その手を止めた。外から見ただけでは、まったく変化は認められないのはわかってはいたが。

ニコラスが近づいてきた。マリアは身じろぎもしなかったが、膝が震えていた。ルドニィ子爵と結婚すると決めた今、彼に触れてほしくなかった。子爵は立派な若者で、ニコラスとは違って、父に危険な疑いをかけるなど間違ってもしない。

父に近づくためにマリアを利用するようなことも。

子爵を夫と決めたからには、彼にたいしてあらゆる意味で誠実でなくてはならない。ニコラスが触れるのを、許すわけにはいかないのだ。なぜなら、マリアにはわかっていた。もし、ニコラスに触れられたら、彼女の意志はたちまち萎《な》えてしまう。彼女に彼を拒む力はない。

「こ、こんなところに来てはいけないわ」マリアの舌がもつれた。

「しかし、ふたりだけで会えるのは、ここしかない」

「でも、お父様が……目を覚ますかもしれないわ」

「お父上はぐっすり眠っておられる」

「二……二度と会いたくないと言ったはずよ」マリアはそう言いながら、一歩あとずさりした。足の裏側が窓枠に触れた。

ニコラスが近づいてきて、マリアは追いつめられてしまった。この人はわたしを利用したのよ。マリアは心の中で自分に言い聞かせた。わたしの寝室に忍び込むのはもちろん、この屋敷の敷居をまたぐ権利すらないのだ。

「出ていって、ニコラス」彼女は言った。「話し合うことなどないわ」

「だが、わたしのほうにはある、麗しの人」

「お願い、からかわないで」マリアはうつむいた。ニコラスはいつだってそう呼びかけるが、それが冗談なのはよくわかっていた――彼女がニコラスの麗しの人であるはずがない。

彼は指を伸ばしてマリアの顎を上げた。「からかってなどいない」彼は言った。「きみはわたしにとっての麗しの人だ」

マリアはごくりと唾《つば》をのみ込んで、懸命に涙を抑えた。ニコラスを目の前にして、マリアは悟った。わたしはこの人を愛している。彼の言葉を信じたかった。しかし、信用できないのはわかっていた。この人はわたしに嘘《うそ》をつき、利用した。そしてお父様が、祖国や親友を裏切れるような人だと信じている。

「で……出ていって」

「いや、それはできない」彼はマリアの手を取って、彼の横に座らせた。「わたしはきみが想像しているほど悪党ではない」

「悪党ではない？」マリアは悲しそうに繰り返した。こんなに近づいてはいけない。彼が触れたとたん、わたしの良識は吹き飛んでしまう。なのに、心のどこかでそれを望んでいる。

彼の腕の中ですべてを忘れたいと。

ニコラスは首を振った。「わたしがフランスとの戦いに参加していたことは話したね？」

「ええ……」マリアは消え入りそうな声で答えた。この人に出ていってもらわなくては。心が彼から離れられなくなる前に。

しかし、彼にしっかりと手を包み込まれても、引っ込めるだけの強さもなかった。

「ヘンリー国王のもとで戦おうと、兄のエドモンドをフランスに誘ったのはわたしだ。もう、何年も前のことだが……わたしは若くて、愚かだった。父と同じように、戦いで名を上げることだけを願っていた。そしてエドモンドは、急襲を受けてわたしの目の前で殺された」

「ああ、ニコラス」マリアは小さく叫んだ。彼の額に刻まれた深い皺《しわ》に激しく心が動かされた。彼を追い出すだけの強さを望みながらも、ついつい彼の目をのぞき込まずにはいられなかった。

「わたしたちは背中合わせに敵と戦っていた。だが、わたしは兄を守りきれなかったのだ」

その言葉の持つ意味の重さに、マリアはどう答えていいのかもわからなかった。「ああ、ニコラス」彼女は彼の頬にそっと手をあてた。

「わたしはそのことで自分を責めた」彼は続けた。「わたしが誘いさえしなければ、兄は今ごろは侯爵だ。少年のころから好きだったアリス・パルトンと結婚して、わたしもカーカム城で甥《おい》や姪《めい》に囲まれて暮らしていたことだろう」

ニコラスは手で顔をぬぐった。

「エドモンドの死で、父は絶望に駆られた。そんな父の顔を見る勇気がなくて、卑怯《ひきょう》にもわたしはイタリアに行って……」

「そうだったの……」

「こんなことを話すのは、きみに哀れんでもらうためではない」ニコラスは静かに言った。「わかってもらいたいからだ」

「わたしが感じるのは哀れみではないわ」マリアはそう答えたものの、自分が感じているものが何かはよくわからなかった。自分を守るということも、すでに忘れていた。

「悲しみを抱えたまま、イタリアで時を過ごしているうち、わたしは気づいた。祖国の兵士たちがフランスでこれ以上命を落とさないように、わたしにも何かできるのではないかと。ベドフォード公爵のために働くようになったのは、そのときからだ。仕事は……イングランドの影響力の強い貴族たちの考えを知ることだった。わたしがさぐり出した情報によって、しばしばフランスでの作戦が決定された。大きな戦闘にはほとんど影響を及ぼさなかったが、それでもわたしは願っていた。少なくとも、戦争を終わらせたいと願っているベドフォード公爵の助けになるはずだと。この戦いはあまりに長すぎる」

マリアはうなずいた。前にも話は聞いたが、今やっとすべての事情がのみ込めた。

「わたしの仕事は危険だ。だから、どんなことがあってもきみを巻き込みたくなかった」ニコラスは言った。「だが誰かが、なんとかして父上を裏切り者に仕立てようとしている」

「お父様はそんなことは――」

「わかっているよ」ニコラスはそっと彼女の唇に指をあてた。「父上に疑いなどかけてはいない」

そうかもしれない。「でもわたしを利用したわ、ニコラス」マリアは言った。「お父様に近づくための口実に、わたしを使ったわ」

「それについては否定しない。しかし――」

マリアは下着姿なのも忘れて、いきなり立ち上がった。「わたしに関するかぎり、あなたはいつも不正直で、公明さを欠いていたわ」

「そのとおりだ、マリア」静かで、観念したような声だった。「それは認める」

「出ていって、ニコラス」マリアは勇気を振り絞って命じた。「ここにいるのは間違っているわ」

「マリア、でも誰かが、わたしに公爵が裏切り者だと信じさせようとやっきになっているんだ」ニコラスは立ち上がりながら言った。「だからわたしは――」

「行って、ニコラス」声の震えは、どうすることもできなかった。もう、嘘はたくさん。「わたしは結婚の相手を決めました。父にお話を進めてもらい、すぐにも式を挙げるつもりよ」

しばらくニコラスは無言だった。だがマリアは、彼が拳《こぶし》を握りしめているのに気がついた。

「ルドニィ」平坦《へいたん》で、怒ったような声だった。

マリアはうなずいた。「ええ、とても……いい方よ」マリアは言った。「名誉を重んじる、とても誠実な方」

彼は何か言いかけて、考え直したようだった。

「さあ、行って」マリアはささやいた。

ニコラスは大きく息を吸い込み、ふたたび顔をぬぐった。それから彼女の顎に手をかけ、親指でそっと下唇をなぞった。そして、悲しそうにキスをした。

「さようなら、麗しの人」その声は、深く、静かだった。

彼はマリアに考える暇も与えず、身を翻して部屋を出ていった。マリアは彼がキスした唇に触れながら、立ち尽くしていた。彼のキスは心に深く染み入ったが、それによって心をなくすことはなかった。

代わりに、こらえていた涙があふれてきて、とめどもなく流れ落ちた。ルドニィ卿を思い描くことで、自分を落ち着けようとしたが、顔すら思い出せなかった。

彼女の心を占めていたのはニコラスの姿と言葉だった。彼は、マリアの非難を否定することもなく、彼女を利用したこと、不正直であったことを認めた。なぜ間諜《かんちょう》としての仕事を引き受けたかも、詳しく話してくれた。

仕事の性質を考えれば、彼のこれまでの行動が理解できないわけではなかった。それでも、だまされたことで、深く傷ついていた。どうしてあんな人を信じることができたのだろう。

それと同時に、心の中には別のささやき声があった。ニコラス・ホーケンを愛し、彼の子どもまで宿していて、どうしてルドニィ子爵と一緒になることなどできるだろうか。

マリアは寝台にうつぶして、彼女が失い、二度と手にできないもののために泣いた。

夜もかなり更けていたが、眠れないのはわかっていた。こんなに悲嘆にくれ、心乱れた状態で眠れるはずがない。マリアは薄い肩掛けを羽織ると、部屋を出た。階下に行こうと父の寝室の前を通ると、中からいびきが聞こえてきた。マリアはにっこりと笑った。あれではたしかに、ニコラスが来たことにも気づかなかっただろう。

裸足《はだし》のまま、足音を忍ばせて階段を下りた。父の書斎にはいつも強いぶどう酒が置いてある。一杯飲めば眠れるかもしれない。ニコラスの夢も見ないで。

召使いたちはとっくに部屋に引き上げ、屋敷は静まりかえっていた。しかし書斎まで行くと、扉がわずかに開いており、中から明かりがもれていた。ニコラスだ。マリアの胸が激しく痛んだ。また、お父様の書斎に忍び込んでいる！

だが、扉の隙間から見たのはニコラスではなかった。ヘンリック・トーニイ！　鍵《かぎ》のかかっているはずの机の中をしきりに手探りしている。

マリアはすばやくその場を離れた。階段を忍び足で駆け上がると、自分の部屋に飛び込んだ。濃紺の服を着込んで、胸元の紐《ひも》を締め、靴を履いた。

ニコラスの秘書のあとをつけるのだ。そしてカーカム卿にこの件を正面から突きつけて、すべてにけりをつける。

ニコラスはどうしようもないほどいらついていた。

日ごろは、自分を文化人だと自負していたが――今度ばかりは、野蛮な海賊さながらマリアを肩にかついでどこかにさらっていきたいと思った。いくら話をしても聞く耳を持たないからには、北海にでも連れ去り、そこで何日も彼女を愛して過ごしたいと。もちろんそんなことは夢のまた夢だ。代わりに今夜はとことん飲むことにした。仲間と一緒にばか騒ぎをするのだ。

馬車を止めると、途中いつもの仲間を拾って、飲みに繰り出した。正体不明になるまで飲むつもりだった。最初の二軒ではものたりなくて、一行は波止場まで足を延ばし、怪しげな酒場に入っていった。店の主《あるじ》は頭はつるつるで、歯も二、三本しかなかった。

店に入るなりニコラスは、今夜は殴り合いのひとつやふたつは喜んで受けて立つと心を決めていた。その点でも、うってつけの場所のように見えた。

「カーカムに乾杯！」ロフトンが回らぬ舌で叫んだ。

「このロンドンで最高に愉快な仲間！」

「いいぞ、いいぞ！」ほかの仲間が叫んだが、すでにかなり酔っていた。

大きな胸をした酒場の女が、ニコラスの前に二杯目のマグカップを乱暴に置いた。彼はまだ酔うことができず、ここで徹底的に飲むことにした。薄汚い酒場は、今の彼の気持ちにぴったりだった。

酒場には、魚とすえたりんご酒と汗臭さと、そのほかありとあらゆる悪臭が漂っていた。窓は壊れ、汚れで黒ずんだテーブルや椅子は落書きだらけだった。

笛吹きがひとり――見たところアイルランド人らしかったが――奥の一角で、悲しそうな曲を奏でていた。船乗りたちの一群が、壁にさいころを投げて遊ぶそばで、恐ろしく醜い娼婦《しょうふ》たちがしきりに客を誘っていた。

ほかの客たちは、自分の食べ物や飲み物にかがみ込んでいて、にわか作りのカウンターには、船乗りが二、三人立っていた。ニコラスは、店の客たちがひそかに目配せをして、ニコラスたちを見ていることに気づいた。面倒なことがあればすぐにも襲いかかろうという魂胆らしい。

そして今夜のニコラスは、面倒なことは大歓迎だった。

彼はテーブルの上にかなりの数の硬貨を投げると、みんなに一杯おごると宣言した。客たちが硬貨を拾い、酒をもらおうといっせいに集まってきた。娼婦たちが商売の邪魔をされたと甲高い叫び声をあげたが、硬貨に気づいて、男たちの背中を踏みつけてわれ先に飛び込んできた。

すぐに殴り合いが始まった。

ニコラスは待ってましたとばかりに、喧嘩《けんか》に加わっていった。いくら酔っているとはいえ、ニコラスの仲間はまだまだ喧嘩くらいはできたし、その騒ぎを楽しんでもいた。ニコラスも、自分の欲求不満を思いきり相手に叩《たた》きつけた。客たちは鼻血を飛ばし、目の周りにあざを作った。

ニコラスがひとりと戦っているとき、横から別のふたりが飛びかかってきた。ニコラスはひょいっと身をかがめ、ふたりを背中から振り払って、最初の男の拳をかわした。男は腹を立て、獣の遠吠《とおぼ》えのような声をあげた。ニコラスはすばやく動いて壁を背にすると、一度に三人を相手にした。

「カーカム、手を貸すか?」ロフトンが向こうから声をかけた。

ニコラスの最初の男が床に倒れた。「ばかを言うな!」ニコラスは繰り出された拳固《げんこ》をよけながら大声で答えた。「こんなへなちょこども、朝飯前さ!」

ばかにされて怒り心頭に発した残りのふたりが、すごい勢いでニコラスに飛びかかったが、無駄だった。ニコラスが長靴を履いた片足で思いきり蹴飛《けと》ばすと、男はテーブルを越えて、殴り合いをしていた別の男たちの上に落ちた。

しかし、自分の腕前に見とれている暇はなかった。最後の男が殴りかかってきたからだ。ニコラスがすばやく身をかわすと、その拳は力あまってそばにいた男の連れにあたり、男は壁まで飛んでいって意識を失った。

それからやっとニコラスは、自分の手を使って相手に殴りかかった。思いきり拳固を繰り出すたびに、あるいは繰り出されるたびに、ニコラスは胸がすっとした。敵を加勢しようと別の男があらわれたときなど、見るからに嬉《うれ》しそうで、不気味な笑みを浮かべながら、その男もまた叩きのめした。

喧嘩はゆうに十五分は続いただろう。喧嘩に加わった者すべてが、切り傷やらあざやらをつくったところで騒ぎは収まった。ふたりの娼婦はとっくに姿を消していた。船乗りも、さいころをポケットにしまって、仲間とともに出ていった。アイルランドの笛吹きも、唇が腫《は》れてもう笛を吹くこともできず、隅に座って血だらけの手をじっとながめていた。

ニコラスとその仲間は倒れたテーブルを起こすと、壊れていない椅子を捜して腰を下ろし、この気晴しに上機嫌だった。ニコラスは彼の鞭《むち》を丸めて、目の前のテーブルの上に置いた。

「おい、カーカム。目の下に見事なあざができたぞ」ロフトンが言った。

ニコラスは顔をしかめて、袖《そで》で目の下をぬぐった。血はほとんど出ていなかったが、時間がたてばかなり腫れてくるだろう。これでやっと、マリアの寝室を忘れることができそうだ。

「こんなに店をめちゃくちゃにされては、ちっとやそっとの弁償では足りないですぜ」店の主人がやってきて、大きな拳固でニコラスたちが座っていたテーブルを叩いた。

ニコラスは最初から損害を弁償するつもりだったが、店の主人の横柄さが気にさわって、彼とやり合うのも悪くないとさえ思った。

「ほら、わたしの分だ」ロフトンが数枚の硬貨をテーブルに投げた。ほかの仲間もそれぞれに硬貨を投げ、最後にニコラスも、これ以上喧嘩をしても仕方がないとあきらめ、自分の分を足した。

喧嘩はいっときの気晴らしにはなるが、解決にはならないことを、ニコラスもわかっていた。

ルドニィ。マリアはルドニィと結婚する。

ニコラスはマグカップの酒をあおった。なぜわたしは、彼女を好きだと告白もせずに、マリアの部屋を出てきてしまったのだろう。彼女を愛していると言わずに。

なんというばか者だろう。自分の気持ちを言うことくらい、簡単ではなかったのか。マリアに、ベドフォードの仕事はもう終わったと言うべきだった。フランスにニコラスの正体がばれてしまったからには、もう間諜の仕事は続けられない。わたしはもう何をしてもいい身で、身を持ちくずした仲間や、くだらない貴族たちと付き合う必要もないのだ。

言い換えれば、わたしは結婚する自由も手にいれたのだ。

彼は指で髪をかきむしり、あやまって腫れた部分に触れてしまい顔をしかめた。いったいぜんたい、わたしはここで何をしている。なぜブライドウエル・レーンに戻って、マリアにひざまずき、結婚してくれとたのまないのだ。

ああ、こんなばかな男がいるだろうか。マリアはわたしを愛している。部屋に入っていったときだって、泣いていたではないか。マリアに会って、もう嘘と謎《なぞ》の生活は終わったと言おう。

これからすぐに彼女のもとに戻って、求婚者として認めてもらうのだ。マリアがルドニィと結婚するなんて許せない——いや、あの男とは二度と口をきくなと言ってやる！

心を決め、仲間に別れを告げて店を出ようとしたとき、どこかで見たような男がふらりと入ってきた。ニコラスはしばらく立ち止まって、その男とどこで会ったのか思い出そうとした。そうだ、ここ数週間、ウエストミンスターの近くをうろついていた男だ。

この男が例の手紙にかかわっている可能性は大いにある！

男は酒を飲もうと杯を上げ、ニコラスが見ていることに気づいた。そのとたん、男は脱兎《だつと》のごとく逃げ出した。

ニコラスは迷うことなく鞭を取り上げ、男のあとを追って走り出した。

## 25

マリアを駆り立てていたのは怒りだった。ニコラスは彼女の寝室までやってきて、わざわざベドフォード公爵の特命についての話をした。しかし、そのあいだにも、秘書を父の書斎にもぐらせていたのだ。それを思うと、腸《はらわた》が煮えくりかえってくる。

生まれて初めてマリアは、自分が貴族の娘として育てられなかったことに感謝した。子どものころからあちこち走りまわっては、召使いの子どもたちと取っ組み合いの喧嘩《けんか》をし、大きくなってからはジェフリーやその友達から何度も逃げ出したものだった。

通りは暗かった。マリアは忍び足で、石畳の坂道を下りていくトーニイのあとをつけた。トーニイはストランド街を東に進み、ロンドンの中心街に向かっていた。

行き先はニコラスの家に違いない。父の書斎から盗み出したものを手に、ほかのどこへ行くというのか。ウエストミンスターでないことはわかっている。方角がまるきり反対だ。だとすればニコラスの家に間違いない。

ここまで来れば、つかまる心配はないと思っているのだろう、トーニイはすっかり緊張を解いていた。マリアは彼のあとを追ってストランド街を東に向かい、テンプル教会やセントポール大寺院を通り過ぎた。トーニイに見つからないよう、適当な距離を取って、建物の影にまぎれてあとをつけた。相手はまったく気づいていない。

テムズ川の悪臭が強くなって、マリアは首をかしげた。本当にニコラスの家に向かっているのだろうか。いくらなんでも、ニコラスがこんな荒れた地域に住んでいるとは思えない。その界隈《かいわい》は、粗末な家ばかりで、前庭に鶏がいたり、豚が丸くなって眠ったりしていた。敷石はゆがみ、気をつけないと気味の悪いものを踏んでしまいそうだった。

トーニイは狭い小道を曲がると、まっすぐ川岸に向かった。マリアはそのあたりのにおいのひどさに、息がつまりそうだった。建物が、まるで道路から生えたかのように立ち並んでいた。マリアは、建物の外壁にぴたりと背中を押しつけて、足を止めた。

ここはアリシアが言っていた、近づいてはいけないという波止場ではないのか。

遠くから人の声が聞こえ、港に停泊している船が揺れて、きいきい音をたてていた。マリアは手で口を覆い、込み上げてくる吐き気を抑えた。ここが我慢のしどころだ。このままトーニイを見逃すことはできない。真実は目の前なのだ。父を陥れようとしている人物の正体をこの目で見届けることができる。

トーニイはそのまま川岸に下り、マリアも続いた。夜もかなり更けていたが、また人影がちらほら見え、マリアは物陰に隠れながら歩きつづけた。闇《やみ》に溶け込む色の服を着てきたのが役立った。でなければ、たちまち見つかったことだろう。おかげで、マリアにからんでくる者もいなかった。

一軒の店からふたりの男が大声で話しながら出てきた。トーニイが足を止め、店の扉を押し開けて中へ入っていった。マリアは近くの樽《たる》の後ろに身を潜めて、彼が出てくるのを待った。

本当は彼を追って店の中に入るべきなのだろう。だが、そんなことをすれば、見つかるのは火を見るよりあきらかだ。一歩足を踏み入れたとたん、つけてきたことがばれてしまう。

しかし入らなければ、中で何が起きているのかわからない。建物の横に、マリアのいる通りに面した汚い窓がふたつあった。たぶんこびりついた汚れをこすれば、少しは中をのぞくことができるかもしれない。トーニイが何をしているのか……彼を待っていたのが誰なのか。

マリアは樽の陰から出ると、身をかがめて酒場の窓に近づいた。袖《そで》で汚れをこすってみたが、あまり効果はなかった。エールの杯を前に酔いつぶれている人の姿がぼんやり見えるだけだ。

トーニイの姿は認められなかったが、彼はすぐに店から出てきた。マリアは身じろぎもせずに彼が店から離れるのを待ち、ふたたびあとをつけた。

彼は川岸に沿って歩きつづけた。このまま行けばロンドン塔だ。ドウ門を過ぎ、もうすぐエブ門というところで、トーニイがまた一軒の酒場の前で足を止めた。

マリアは彼が中に入るまで身を潜めていた。しかし今度は、中をのぞくことができた。

酒場の中はめちゃくちゃで、いくらなんでもひどすぎた。テーブルがひっくり返って、壊れた椅子が床に転がっている。客たちは立ったままか、テーブルに腰かけて飲んでいた。

トーニイは中に入るとすばやく周りを見まわしていたが、またすぐに出てきた。

マリアもあとを追ったが、もう、トーニイが捜しているのがニコラスだとは思っていなかった。ニコラスにはいろいろ欠点もあるが、少なくとも直接彼女に嘘《うそ》はつかなかったようだ。部屋に来たのも、秘書の行動から注意をそらすためではなかったようだ。ニコラスは、彼がマリアに正直でなかったことを認めた。それでも、彼は彼女の部屋に来て……。

ニコラスはなぜ来たのだろう？　マリアを誘惑しに来たわけでないのははっきりしている。そんなそぶりはまるでなかった。

マリアは、手でおなかを押さえた。ここにニコラスの子がいる。ふいに、ニコラスに子どものことを知らせないのは、とても卑怯《ひきょう》なような気がした。今夜わたしの部屋にやってきたとき、彼はできるだけ正直であろうとしていたし、今ならそれを信じられる。それだけでなく、彼は父を疑ってはいない、むしろ裏に別の人間がいると思っているとまで言った。ああ、その人間の正体さえわかれば……。

トーニイ！

マリアは大きく目を見開いた。犯人はあの秘書だ！　ニコラスに父が裏切り者だと信じさせたのは、トーニイなのだ！　ニコラスの仕事に気づいたフランス側が、うまくトーニイを秘書として送り込んだ。そしてトーニイは、その立場を利用してニコラスの注意を真犯人からそらそうとした。

あまりのことに頭がくらくらしたが、マリアはもう一度、トーニイが店の中をすばやく見まわして出ていくのを見逃さなかった。客たちは、彼が入ってきたことにも、出ていったことにも気づいていない。

彼を先に行かせてから、マリアはまたぴたりと彼に張りついた。ニコラスのためにも、できるだけ多くのことを知りたかった。

ニコラスは、男の顔にたしかに見覚えがあった。ここ二週間ばかりウエストミンスターの近くをうろうろしていたのは知っているが、とくに怪しいとは思っていなかった。

しかし、今になってみれば、誰でも、なんでも、疑わしく思えた。誰かがニコラスを、スターリン公爵に疑いをかけるよう仕向けた。真の裏切り者からニコラスの目をそらすために、煙幕を張ったのだ。

マリアをルドニィに渡すつもりはないが、それでも彼女と一緒になるには、真犯人をつかまえなくてはならない。そうでなければ、わたしが悪意からマリアの父に疑惑を抱いたわけではないことが証明できない。ニコラスは彼女に、自分が名誉を重んじる男だということを、身をもって示さなければならない。

少なくとも、これからはそうであることを。

酒場から逃げ出した男がこの件にかかわっているのは間違いない。そうでもなければ、ニコラスの顔を見るやいなや逃げ出すはずがない。

ニコラスは酒場を出て、腫《は》れた目で左右を見渡したが、男の姿はなかった。闇にまぎれて逃げたようだ。

だが、問題はない。もし、どこかに隠れたかったら行く先はひとつ。埠頭《ふとう》だ。あそこにはロープや網、樽や荷物の箱などがたくさん置いてあって、隠れるには格好の場所だ。

ニコラスは鋭い目を周囲に向けて、かすかな動きも見逃すまいと、埠頭に向かって歩き出した。

埠頭では何艘《そう》もの船がゆったりと揺れて、船乗りたちは眠っているか、外出しているかのどちらかのようだった。近くの窪《くぼ》みに動きがあったが、男と女が言わずもがなの行為の真っ最中だった。ニコラスは耳をすまして、あたりを注意深く見まわした。オレンジ色の縞《しま》猫が横切っていったが、あとは静かなもので、聞こえるのは栈橋に寄せる水音だけだった。

そのときだった。突然大きな音がして、ニコラスがはっと目をこらすと、荷箱の陰からさっきの男が飛び出して、木床の埠頭を東に向かって走り出した。

ニコラスはそのあとを追った。体じゅうの傷や筋肉が、その動きに悲鳴をあげていた。

波止場の中心部は幅の広い板が敷きつめてあって、停泊した船と船のあいだに栈橋が長い指を伸ばしていた。いくつかの栈橋の行き止まりには水に浮いた建物があった。

それらの建物が何に使われるかはわからないが、おそらく船から降ろした荷があちこちに輸送されるまで、保管しておくためのものだろう。あるいは港湾管理の事務所なのかもしれない。

マリアはトーニイが一艘の船に近づくのを見ていた。彼からはかなり離れていたが、それでも行く先はしっかりと見届けた。船名を知ろうとしたが、暗すぎて読めなかった。船からもれる光が、ぼんやりあたりを照らしているだけだ。

マリアに恐怖はなかった。たぶんもっと恐れるべきなのかもしれないが、トーニイが尾行にまったく気づいていないのはあきらかだった。たとえ振り返って尾行者に気づき、追いかけてきたとしても、マリアには逃げきれるだけの自信があった。マリアはそれほど愚かではない。そんなことも見越して、いつも逃げ込める場所を頭に入れながらつけてきたのだ。たとえ気づかれても、隠れる場所はある。

もちろんそんなことは、できれば避けたかった。トーニイの行く先を突きとめたら、いそいで戻ってニコラスを捜し、トーニイがフランスの間諜《かんちょう》だったことを告げる。そのあとどうするかは、ニコラスがよく知っているはずだ。

トーニイの仕業とわかった今、マリアは後悔していた。ニコラスは、父が裏切り者だと信じさせられただけなのだ。その点、トーニイは実に都合のいい立場にあった。秘書として、ニコラスが父に興味を持つよう工作し、本当の裏切り者から注意をそらさせることなど、容易だっただろう。

悔しいが、マリアはトーニイの悪賢さに舌を巻かずにはいられなかった。

できたら、今すぐニコラスに会って謝りたかった。彼が立たされていた立場の苦しさがわかった、もう父を疑ったことを責めるつもりはないと。

たとえニコラスが謝罪を受け入れなくても、それは仕方がない。マリアは彼を信じなかったし、ベドフォードのもとでこの仕事をするようになったいきさつを聞かされても、その言葉を信じなかった。もっと早く、彼の動機が卑劣なものではなく、彼は与えられた仕事を忠実に実行していただけだと気づくべきだったのだ。

だが、マリアは愚かにも彼を信じなかった。それどころか、彼があえて貴族のあいだに流していた悪い噂《うわさ》を頭から信じてしまった。

トーニイがふいに立ちどまり、桟橋の先端に浮かぶ建物の壁にぴたりと張りついた。マリアは近くのごみの山の陰に隠れて見守った。誰かが埠頭を駆けてくる足音が聞こえる。それもひとりではない。

マリアは足音が聞こえてくる右手を見やった。突然、走って来る男の姿があらわれ、桟橋の船に駆け寄った。トーニイが暗がりでかがみ込んだ。何をしているのかはわからなかったが、何かいやなことが起こりそうだった。

前の男を追ってきた男の姿が見えてきた。長身で、黒髪で、がっしりした体つきをしていた。上着を着ていなかったので、薄暗い中でも真っ白なシャツが、その姿をくっきり浮き上がらせていた。それでもマリアには、男が誰かはわからなかった。

白シャツ姿の男は逃げていた男を追って、トーニイがついさっき向かっていた船に近づき、男を追いつめた。追跡者がこちらに顔を向けたとき、マリアは見た。

ニコラス！

とたんに桟橋に、大きな動きがあった。トーニイがニコラスの後ろに忍び寄り、腕を振り上げたのだ。マリアが止めようと動いたときにはすでに遅く、トーニイは力いっぱい、ニコラスの頭を後ろから殴った。ニコラスが桟橋に倒れ込んだ。

マリアは歯を食いしばって、悲鳴を押し殺した。今、彼女の存在が知れれば、ニコラスを助けることはできない。しかしもし、トーニイも、もうひとりの男も船に乗ってしまえば、助けることも可能だ。マリアはそれを祈った。

だが、そうはならなかった。

大声がして、数人の男が船のタラップを下りてきた。ニコラスはまだ桟橋の上に横たわったままで、トーニイが船から降りてきた男たちと低い声で何やら話していた。やっと相談がまとまったのか、ふたりの男がぐったりしたニコラスの腕を取って、桟橋の端の建物まで引きずっていった。

このときになって初めて、マリアは大きな恐怖に襲われた。いったい、あの人たちはニコラスをどうするつもりだろう。

マリアは自分を奮い立たせ、勇気を出して物陰から移動した。男たちをどう止めればいいかはわからなかったが、何かできるはずだ。

建物に近づくのは容易ではなかった。船の上で男が数人、建物に入った仲間が出てくるのを待っていた。マリアが建物に向かって走れば、すぐに見つかってしまう。

あたりを見まわすと、ニコラスが運びこまれた建物に近づく別のルートが見つかった。マリアは、男たちがニコラスにひどいことをしないよう祈りながら、動きはじめた。

水面から薄靄《もや》が立ちのぼって、暗闇とともにマリアの姿を隠してくれた。きらめく金髪を覆う黒っぽいショールを持ってくるべきだった。マリアは立ち並ぶ樽に近づき、しばらく息をひそめていた。

次は、桟橋に捨て置かれたニコラスの鞭《むち》を拾って、倉庫と彼女のあいだにある大きな荷箱の陰に隠れるのだ。ありがたいことに桟橋には明かりがない。マリアはそっと樽の後ろから出るとニコラスの鞭を拾い上げ、荷箱の後ろに隠れてしばらく時間をかせいだ。建物までは、あと数メートルだ。

突然、ニコラスを建物に連れ込んだ男があわてて出てくると、船の上の男たちに何か叫んだ。みんながいっせいにしゃべり出し、何を言っているかはわからなかった。

どこからともなく、焦げ臭いにおいが漂ってきた。

男たちが建物に火をつけたのだ！

# 26

息が苦しい。

ニコラスの喉は焼けるように熱かった。

立ち上がらなければと思っても、体が言うことをきかない。力が抜け、考えることもできず、片方の目が開かなかった。ニコラスには、何が起こり、自分がどこにいるのかもわからなかった。

煙が立ち込め、このままでは生きたまま焼け死ぬのはわかっていた。体を起こそうとすると、頭に激痛が走り、ひどいめまいに襲われて、思わず目をつぶった。動かなければ！

ニコラス！

どうやら幻聴が聞こえたようだ。死ぬ前にひと目

マリアに会いたいとは思ったが、彼女がここにいるはずはない。必死に膝を立てようとしたが、うめきながら床に倒れ込み、激しく咳《せ》き込んだ。

ニコラス！

ニコラスはふたたび体を起こした。近くで火のはじける音がして、すぐにも逃げ出さなくてはならないのはわかっていた。炎に包まれる前に逃げ道を探さなくては。

やっとのことで、ふらふら起き上がると、あたりを見まわした。すでに、すっかり火に囲まれていた。さっきまでのちょろちょろした炎が、すさまじい炎に変わっている。煙と炎の向こうには窓も出口もなく、どちらに逃げればいいのかもわからなかった。ひとつ間違えれば、命はなかった。

ニコラス！

ふたたびマリアの声が聞こえた。しかし今度は、その声が幻聴でないのがわかった。あれは、間違い

なくマリアの声だ。彼女がこの建物の中にいる。でなければ、声が聞こえるはずがない。

なんてことだ！　マリアはいったいどこにいるのだ？

炎がごうごうと音をたてはじめた。薄い壁をぶちこわす道具を探してみたが、見つからなかった。

目の前にぼんやりと、黒く大きなものがあった。よく見ると、巻き上げ機だった。滑車と太いロープが下にも上にもあって、床にあけられた大きな穴を通って天井から下までぶらさがっていた。もし、この穴から下りられれば、下の火はまだたいしたことはなさそうだし、出口も見つかるだろう。

だが、その前にマリアを捜さなくては。

「ニコラス！」神の助けか、声は下から聞こえてきた。彼は巻き上げ機まで近づき、下をのぞき込んだ。マリアが煙に囲まれて立っていた。下までの距離はかなりあって、もし飛び下りればひどい怪我《けが》を負うだろう。しかし、ほかに方法はない。

「あなたの鞭《むち》を持っているわ！」マリアが叫んだ。「これを使って下りて！」

その言葉が終わらないうちに、ニコラスが腹這《はらば》いになっている下の空間に鞭の先があらわれた。彼は手をいっぱいに伸ばしたが、鞭はそのまま落ちていった。「もう一度！」彼は叫んだ。炎がすぐ後ろまで迫っていた。煙と腫《は》れで、目がよく見えない。ふたたび鞭の音がして、ニコラスが最後に鞭の先をつかむまで、数回同じことが繰り返された。

炎が彼に襲いかかり、煙に巻かれて息もできなかった。

ニコラスは目を閉じたままで鞭を巻き上げ機の土台に縛りつけると、もう一方の先端を持って穴に体をねじ入れ、革鞭にぶらさがって下りはじめた。しかし残り二メートルというところで鞭がほどけ、そのまま下の床に落ちていった。

マリアが悲鳴をあげて駆け寄った。「ニコラス！」彼女が叫んだ。「もうあなたを見つけられないと思ったわ！」

一刻の猶予もなかった。ニコラスはすぐに立ち上がると鞭を拾い、マリアの手を取った。「出口は？」

「あそこよ！」マリアが燃え上がる壁を指さした。「でも、もう出られないわ！」

彼女の言うとおりだった。すっかり炎に囲まれ、少しでも動けばひどいやけどを負ってしまう。「この下はなんだい？」

ここでも滑車のロープが穴を通って下まで伸びていた。

「川よ」マリアはそう答えて、スカートの裾《すそ》を口に押しあて、煙を吸い込まないよう必死に試みた。

「下にデッキはあるのかな？」

「わからないわ」マリアは答えた。「ニコラス、あなた、出血しているわ！」

「今はそれどころではない」彼は顔の横にぽたぽた流れてくる血を無視して言った。「おいで。さあ、ここを出よう」

ニコラスはふたたび鞭を結びつけた。「手首にこれを縛りつけるんだ。わたしがきみを下ろす。下には荷の積みおろしに使うデッキがあるはずだ」

マリアは言われたとおりにした。「ニコラス」穴を下りる前に彼女が言った。「今度のことの背後にいたのはトーニイよ」

「トーニイ？」

「ええ」マリアは答えた。「あなたを襲ったのも、ここに引きずり込んだのも――」

「なんてこった！　わかった、話はあとで聞く」ニコラスは言った。「さあ、早く！」

燃えた柱がニコラスの頭のすぐ横に倒れてきた。ニコラスは身をすくめ、マリアを下に下ろしはじめた。ふいに水音がして、鞭の先にもうマリアの姿はなかった。不安に喉をつまらせながら、ニコラスは鞭を引き上げて近くの柱に縛りつけた。いつまで持つかはわからないが、とにかく下に下りた。

マリアは水の近くのデッキの上に倒れていた。仰向けになり、目を閉じて、手足がくの字に曲がっていた。

ニコラスがそばに這い寄って額に手をあてた。

「マリア!」彼はマリアを抱きおこそうとした。

マリアはぴくりともしなかった。ため息ひとつもらさない。もっとも、たとえもらしたとしても炎の音にかき消されて聞こえなかっただろう。

ニコラスはすばやく周囲を見まわした。炎はすでに外側の壁にも、支柱にも届いていた。すぐに逃げないと、煙に巻かれてしまう。

咳き込みながらも、ニコラスはマリアを肩にかついで立ち上がった。頭の痛みで一瞬ふらついたが、なんとかデッキの端までマリアを運んだ。

人の声がしていた。大火事にあわてふためいている男たちの声だった。鈍い斧《おの》の音が聞こえて、ニコラスははっと気づいた。男たちは被害がこれ以上広がらないようにと、建物を桟橋から切り離し、テムズ川に流そうとしているのだ。

今すぐ行動しなければ、建物がすぐにもふたりの頭上に落ちてくる。

川を見やると、小さな影が浮かんでいた。ニコラスはそれが小舟であることを祈った。意識のないマリアをかついで、川を泳ぎ渡るのは不可能だった。

デッキの端まで数歩進んだ。助かった。小舟が二艘《そう》つながれている。ただ、手の届くところにあるのは一艘だけだった。

これでも間に合う。

ニコラスは用心深くバランスを取りながら、舟に乗り込んだ。舟は危険なほど揺れたが、マリアをそっと下ろしてから腰を下ろすと、揺れは収まった。

ニコラスはオールを取り上げ、波止場から離れた。炎を吹き上げて燃える建物の光景は、すさまじいものだった。もし建物を桟橋から切り離さなかったら、波止場すべてが燃えていただろう……そしてロンドンは炎の海と化す。フランスを助けるためにロンドンを燃やそうとしたトーニイの意図を思うと、吐き気がしてきた。建物が燃えるだけではない。多くの人々が――男も女も、子どもも――焼け死んだことだろう。

小舟を流れに乗せると、ニコラスは死に物狂いで漕《こ》いだ。一刻も早くマリアを医者に診せなければならない。もしトーニイ、あるいは船に乗っていた男の誰かが、ニコラスが逃げ出したことを知れば、ただちに追いかけてくるだろう。マリアが怪我を負い、意識をなくしている今、なんとしても逃げきらなくてはならない。マリアを守らなくてはならない。

ニコラスは漕ぎつづけ、やがて舟は波止場からかなり離れたテンプル教会の近くまで来た。ブライドウエル・レーンがある地域までは、あと少しだ。そこまで行けば、浅瀬に舟をつけることができる。

それからなんとかマリアを気づかせ、屋敷に連れ帰る。

「カーカム卿《きょう》！」レディ・アリシアが肩掛けで体を包みながら、叫んだ。もうすぐ夜が明けるという時刻だった。ブライドウエル・レーンの玄関に立ったニコラスの腕の中で、意識を失ったマリアがぐったりとしていた。

ニコラスは自分がどんなひどい姿かよくわかっていた。汚れきって、あざだらけで、服も破れている。マリアも似たような姿で、レディ・アリシアが悲鳴をあげるのも当たり前だった。

アリシアが扉を大きく開け、ニコラスはマリアを抱いたまま、明かりを掲げる従僕の前を通って中に入った。かすかな明かりをたよりに階段を上がり、マリアの寝室に入ると、寝台に彼女を横たえた。

「いったい、何事だ？」公爵が部屋に入ってきてたずねた。不安が声ににじんでいた。見事な白髪が乱れ、裸足《はだし》で、あわててシャツを着たのがすぐにわかった。

「公爵……」煙にやられて、ニコラスの声はかすれていた。咳き込んで、話すこともできなかった。

「カーカム！」公爵は娘と彼をかわるがわるに見やって、顔を曇らせた。「何があったのだ？」

「話すと長くなります、公爵」ニコラスがやっと声を出した。「レディ・アリシア、医者は呼びましたよね？」

「ええ」アリシアがおびえたように答えた。「すでに呼びにやりました」

汚れて破れた服も気にかけず、ニコラスはマリアの寝台に腰を下ろし、煤《すす》で黒くなった指で、彼女の顔にかかる髪をそっとかき上げた。マリアは真っ青で、とても弱々しく見えた。服は煤にまみれ、顔も手も、ニコラスに負けず劣らず汚れていた。

マリアが元気になるためならこの右手を失ってもいい――罪の意識と、ぱちぱち燃える暖炉の火が、ニコラスに地獄に落ちろとささやいていた。

アリシアがきれいな布と洗面器に入れた水を持って、寝台の横に座った。

「カーカム？」マリアの父親が断固とした口調で言った。

ニコラスは明かりを持って立っている公爵を見上げた。揺れる明かりが、顔に濃い影を投げかけていた。ニコラスは、公爵の顔に刻まれた深い皺《しわ》に気づいた。まるで、ニコラスがかつぎ込んだ娘の姿を見て、急に年を取ったかのようだった。できたら、こんなふうに驚かせたくはなかったのだが……。

ニコラスの喉がつまり、息が苦しくなったが、それが吸い込んだ煙のせいばかりでないことは、よくわかっていた。強い感情がニコラスを麻痺《まひ》させた——恐怖、動揺、愛、そして、かけがえのない女性への深い思い。

「公爵……」マリアの手を取りながら、ニコラスがようやく声を出した。とてもやわらかく、繊細な手だった。彼はカーカムで初めてマリアに会ったときのことを思い出した。あのときのマリアの手は赤く、荒れて、不思議に思ったものだったが……。

ニコラスはこのままとどまって公爵にすべてを説明するべきか、すぐに波止場に戻ってトーニイを捕らえるべきか迷った。

いや、マリアをこのまま残していくことはできない。たとえ何があろうと。

「伝言を送りたいのですが？」ニコラスは公爵にたずねた。「緊急を要することです」

スターリン公爵はすぐには返事をしなかったが、やがてかすかにうなずいた。

「これからできるだけの説明をいたします」ニコラスは言った。「それ以上のことは、マリアが目を覚ましたら……きいてください」

公爵は椅子を持ってくると娘の寝台の横に座って、ニコラスの話に耳を傾けた。ニコラスは、ベドフォード公爵の仕事のこと、スターリン公爵にかかった疑いのことなどを話した。途中、羊皮紙とペンが持ってこられて、ニコラスはガイルスに手紙を書き、従僕に届けるようたのんだ。

「公爵、カーカム卿……」アリシアが声をかけた。「おふたりとも、少しのあいだ、部屋を出ていただけますか？　医者が来る前に、マリアの汚れた服を脱がせて、体を拭《ふ》いてあげたいのです」

ニコラスはアリシアの言葉をほとんど聞いていなかった。マリアがとても小さく、華奢《きゃしゃ》に見えた。アリシアが大方の汚れはぬぐったが、額はまだ黒ずんで、顎の下にも汚れが残っていた。

しかし彼は、そんなマリアを今ほど愛していると思ったことはなかった。彼女は燃える建物の中から彼を助け出そうとした。しかも、機転をきかせて、鞭まで持ってきてくれた。水に下ろすとき、できることなら鞭につかまるのではなく、腰に巻きつけてやるべきだったのだ。

だが、あのときはそれだけの時間がなかった。ふたりが焼け死ぬ前に、彼女を逃がす必要があった。

「公爵？」アリシアがうながした。

「わかった、アリシア」父親はそう答えたものの、娘のそばを離れるのはつらそうだった。公爵はニコラスの肩に手を置いた。「カーカム、一緒に来なさい」

ふたりは公爵の書斎に入った。ニコラスはふたたびこれまでのいきさつと、マリアがこんなことになった経緯を詳しく話した。マリアがニコラスの動きに気づいて、彼が間違っていることを証明しようとしたことも語った。

「それで、きみはそれを許したのかね？」公爵がニコラスの胸倉をつかんだ。

「とんでもありません」ニコラスはあわてて答えたが、公爵の手を払うようなことはなかった。公爵の気持ちは痛いほどわかる。それに、たとえそのつもりはなかったとしても、マリアを巻き込んだことに、罪の意識も感じていた。公爵が、娘の怪我はニコラスのせいだと思っても、仕方のないことだった。

「マリアには、そんなことをすれば危険だと、はっきり言いました。でも、彼女はあなたの無実を晴らそうと思うあまり、聞き入れようとはしなかったのです」

スターリン公爵はため息をつき、ニコラスから手を離した。「あの子は、母親にそっくりだ」彼は言った。「わたしのサラもそれは頑固だった。考える前に行動するようなことが、よくあったものだ」

「ええ、マリアにも火のようなところがあります」

「それにあの子は、アルダートンでひどい暮らしを強いられた」公爵は続けた。「召使いより悪い扱いを受けてきたのだ。乳母が死んでからというもの、何もかも自分で戦いとらなくては生きてこられなかった」

ニコラスも、そうではないかと疑っていた。ロンドンに来てから、マリアについてそんな噂《うわさ》を耳にしたことがあった。しかしそれが事実だと知って、ニコラスの心に激しい怒りが生まれた。

公爵は、机のそばの椅子に腰を下ろした。「知っていたかい。わたしはなんと、マリアの伯母のオリヴィアから手紙を受けとった。マリアの所領はオリヴィアの息子のものだという内容だった。あの女は頭がどうかしている」

「誰であれ、何ひとつマリアから取り上げることはできませんよ。二度と」ニコラスが吐き出すように言った。あまりに腹が立って、じっとしていることもできず、部屋の中を行ったり来たりした。できることなら、階段を駆け上がってマリアを揺りおこしてやりたかった。

これ以上、意識がないままにしてはおけない！

スターリン公爵は椅子の背に寄りかかって、ニコラスの動きをながめていた。「それにしても、なぜマリアは怪我を？」

ニコラスはいらいらと肩をすくめた。「わたしにも、なぜマリアがあの倉庫にあらわれたのかわからないのです、公爵」ニコラスはやっと歩みを止めた。「それに、なぜわたしの秘書がこの謀略にかかわっていたかも。もし、彼女に何かあったら――」

ニコラスの言葉に、今度は公爵が部屋をうろつく番だった。「娘には、もう何も起こりはしない」声がかすれていた。「やっと、捜し出したというのに」

「はい、公爵」ニコラスも大きく息を吐き出した。

「そうあることを祈ります」そう、マリアにはもう何も起きはしない。わたしが彼女を守りきってみせる。

公爵が彼に悪い感情を持っていないのを知って、ニコラスはほっとした。もし自分が父親で、娘があんな姿で家に運び込まれたら、大声で怒鳴りつけるか、運んできた男の首を絞めるだろう。

顎髭《ひげ》に手を置きながら、公爵がニコラスの前で足を止めた。「きみのその目は……かなりひどいようだが、カーカム」

「いいえ、公爵」ニコラスはぼんやり答えた。「心配ありません」

「両手にもやけどしているようだが」

ニコラスは自分の手を見て初めて、火ぶくれができているのを知った。今までまったく気がつかなかった。ニコラスの心はマリアと彼女の勇気……そしていまだに意識が戻らないことで占められていた。

医者が到着して、ふたりは気の滅入《めい》る思いから逃げるかのように、玄関に駆けつけた。

「どなたかご病気ですか、公爵？」医者がたずねた。

「いや、病気ではないが、娘が怪我をしてね。きみの知識が必要だ、ジョン先生」スターリン公爵はそう言って、医者の腕を取り、階段を上がった。

「倒れて気を失われたのです」すぐ後ろから、ニコラスが言った。「倒れてかなりたつのですが、いまだに意識を取り戻さないのです」

「倒れたのはいつですか？」医者がたずねた。

「一時間以上前です」ニコラスが答えた。「そろそろ二時間になるかもしれません」

医者は口をすぼめて、首を振った。「とにかく診てみましょう」

マリアの部屋に着くとスターリン公爵が扉を開けて医者を通し、ニコラスがあとに続いた。

アリシアによって、マリアの顔や手足についた汚れはすべてきれいに落とされていた。敷布が襟元まで引き上げられて、マリアはやわらかい服に着替えさせられていた。

医者は寝台の横に座ると、近くの明かりを取り上げて、マリアの顔に近づけた。まぶたを片方ずつ引っくり返して、喉元の脈を取った。

ニコラスは震えた。つい最近、彼は舌でそこの脈を感じたのではなかったか。ニコラスは歯ぎしりしながら誓った。必ずもう一度同じことをする。マリアを失うことはできない。

医者が唐突に言った。「紳士諸君、申し訳ありませんが、病人とふたりだけにしていただけますかな……」

ニコラスは目をぱちぱちさせて医者を見たが、公爵のほうが少しだけ落ち着いていた。ニコラスの肩に手を置くと、部屋の外に連れ出した。医者がアリシアには残るようにと言っているのが聞こえた。

永遠とも思える時間がたった。医者が診察しているあいだ、ふたりは二階のマリアの部屋の外で辛抱強く待った。お互い何も言わなかったが、ひとりは苦しそうなため息をもらし、もうひとりは髪をかきむしった。

やっと、扉が開いた。

「そばを離れないように」医者がアリシアに言った。

「どんな様子かな?」公爵がたずねた。「回復の……見込みはあるのか?」

「公爵、あなたの書斎にまいりましょう」医者はそう言ってニコラスのほうを向いた。「お話はそこで」

# 27

「後頭部にひどいこぶができています」ジョン医師はそう言いながらワインを口に運んだ。「ほかにもたくさんのこぶと、擦り傷と、やけどが……ただ、それらはすぐによくなるでしょう」

ニコラスは医者の言葉に〝しかし〟という響きを聞きとったが、マリアに重大なことが起きていると は信じたくなかった。彼女は大丈夫だ。意識もじきに戻る。そうしたらすぐに結婚して、カーカムに連れていき、そして――。

「心配なのは、子どもです」

書斎が一瞬、恐ろしいまでに静まりかえった。

ニコラスは、肺の中の空気が一気に吸い上げられたような気がした。

「子ども？」ようやく公爵がたずねた。声がこわばっている。ニコラスはまだ声が出なかった。

ジョン医師がうなずいた。「出血が見られます……まあ、今のところはほんのわずかですが、こういったことはえてして取り返しのつかないことになる恐れがありますので」医者は杯を置いて立ち上がった。「くれぐれも気をつけてさしあげてください。もし、出血がひどくなるようでしたら、すぐにわたしを呼ぶか、腕のよい産婆をご存じでしたら……」

公爵もニコラスも、動けそうになかったので、医者はひとりで部屋を出ていった。先に我に返ったのは公爵だった。彼はニコラスのほうに向き直ってたずねた。「きみは知っていたのだろうな？」

ニコラスは首を振った。「いいえ」打ちのめされたような声だった。「彼女からは何も聞いていません。でも、わたしの子です。赤ん坊はわたしの子どももです」

最近のマリアの様子が目の前にちらついた。レディ・エレノアの集まりで、舟で真っ青になっていたマリア。ダンストンのロンドン・フェアーで、胃を押さえながらベーカリーの店先から走り出したマリア。それ以外でも、彼女はわけもなく青い顔をしていた。

しかし、わけはあったのだ。

マリアはニコラスの子を宿していたのだ！

「わたしはマリアを愛しています、公爵」ニコラスは言った。「心の底から」彼はきびすを返すと公爵の書斎を飛び出し、階段に向かった。二段ずつ階段を駆け上がって、マリアの部屋まで行くとノックもせずに入った。

飛び込んできたニコラスに驚いたとしても、アリシアは落ち着いていた。「カーカム卿《きょう》？」

「知っていたのですね？」

アリシアはかすかに首をかしげた。「そうではないかと思ってはいました」

「マリアはわたしの妻になります」ニコラスは断固とした口調で宣言すると、寝台の横に座ってマリアの手を取った。「起きられるようになったらすぐに、牧師を呼んで結婚します」

ニコラスの背後で咳払《せきばら》いが聞こえた。「わたしもひと言いいかな？」

ニコラスはマリアのそばを離れることなく、ゆっくり振り向いて、公爵の驚きに満ちた琥珀《こはく》色の目を見た。公爵の目は厳しかったが、ニコラスは、何を言われようとこれだけはゆずれないと心に決めていた。「公爵」彼は言った。「マリアはあなたのお嬢さんかもしれませんが、カーカムで初めて会ったときから、彼女はずっとわたしのものでした」

「わたしの娘がきみを夫として選ぶ時間はたっぷりあった、カーカム。だが、マリアはきみを選ばなかった」

「なぜかはおわかりだと思います。マリアはわたしに腹を立てていたのです」ニコラスは答えた。「それだけのことで——」

「娘は自分の意思で夫を選ぶ」公爵はそう言って、ニコラスとは反対側の寝台のそばに座った。「それがわたしのマリアへの約束であり、その約束は守られなくてはならない」

「ご心配はいりません。マリアは間違いなくわたしを選びます」ニコラスはその言葉が真実であってくれることを祈った。

　彼はマリアの病床からいっときも離れようとはしなかった。ガイルスに手紙をしたため、ことの顛末《てんまつ》を説明し、ヘンリック・トーニイを逮捕するよう命じた。そのときをのぞけば、トーニイのことなど考えもしなかった。ニコラスの心はマリアにだけ向けられていた。

　二度とマリアを放しはしない。彼女の寝室の中をうろついたり、座ったり、ときとして居眠りをしたりした。従僕に着替えを届けさせ、風呂に入るのにもあまり時間はかけなかった。

　彼は、マリアと結婚してからの暮らしについて、いろいろと考えた。カーカム城には多くの改装が必要だ。子ども部屋を用意して、新しい手伝いも雇わなくてはならない。マティ・テーラーの娘がいいだろう。彼女は近隣一の産婆だ。子どもが生まれるまで、マティとその娘を城に引きとろう。赤ん坊はこの冬には生まれるだろうから、一刻も早く——。

「だめ！」

　ニコラスはマリアがもらした追いつめられたような声に飛び上がったが、彼女はまだ目を覚ましてはいなかった。ニコラスはマリアの手を取って、耳のそばに口を近づけた。「しいっ、マリア」彼はやさしくささやいた。「もう、大丈夫だよ。さあ、目を開けて」

マリアが目を開けることはなかったが、しきりに何かつぶやいていた。うめき声をあげるのは、触られたり、動かされたりするときで、ニコラスはそれをよい兆候だと信じた。アリシアによれば、あれ以来出血もないということだった。どうやら子どもは無事で、母親のおなかの中でゆっくりと休んでいるようだった。

しかしそれも、マリアが意識を取り戻せばの話だ。

その日の午後遅く、従僕が部屋の扉を叩《たた》き、ニコラスに伝えた。「カーカム卿、お会いしたいという紳士が、下で待っておられますが」

マリアを置いていくのは気がすすまなかったが、ニコラスは彼女の額に軽くキスをして、立ち上がった。従僕はニコラスを公爵の書斎に案内した。公爵が机につき、その前にガイルスが立っていた。

「カーカム卿」ガイルスは軽く頭を下げた。

「ガイルス卿から報告があるそうだ」スターリン公爵が言った。

ニコラスはガイルスのほうを向くと、報告をうながした。早く仕事を終えて、マリアのもとに戻りたかった。

「あなたが言われていた船を拿捕《だほ》しました」ガイルスが報告した。「そして船に乗っていた者は、ひとり残らず逮捕しました」

「それはよかった。で、トーニイは?」

「敵はあなたが火事で死んだものと思っていましたから」ガイルスは答えた。「トーニイも自分の裏切りがばれていないと安心しきっているようで——」

「それで?」

「トーニイは乗船していませんでした」

「なんだと!」ニコラスが大声をあげた。「じゃあ、やつは今どこにいるのだ?」

「わかりません、カーカム卿」ガイルスが答えた。

「逮捕者は全員ロンドン塔に移され、わたしたちが言うところの尋問を受けています。しかし現時点において、トーニイは逃亡中です」

「ウエストミンスターでないことはたしかだ」スターリン公爵が言った。「彼が売国奴だということは、もうみんなに知れ渡っているからな」

「では、どこに？」

「あの火事で、何艘《そう》かの船が港から避難しました」ガイルスが言った。「それがすべて戻ったかどうかはまだわかりませんが、そのうちの一艘に乗っていたのではないでしょうか」

「調べてくれ」

「かしこまりました、カーカム卿」

「やつが自分の部屋に何か残してないかどうかも調べてくれ」ニコラスは続けた。「どうしても取りに戻らなければならないような、大切なものがないかどうか」

「はい」ガイルスはふたたび答えた。「ところでカーカム卿……あなたがベドフォード公爵の特命をおびていることを、トーニイに話されたことはありますか？」

ニコラスは首を振った。「いや、ない」

「だとすればやつは、その事実を知ったうえで、あなたの秘書になったわけですね。どうやら、あなたの仕事は前々からフランスに知られていたと思われますが？」

ニコラスもそれについては考えていた。ガイルスの言うとおりだろう。フランスはトーニイを送り込む前に、ニコラスの役割に気づいていたのだ。ということは、ベドフォード公爵の仕事はこれで終わったことになる。

ニコラスに後悔はなかった。この仕事には何年も携わってきた。戦争を終わらせることはできなかったが、やくざ者の貴公子を装うのももううんざりだった。

「そのとおり」ニコラスはきっぱりと言いきった。「この仕事に関するかぎり、わたしのベドフォード公爵への責務は終わった」

「では、失礼させていただきます。スターリン公爵、カーカム卿」ガイルスが言った。「まだ仕事がありますので」

公爵がガイルスを玄関まで送り、ニコラスはマリアの部屋に戻った。意識はまだ取り戻していなかったが、マリアの動きは活発になっていた。

「何か話したかい？」彼はアリシアにたずねた。

「いいえ。依然としてうなされているだけです」

彼は寝台の横に座ると、マリアの顔の位置までかがんで、唇に軽くキスをし、髪をそっとなでた。

「ニコラス……」マリアがつぶやいた。

マリアは、目の後ろに焼きごてをあてられたような、激しい痛みを感じた。声が聞こえたが、まるでこだまのように、遠くから響いていた。足を動かし、手も動かそうとしたが肩が痛み、足も言うことをきかなかった。

いったい、わたしはどうなってしまったのかしら。なぜ、体も動かせなければ、目を開けることもできないのかしら。

聞こえてくる声の中で、ひとつだけ彼女をほっとさせるものがあった。あれはニコラスの声だ。マリアは、彼が隣に横たわっていてくれたらいいのにと思った。今何よりも望むのは、彼の腕に抱かれ、温かくほっとする気持ちを味わうことだった。

だが、彼はただ彼女の手を取って、軽く唇に触れるだけだ。マリアはニコラスに、もっと近くに来てと言いたかったが声が出なかった。

それにニコラスは、それを望んでいないかもしれない。ゆうべ、彼が寝室にやってきたとき、マリアは、ルドニィと結婚するのだから出ていってくれと言ってしまった。

なんて、ばかなことを。

マリアにはもうわかっていた。ニコラスはトーニイの策略によって、スターリン公爵を疑うように仕向けられたのだ。彼女を利用したと責めるのは間違っていた。世間が彼についてどう噂《うわさ》しようと、マリアは彼を信じるべきだったのだ。

そう、わたしはニコラスを信じるべきだった。

マリアは目を開けようとしたが、光がまぶしくて目が痛かった。

「気がつきましたよ、公爵」誰かが叫んだ。アリシアの声だ。

「さあ、目を開けて、マリア」ニコラスが言った。

「わたしの声が聞こえるかい、マリア？」父の声だ。

マリアは混乱した。誰もがいっぺんに話しかけるので、耳元でささやくニコラスの声のほかは無視することにした。彼がそばにいてくれるのを知って、涙が出るほど嬉《うれ》しかった。あんなひどいことを言ったのに、彼はわたしをあきらめなかった。

ふいに、波止場での出来事が走馬灯のように頭に浮かんだ。ニコラスとわたしは、倉庫に閉じ込められたのだっけ。しかし、どうやら助かったらしい。いったいあのあと、何があったのかしら？

思い出せない。

光がまぶしかったが、マリアは薄く目を開け、目の前のニコラスの顔を見た。「まあ、ニコラス、なんてひどい目！」彼女はささやいた。彼の顔に触れたかったが、手が動かなかった。

寝台の反対側に動きを感じて、マリアはそちらに顔を向けた。父親が心配そうな顔をして座っていた。

「やっと気がついたね」父親はそう言ったが、声がかすれてそれ以上は言葉が出ないようだった。

「お水が欲しいでしょ？」アリシアがたずねた。

アリシアがしばらく何やかやと世話を焼き、父親がなだめるように手と額にキスをしたあと、気がつくとマリアはニコラスとふたりきりになっていた。

その理由を考えるのはあとまわしにして、マリアは隣に横たわったニコラスの暖かい腕の中にもぐり込んだ。

目が少しずつ光に慣れてきて、頭の痛みも少しやわらいだように思えた。ニコラスが彼女を引き寄せ、しっかりと抱きしめたときは、ずっと楽になったようにさえ感じた。

「きみはわたしの命を助けてくれた」ニコラスが静かに言った。

マリアは何も言わなかった。ふたりのあいだには、話していないことがあまりに多すぎて、どこから始めていいのかわからなかった。

ニコラスがマリアの顔を両手で包み込んで、額にキスをした。

「わたしが波止場にいるって、なぜわかったんだい？」ニコラスがきいた。

「知らなかったわ」彼の腕のぬくもりをほっと肌で感じながら、マリアは言った。「トーニイをつけていったの」

「トーニイを？　でも、なぜ？」

「トーニイがここにいたの——この家に」

「なんだって」ニコラスは息をのんだ。

「あなたが帰ったあと……」あの夜のニコラスとのことを思い出して、マリアは顔を赤くした。幸いニコラスの胸に顔をうずめていたので、彼は気づかないようだった。「眠れなくて。それで下に行ったら、トーニイが父の机をさぐっていたの」マリアは話した。「だから彼が家を出たとき、あとを追ったわ。あなたには止められていたけど……わたしはてっきりトーニイがあなたの手先だと思っていたから、彼をつけてあなたと決着をつけようと……」

ニコラスは何も言わなかったが、マリアには彼が息をこらしているのがわかった。彼を信じなかったことが、彼を傷つけているのだ。マリアは、その傷を癒《いや》すためならなんでもしたいと思った。

「あなたは、誰かが裏切り者は父だとあなたに信じさせようとしていると言ったわ。でも、わたしは信じなかった」マリアの喉に熱いものが込み上げてきた。ニコラスの悪い評判を鵜呑《うの》みにした自分が恥ずかしかった。「でも、トーニイをつけてわかったの。あなたがゆうべ言ったことはすべて本当だったんだって。本当に……ごめんなさい、ニコラス。あなたを信じなくて。もっと――」

「いいんだよ」彼は言った。「すべて終わったことだ。わたしはあえて悪い評判を作り出した。誰もがその悪評を信じてくれるよう努力した。もっとも、うまくいきすぎた感はあるのだが」

「わたしは本当にばかだったわ」

「いや、用心深かっただけだ」マリアはため息をついた。

「ああ、ニコラス……」マリアはため息をついた。ニコラスの額に髪がかかり、彼女はその髪をそっとかき上げた。「そこがあなたのすてきなところね――とてもよく、わかってくれるのね」

「きみが思うほど、ものわかりはよくないよ」

「違うの?」

「トーニイを追いかけるなんて、危険なことをすることにはね……今、考えてもぞっとする。もしかしたら、きみを失うところだったのだからね」ニコラスはそう言いながら、マリアを抱きしめた。「あの倉庫できみを見たときは、心臓が止まるかと思った」

「わたしだって、トーニイがあなたを後ろから殴るのを見たとき、そう思ったわ」

「ああ……マリア」ニコラスはマリアの顔を見ようと体を離した。それから、指で彼女の顔を上に向け、唇に羽根のようなキスをした。「どうやらわたしたちはお似合いだね、そう思わないかい？」

「ええ、ニコラス」マリアは答えた。「もうひとつ、あなたにできることがあるんだけど」

「なんだい、麗しの人」

「もう一度キスして」

彼はまたマリアに軽いキスをした。だが、マリアはそれ以上を望んだ。彼女はニコラスの襟元をつかんで自分に引き寄せ、舌の先で彼の唇の端をなめた。

ニコラスはうめきながら、彼女から身を引いた。

「マリア、わたしは父上に、いい子にしているって約束したんだ」

「いい子なら、わたしの言うことを聞いてくれるはずよ」

「父上が言われたのは、そういう意味ではないと思うよ」ニコラスがなだめた。「それに、わたしたちのあいだには、話し合わなくてはならないことがたくさんある」

マリアは枕《まくら》に頭を沈めた。ニコラスの言うとおりだ。まだ、何ひとつ話し合っていない。赤ちゃんのことさえ、言っていない。

「ベドフォード公爵の特命の仕事は終わった。だからわたしはもう、長いことを付き合ってきたやくざな連中とも縁を切ることができる」

「なぜ、あんな人たちと付き合っていたの？」

「情報を聞き出すためさ」ニコラスは答えた。「わたしを能無しだと思えば、誰もが安心して秘密を明かすからね」

「そうだったの。だから、カーカム城でも、わたしをあの人たちから離しておいたのね。とんでもない人たちだから……？」

「ああ、連中は――」

「でも、あそこにいた女性たちは？」

「女性……？　ああ、あの朝、わたしの部屋の下にいた連中のことか？」

マリアはわざとかすかに微笑《ほほえ》んだ。「〝ねえ、ニッキー〟って呼んでたわ。あなたはわたしを誘惑するまえに、彼女をためしたのでしょ？」

ニコラスはマリアの腕をさすった。「きみに会ってからは、誰のこともためしたりしていないよ。わたしの体も、心も、カーカム城の近くできみに殴られて以来、すっかりおかしくなっていたからね。マリア、お願いだからわたしの妻になって、この苦しみから救ってくれないか」

マリアは彼の言葉を信じることができた。なぜなら、彼女も同じだったから。マリアは唇を噛《か》んだ。まだ、子どものことを話していない。その事実を隠していて、しかもほかの男性と結婚するつもりだったと知って、彼はきっと怒るだろう。

だが、今をおいて話すときはない。「ニコラス……」マリアは言った。「実は、あなたに知らせることがあるの」

ニコラスは頭を上げ、頬杖《ほおづえ》をついた。マリアを見下ろす目にはからかうような光が浮かんでいて、それが彼女を不安にさせた。「きみがいつそれを話すかと、待っていたよ」

「話す？」マリアはたずねた。「知っていたの？」

「妊娠のことだろ？」ニコラスはふたたび彼女を抱きしめながら言った。「ああ、知っていたよ」

「どうして？」

「きみには流産の恐れが――」

「ああ、大変！」マリアは叫んで、子どもを守るかのように、おなかに手をやった。「わたしたちの――」

「いや、マリア。もう、大丈夫なんだ」ニコラスは、マリアの額に唇を押しあてた。「明け方、わたしがきみをここに運んだときは、少々出血が見られたが、もう心配はないって、アリシアがわたしと父上に話してくれたよ」

マリアはほっとしたのもつかのま、ふいに恥ずかしさに襲われた。「では、お父様もご存じなのね？」

ニコラスは微笑んだ。「ああ、だからこそわたしたちをふたりにしてくれたんじゃないか……きみの寝室に」

「ニコラス――」

「まさか、まだルドニィと結婚するつもりではないだろうね？」

「いいえ、ニコラス」マリアは彼の胸の中で答えた。「わたしにはあなただけ」

「それはいい選択だ、マリア」彼は言った。「ルドニィはとてもいいやつだから、殺すには忍びなかったよ」

「ニコラス」マリアが顔を曇らせた。

「冗談だよ」彼は笑い、すぐに真顔に戻った。「マリア、わたしはきみを愛している。これまで誰にもこんな思いを抱いたことはなかった。お願いだ、わたしの妻になってもらえないだろうか」

「ああ、ニコラス」マリアは吐息をもらした。「わたしにとって、こんなに嬉しいことはないわ」

「もう、お互い秘密はなしだよ」

「ええ」マリアは素直に言った。「お互い正直に、なんでも話し合いましょう」

ニコラスはマリアにやさしくキスをして、彼女が眠るまで腕に抱いていた。彼女にも、赤ちゃんにも休息が必要だった。

そしていつのまにか、ニコラスもまた眠り込んでしまった。しかし、ふと目を覚ますと、部屋はすでに真っ暗で、夜になっているのがわかった。体じゅうの筋肉がみしみしいっていた。彼は寝台から下りると体を伸ばしながら、窓辺に近づいて空にきらめく星を見やった。

外にかすかな動きを認めて、ニコラスはぱっと窓辺に身を潜め、下の敷石を見下ろした。錯覚かもしれないが、物陰にコートを着た男が立っているのを見たような気がしたからだ。

スターリン家を見張っている者は、もう誰もいないはずだ。ニコラスは足を忍ばせてマリアの寝室を出ると階段を下り、暗い屋敷の裏口のひとつから外に出た。そこから、庭の茂みに身を潜めながら、屋敷の外壁沿いに建物を回った。

そして建物の角の、道が見えるところまで来ると身を低くして、さっき男の影を見た行き止まりになった小道の向こうを見た。

男はまだそこにいた。

ニコラスは今来た道を戻って家から離れると、隣の家に向かった。隣の家から外に出て道を横切れば、男の背後に近づくことができる。男の不意を突けば、勝ち目はこちらにある。

それまで男が動かないことを祈って、ニコラスは即計画を行動に移した。男の目的が何かはわからなかったが、その存在はなんとも不気味だった。

隣の家に入り込み、家の横を通って正面に向かうと、男に見つからないようにそっと道を横切った。男はまだいたが、すぐにも動こうとしているのがわかった。

男が立っている道のすぐそばには、川岸に下りていく小道があった。あたりの茂みや灌木《かんぼく》は最近になって多くのつぼみをつけていた。ニコラスはその茂みを利用して、そっと男の背後に忍び寄った。

飛びかかるのに十分な距離まで近づき、ニコラスが身を低くしたとき、男がマリアの家に向かって歩きはじめた。

男がコートを脱ぎ、やせた体があらわれた。明るい色の髪をしている。トーニイだった。

しかしニコラスには、かつての秘書がなぜこんなところにいるのかわからなかった。マリアを狙《ねら》っているのか、それとも公爵か。あるいは公爵の書斎でやり残したことでもあるのか。

直接聞き出してやる。ニコラスはそう決心して男の背後に近づいた。そして男の首にがっしりした腕を回すと、地面に引きずり倒した。

トーニイは長い薄刃の短剣を取り出し、地面を転がってニコラスの手を逃れた。そしてすばやく立ち上がると、短剣をニコラスめがけて突き出した。

ニコラスはそのやわな武器を見て、声をあげて笑った。

「この剣が喉に突き刺されば、そんなふうには笑えないぞ」トーニイがすごんだ。

「おまえには、背中から刺すのがお似合いだ、トーニイ」ニコラスがばかにしたように笑った。「ゆうべのようにな。おまえには正面から戦う勇気などないんだ」

トーニイが短剣を手に飛びかかってきたが、ニコラスはさっと身をかわしてトーニイの手首をしっかりつかんでねじ上げた。しかしトーニイがさっとかがみ込んだので、ニコラスはバランスを失った。それを見てトーニイはすばやく体を起こし、足を突き出してニコラスを地面に倒した。

なるほど、とニコラスは思った。こいつは、いかにも腑《ふ》抜《ぬ》けで、意気地なしの素人に見えるが、どうやらそれはあくまで見せかけにすぎなかったようだ。

だが、そんなことはどうでもいい。今は、相手を見くびって不意を突かれたが、二度とその手は食わない。こんなやつくらい、あっというまにやっつけてみせる。

「ゆうべ、スターリン公爵の書斎で何をしていた?」ニコラスがたずねた。

「公爵の印鑑を偽造していたんだよ」トーニイはそれだけ言うと、ふたたび飛びかかってきた。「覚悟しろ、カーカム」

ニコラスがトーニイの腹に思いきり蹴《け》りを入れ、秘書は体をふたつ折りにして、倒れ込んだ。その隙《すき》にニコラスはぱっと立ち上がった。

「公爵の印鑑で何をするつもりだった、トーニイ?」ニコラスがたずねると秘書は膝をついたままふたたび短剣を突き出したが、ニコラスはすばやくそれをかわし、敵を油断させようと、両手を広げてゆったりと構えた。

「それがあれば密書になんでも書ける」トーニイは荒い息をつきながら言った。「密書の蝋《ろう》を溶かし、その上に公爵の印を押せば、誰にもわかりはしない」

「なるほど、それで封蝋が妙に分厚かったんだな。おかしいと思った」

「そうだ、やっとわかったか」トーニイは歯を食いしばりながらもうそぶいた。「それも死ぬまぎわに」

「いや、それは違うね、ちんぴら殿」

その言葉を聞いてトーニイは怒り、ニコラスのわき腹めがけて短剣を繰り出した。だが、ニコラスの動きはすばやく、あやういところで巧みに体をかわした。

ふたりは激しく息をつきながら、にらみ合った。

「たしかにおまえの計略は、しばらくは功を奏した」ニコラスは言った。「だが、おまえはいったい、誰からわたしの注意をそらそうとしていたのだ?これがもっとも興味のある質問だ」

トーニイがふたたび剣を繰り出したが、空を切っただけだった。しかし、その動きがニコラスを有利にした。彼はトーニイの手首をつかむと、思いきり自分の膝に打ちつけた。トーニイの手から短剣が落ちた。ニコラスはトーニイを壁に押しつけて、ぐいと首をつかんだ。

ニコラスの力は強く、トーニイの声がかすれた。

「そんな人間はいない!」彼はあえいだ。

「嘘《うそ》をつくな、うじ虫めが」ニコラスは言った。

「おまえは誰かのために煙幕を張った。生きていたかったら、名前を言うんだ」

トーニイは必死に首を横に振った。

ニコラスの手に力がこもった。「どうやら、わたしが本気ではないと思っているようだな」

トーニイは息をしようと必死にあがいた。だが、体格がよく、力のある貴族の手から逃れるのはとうてい無理だった。トーニイがかすかにうなずくのを見て、ニコラスが少し力をゆるめた。

「ベクス――」

「はっきり言え！」

「ベクス――」トーニイがあえぎ、ニコラスがまた少し力を弱めた。「ベクスヒル！」

## 28

一四二九年、秋

ロンドン

従僕が咳払《せきばら》いして、ご主人と奥方の邪魔をしなくてはならないことを謝罪した。「お客様でございます、旦那様《だんなさま》」

ニコラスは火のそばに座っていた。マリアがニコラスの膝に足をのせ、彼が夕食の盆から彼女の口に食べ物を運んでいた。マリアの妊娠はそれほど気を遣ってもらう段階には達していなかったが、マリアが彼の気遣いを断ることはなかった。

ニコラスは喜んでその仕事をこなしていた。彼女に触れられるのが嬉《うれ》しくてたまらないのだ。

「スターリン公爵かな？」ニコラスはたずねた。だったら、喜んで暖炉の前で一緒に食事をとってもらおう。

「いいえ」従僕は答えた。「でも、その……ご親戚《しんせき》だと言われておりますが」

「いったい誰かしら？」

マリアがそう言ったとたんに、従僕を押しのけて年配の美しい婦人が部屋に入ってきた。金のかかった服を着ていたが、ニコラスに見覚えはなかった。

「リア！」婦人は叫んだ。

マリアが身をすくめたので、ニコラスは彼女の足を下ろし、立ち上がった。「マダム、失礼ではありませんか？」

「失礼なことなどありませんよ」婦人は言った。

「わたしはオリヴィア・モーレイです！　リアの伯母の」

オリヴィアの厚顔ぶりに、ニコラスは言葉もなかった。よくもまあ、このロンドンの彼の家に顔など出せたものだ！　しかも、ふたりの子どもまで連れて。子どもたちは扉の外でそわそわしながら、闖《ちん》入《にゅう》者の母親がどう扱われるかを見ていた。

「妻には伯母などいません」ニコラスは冷たく言い放った。彼はマリアにたいするオリヴィアの言語道断な扱いを決して許すつもりはなかった。ましてや、この屋敷に迎えるなどとんでもない。

「いるのよ」オリヴィアはそう答えて、マリアのほうにやってくると隣に腰かけた。「ああ、いとしのリア。久しぶりね」

マリアは黙ったままだった。ニコラスは妻の顔から血の気が引いていることに気づいた。彼は数カ月前、マリアを捜しに行った判事にオリヴィアがスターリン公爵の娘の存在を否定したことも知っていた。そのうえ、オリヴィアはマリアの所領は息子ジェフリーのものだと主張したのだ。

スターリン公爵の言葉は正しい。オリヴィアは完全に頭がおかしい。

「アドリック」ニコラスはおだやかにオリヴィアを椅子から立たせながら言った。「レディ・オリヴィアたちの見送りを」

「でも、カーカム卿《きょう》――」オリヴィアは抵抗した。

「わたしの妻に親戚は必要ありません。お父上と……わたしをのぞいては」

「でも、わたしたちはリアに会いに、わざわざここまで足を運んだのですよ！」ニコラスと従僕に両腕を取られながら、オリヴィアは言い張った。まるで、なぜ自分が放《ほう》り出されるかわからないといった様子だった。「ロンドンの社交界にわたしたちを紹介するのが、彼女の責任――」

「マリアのあなたへの責任は、とうの昔に果たされていますよ、レディ・オリヴィア」ニコラスはそう言って、彼女を部屋の外に出した。それからニコラスは、そこに待っていた若者の背を軽く押した。

「母上が二度とこの家の敷居をまたがないよう、しっかり見張ることだ、モーレイ」ニコラスは言った。「モーレイ家はこの家では歓迎されないのだから」

ニコラスは扉を閉めると、ほっとしてマリアのもとに戻った。それから、まるで何事もなかったかのようにマリアの横に座った。

「さあ、足をのせて」ニコラスは言った。

オリヴィアの訪問の衝撃が少しずつ薄まり、マリアの顔色も戻ってきたが、それでもまだいつもの彼女ではなかった。

「リアだって？」ニコラスは顔をしかめた。オリヴィアはそう呼んだが、そこには親しみなどまったくなかった。

「オリヴィアはたぶん、わたしの本当の名前も知らないと思うわ」マリアは言った。「彼女にとってわたしは、夫の妹の私生児でしかなかったから」

ニコラスは腸《はらわた》が煮えくり返るようだった。たとえマリアが私生児であっても、アルダートンでの扱いを正当化することはできない。自分の子どもがそんな目に遭ったときのことを想像して、ニコラスは震え上がった。

子どもには絶対にそんな思いはさせない。マリアのおなかにいる子は、愛と思いやりを持って育てられるのだ。それに、マリアが床を離れられるようになってすぐにとり行われた結婚によって、子どもは押しも押されぬわたしたちの嫡出子だ。

マリアがトーニイについてたずねることはなかったし、ニコラスも何も言わなかった。子どもを身ごもった妻に、トーニイの処刑の話などしたくなかった。それにベクスヒルが突然亡くなったことも話さなかった。彼が二度とイングランドを裏切れないように、グロスター公爵とベドフォード公爵がひそかに手を打ったのだ。

ニコラスは盆から食べ物を取り上げ、マリアの口に運んだ。マリアが舌でその指の一本をもてあそぶと、ニコラスの喉からうめき声がもれた。

「食事を終わらせたいかい、このいたずら者？　それともこのまま寝室に行きたいかな？」

マリアはなまめかしい仕草で、まつげを伏せた。「わたしとしては終わらせてしまいたいわ……」

部屋の温度が一挙に上がったようだった。ニコラスが上着を脱いだ。「それがいい」彼はそう言いながら、麻の下着の袖《そで》をまくった。「火のそばは暑すぎるようだ」ニコラスは体を動かし、マリアにキスをした。「だが、終わらせたいのはどちらかな、麗しの人？」その声は低く、官能的で、一歩もゆずらないような響きがあった。

「もちろん食事よ」マリアは言ったが、その口元にはひそかな笑みが浮かんでいた。彼女がもう一度キスを求めてニコラスを引き寄せると、熱く、熱烈なキスが戻ってきた。

「食事はあとでいい、麗しの人」ニコラスは言った。

「ずっとあとで」

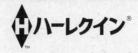

ハーレクイン・ヒストリカル　2005年4月刊（HS-214）

マリアの決断
2024年7月5日発行

| | |
|---|---|
| 著　者 | マーゴ・マグワイア |
| 訳　者 | すなみ　翔（すなみ　しょう） |
| 発行人 | 鈴木幸辰 |
| 発行所 | 株式会社ハーパーコリンズ・ジャパン<br>東京都千代田区大手町 1-5-1<br>電話 04-2951-2000（注文）<br>0570-008091（読者ｻｰﾋﾞｽ係） |
| 印刷・製本 | 大日本印刷株式会社<br>東京都新宿区市谷加賀町 1-1-1 |
| 装丁者 | 橋本清香［caro design］ |



ISBN978-4-596-63566-2 C0297

# ◆◆◆◆ ハーレクイン・シリーズ 7月5日刊 発売中

## ハーレクイン・ロマンス

愛の激しさを知る

| | | |
|---|---|---|
| 秘書は秘密の代理母 | ダニー・コリンズ／岬　一花 訳 | R-3885 |
| 無垢な義妹の花婿探し<br>《純潔のシンデレラ》 | ロレイン・ホール／悠木美桜 訳 | R-3886 |
| あなたの記憶<br>《伝説の名作選》 | リアン・バンクス／寺尾なつ子 訳 | R-3887 |
| 愛は喧嘩の後で<br>《伝説の名作選》 | ヘレン・ビアンチン／平江まゆみ 訳 | R-3888 |

## ハーレクイン・イマージュ

ピュアな思いに満たされる

| | | |
|---|---|---|
| 捨てられた聖母と秘密の子 | トレイシー・ダグラス／仁嶋いずる 訳 | I-2809 |
| 言葉はいらない<br>《至福の名作選》 | エマ・ゴールドリック／橘高弓枝 訳 | I-2810 |

## ハーレクイン・マスターピース

世界に愛された作家たち
～永久不滅の銘作コレクション～

| | | |
|---|---|---|
| あなただけを愛してた<br>《特選ペニー・ジョーダン》 | ペニー・ジョーダン／高木晶子 訳 | MP-97 |

## ハーレクイン・ヒストリカル・スペシャル

華やかなりし時代へ誘う

| | | |
|---|---|---|
| 男爵と売れ残りの花嫁 | ジュリア・ジャスティス／高山　恵 訳 | PHS-330 |
| マリアの決断 | マーゴ・マグワイア／すなみ　翔 訳 | PHS-331 |

## ハーレクイン・プレゼンツ作家シリーズ別冊

魅惑のテーマが光る
極上セレクション

| | | |
|---|---|---|
| 蔑まれた純情 | ダイアナ・パーマー／柳　まゆこ 訳 | PB-388 |

※予告なく発売日・刊行タイトルが変更になる場合がございます。ご了承ください。

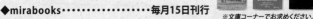